MARIE VAREILLE wurde 1985 in Montbard, einer Kleinstadt im Burgund, geboren. Sie hat in New York und Paris Management studiert und arbeitet derzeit für ein kleines Start-up-Unternehmen. Neben dem Schreiben führt sie auch einen Blog über romantische Komödien. Nach *Manchmal ist es schön, dass du mich liebst* ist *Vielleicht ist es ja Liebe* ihr zweiter Roman, der auf Deutsch erscheint.

Vielleicht ist es ja Liebe in der Presse:

»Das perfekte Buch für ein Sommerwochenende im Liegestuhl.«
Elle

Außerdem von Marie Vareille lieferbar:

Manchmal ist es schön, dass du mich liebst (10144)

Besuchen Sie uns auf www.penguin-verlag.de
und Facebook.

Marie Vareille

Vielleicht ist es ja Liebe

Roman

Aus dem Französischen
von Gabriele Lefèvre

PENGUIN VERLAG

Die französische Originalausgabe erschien 2017 unter dem Titel
»Là où tu iras j'irai« bei Éditions Mazarine, Paris.

FSC
www.fsc.org
MIX
Papier aus verantwortungsvollen Quellen
FSC® C014496

Verlagsgruppe Random House FSC® N001967

PENGUIN VERLAG

1. Auflage 2018

Umschlag: Covergestaltung bürosüd unter Verwendung
von Motiven von bürosüd
Redaktion: Brigitte Lindecke
Satz: Uhl + Massopust, Aalen
Druck und Bindung: GGP Media GmbH, Pößneck
Printed in Germany
ISBN 978-3-328-10256-4
www.penguin-verlag.de

Dieses Buch ist auch als E-Book erhältlich.

Für Olivier,
der mir immer noch eine Stereoanlage schuldet
Für Clement,
dem ich viele Stunden Spielzeugautos schulde
Für Paul,
der mir eine Nurofen 500 schuldet

Der Zufall dreht die Ameise auf den Rücken,
damit sie den Himmel sehen kann.

Arabisches Sprichwort

Woody-Allen oder Weihnachten im Tierschutzverein

»Dieser hier kostet dreihundert Euro.«

Der Verkäufer legte Isabelle ein zauberhaftes Labradorbaby in den Arm. Sie lächelte, kraulte seinen Kopf und drückte ihm ein Küsschen zwischen die Ohren.

»Den finde ich süß«, sagte Quentin, »aber es ist dein Geburtstag. Also, wenn du lieber einen anderen hättest …«

Sie zögerte, warf einen Blick in die Runde und hielt wie vom Blitz getroffen inne.

»Den da!«

Ihre braunen Augen blitzten vor Entschlossenheit. Sie setzte den Labradorwelpen ab und ging auf einen schäbigen Käfig zu, der einfach auf der Erde stand und offensichtlich die Frucht einer unstandesgemäßen Liebe beinhaltete, nämlich eine Mischung aus einem furchterregenden Wasserspeier von Notre-Dame und einer verstrahlten Fledermaus. Das räudige Fell ließ hie und da ein wenig schlaffe Haut durchscheinen. Links und rechts von einem verknäulten weißen Haarbüschel, das über dem einzigen gelblichen und melancholischen Auge hing, ragten zwei spitze Ohren hoch.

»Die da ist nicht zu verkaufen«, sagte der Tierhändler, »die ist gestern aufgefunden worden. Die ist mindestens neun Jahre alt, und sie hinkt.«

»Och, die Arme, wie furchtbar …«

Isabelle hockte sich vor das Gitter und ließ einen Finger über den struppigen Kopf der Chihuahua-Mischung gleiten. Die knurrte auf der Stelle und zeigte zwei Reihen spitzer Zähne. Isabelle drehte sich strahlend zu Quentin um, der sie mit amüsiertem Funkeln in den Augen beobachtete.

»Sieht sie nicht aus wie ein Punkbaby? Sie ist zu niedlich.«

Sie öffnete den Käfig. Der Verkäufer setzte den Labrador eilig in den seinen zurück.

»Vorsicht! Ich fürchte, ihre Impfungen sind nicht auf dem letzten Stand.«

Doch Isabelle hatte das Viech bereits aus dem Käfig geholt und schmiegte ihr Gesicht in das scheußliche weiße Fellgestrüpp.

Die Hündin, von einer derart zärtlichen Geste überrascht, machte sich steif und grollte vorsichtshalber, bevor sie sich geradezu schnurrend in die gastlichen Arme der jungen Frau kuschelte.

»Quentin, darf ich dir Woody-Allen vorstellen?«

Quentin hob nicht sonderlich erstaunt eine Augenbraue.

»Bist du dir sicher? Selbst zu Weihnachten im Tierschutzverein haben wir nie einen so hässlichen Hund gesehen.«

Der verdatterte Verkäufer kratzte sich am Kopf.

»Ich schenke Ihnen die Hündin, wenn Sie wollen. Eigentlich sollte sie eingeschläfert werden … Sie können sie nächsten Samstag abholen. Ich muss sie noch impfen.«

»Wenn wir sie umsonst bekommen«, meinte Quentin, »müssen wir dir noch ein anderes Geburtstagsgeschenk besorgen.«

Die junge Frau griff nach dem nächstbesten Halsband auf der Gondel und reichte es ihm.

»Dann nimm doch einfach das hier dazu! Damit ist die Sache geritzt.«

»Das macht sechs Euro vierzig«, sagte der Verkäufer, als er den Artikel scannte.

Quentin reichte seine Kreditkarte über die Theke, während Isabelle die Hündin in ihren Käfig setzte.

»Bis Samstag, meine Süße!«, murmelte sie. »Ich kann es gar nicht erwarten, dir dein neues Zuhause zu zeigen.«

Dann küsste sie Quentin freudig erregt.

»Das ist mein schönstes Geburtstagsgeschenk seit zweiunddreißig Jahren. Findest du sie nicht auch zum Anbeißen?«

Quentin lächelte, legte den Arm um ihre Schultern und küsste sie auf die Wange.

»Zum Anbeißen finde ich leicht übertrieben, mein Schatz, aber die Hauptsache ist, dass die Hündin dir gefällt, auch wenn sie eher an eine Kanalratte erinnert.

Erotischer Gynäkologenabend

»Isabelle!«

Zum dritten Mal rüttelte Quentin Isabelle an der Schulter.

»Was ist denn los?!«

Sie hob panisch den Kopf von dem Kissen, das sie wie einen Rettungsring umklammert hielt. In ihrem Gesicht zeichneten sich die Knitterfalten des Bettzeugs ab, und ihre aufgerissenen braunen Augen trugen noch die Spuren der Schminke von gestern. Ihr blondes Haar stand kreuz und quer in alle Richtungen, und sie drehte Quentin das Gesicht eines entsetzten Vögleins zu, das gerade aus dem Nest gefallen ist.

»Es ist Mittag! Dein Casting!«

»Mein Casting? Was für ein Casting? … Ah, verdammter Mist, mein Casting!«

Isabelle warf einen Blick auf den CD-Player, der auch die Uhrzeit anzeigte.

»Das ist gelaufen. Das Casting war um neun.«

Sie zog die Bettdecke über ihren Kopf, fest entschlossen weiterzuschlafen. Quentins Stimme ließ sich wieder vernehmen, beherrscht, aber mit einem Tick Ungeduld.

»Konntest du dir nicht den Wecker stellen?«

»Die Batterie muss leer sein.«

Wie von Zauberhand flog die Bettdecke davon, Quentin hatte sie zum Fußende des Bettes zurückgeschlagen. Isabelle stützte sich auf einen Ellenbogen, rieb ihre Augen und verschmierte noch mehr Wimperntusche.

»Tut mir leid, aber ich bin erst um vier Uhr morgens vom erotischen Gynäkologenabend zurückgekommen.«

»Erotischer Gynäkologenabend?! Ich dachte, du wolltest mit Amina nur was trinken gehen.«

»Stimmt. Aber da war eine Art Party in ihrer Uni. Amina war so deprimiert, dass ich sie ein wenig auf andere Gedanken bringen wollte.«

»Amina hat ihren Doktor in Medizin vor vier Jahren gemacht!«

»Trotzdem, es war spitze: Es wurden sogar Gratis-Spekula verteilt.«

Quentin versuchte, die leichte Verspannung seines Kiefers zu verbergen. Er ließ sich auf die Bettkante fallen, und Isabelle strich ihm mit der Hand über den Rücken.

»Amina ging es wirklich nicht gut. Sie brauchte mich … Bist du böse?«

Da er nicht antwortete, schlang sie ihre nackten Beine um seine Hüften und begann seinen Hals mit Küssen zu bedecken.

»Weißt du was?«, flüsterte sie ihm ins Ohr, »manchmal denke ich, du bist viel zu sexy, zu lieb und zu perfekt, um wahr zu sein.«

Dieses Kompliment schien Quentin nur noch mehr zu nerven.

»Hör auf damit!«, sagte er. »Kannst du nicht mal dran denken, mir wenigstens eine SMS zu schicken, wenn du die halbe Nacht unterwegs bist?«

Isabelle legte ihre Arme um seinen Hals und drängte sich noch dichter an ihn.

»Ich denke immerzu an dich! Der Beweis: Ich bin gestern Nachmittag eine geschlagene Stunde Metro gefahren, nur um dir drei Stück von diesem Schoko-Pistazien-Kuchen aus der Bäckerei Martin-Laurent zu holen.«

Sie streichelte ihn weiter, und die Spannung in Quentins Schultern ließ nach. Er nahm den Kopf der jungen Frau zwischen beide Hände und seufzte. Wenn sie das Gesicht des kleinen verlorenen Mädchens aufsetzte, konnte er nicht lange widerstehen, und er küsste sie auf die Lippen.

»Okay, das mit dem Kuchen ist zwar ein mieser Trick, aber du hast gewonnen.«

Jetzt schien alles wieder in Ordnung, und Isabelle sprang aus dem Bett.

»Ich mache dir jetzt den Brunch des Jahrhunderts, und dann holen wir Woody-Allen aus der Tierhandlung.«

»Dafür haben wir keine Zeit: Wir müssen um vierzehn Uhr bei deinem Kumpel Alexandre sein. Vielleicht danach?«

Isabelle ließ sich mit betrübtem Gesicht auf die Bettdecke sinken.

»Zu dumm, das hatte ich ganz vergessen.«

Mit den Fingerspitzen streichelte sie die markanten Bauchmuskeln ihres Partners. Jedes Mal, wenn sie ihn betrachtete und er keinen Anzug trug, fand sie, dass sie in einem vorigen Leben irgendetwas ganz besonders Gutes getan haben musste, um einen Mann wie ihn zu verdienen. Quentin beugte sich über sie und wickelte eine ihrer blonden Locken um seinen Finger.

»Ich dachte, dein Vorsprechen sei wichtig, mein Schatz …«

Sie zwang sich zu lächeln.

»Ach, weißt du, ich habe hundertdreiundneunzig Mal vorgesprochen, seit ich siebzehn war, das von heute hätte auch nichts weiter gebracht.«

»Man weiß ja nie …«

»Ich hatte sowieso ein schlechtes Gefühl«, sagte sie gekünstelt fröhlich, »bestimmt war es wieder so ein Casting, bei dem sie dir erklären, dass du mit zweiunddreißig zu alt bist, um eine Dreißigjährige zu spielen. Oder auch noch den Schlüpfer ausziehen sollst, weil sie wissen wollen, wie deine Haut im Scheinwerferlicht wirkt.«

»Ich verstehe. Das ist hart. Aber wenn du deine Chance haben willst …«

Ohne ihn aussprechen zu lassen, zog sie ihn an sich und schlug die Bettdecke über beide. Sie wollte diese Unterhaltung nicht weiterführen. Das Leben hatte sie schon früh gelehrt, dass Glück nicht in jede Wiege gelegt wird. Während sie ihn liebkoste, zog sie an den Boxershorts, die er als Schlafanzug trug.

»Zieh das aus!«, flüsterte sie. »Nach dem Abend unter Medizinern habe ich Lust, Doktor zu spielen.«

Geneviève de Fontenay bei einem Konzert von Eminem

Eine Bombe hätte in Alexandre Lemaires Wohnzimmer kaum größeren Schaden anrichten können. Isabelle, die sich so wohlfühlte wie Geneviève de Fontenay bei einem Eminem-Konzert, wich gerade noch einem fliegenden Xylofon aus. Ein mit einem Laserschwert bewaffneter Junge trat ihr auf den Fuß, als er sich mit Gebrüll auf einen eingebildeten Gegner warf. Wo zum Teufel war Quentin, und warum hatte er sie in diesem feindlichen Umfeld allein gelassen? Vorsichtig bewegte sie sich durch den Raum auf die Terrassentür zu. Dabei fiel ihr Blick auf ein kleines Mädchen, das sich hinter dem Sofa versteckt hatte und Alexandres Katze am Schwanz zog. Einen freundlichen fettleibigen Kater namens »Jäger«.

»Man darf Tieren nicht wehtun«, sagte Isabelle schockiert.

Statt einer Antwort hob das Kind die Hand, in der es etwas hielt, das einem ausgerissenen Puppenbein ähnelte, und haute damit dem armen Jäger auf den Kopf. Der miaute empört und suchte das Weite.

Entrüstet über so viel sinnlose Gewalt, nahm Isabelle dem Kind die Tatwaffe ab.

»Was du da gemacht hast, ist sehr böse. Möchtest du vielleicht, dass man dich auch so schlägt, wenn du gerade ruhig schläfst?«

Die Augen der Kleinen weiteten sich voller Unschuld, während sich Isabelle in dem Hochgefühl wiegte, jemandem Respekt für Tiere beigebracht zu haben. Wehmütig dachte sie an Woody-Allen, der stolz auf sie wäre und den sie heute am späten Nachmittag aus der Tierhandlung holen würde.

Kaum hatte sie ihren hübschen Gedanken zu Ende gedacht, als sich der Mund des kleinen Mädchens auftat und ein ohrenbetäubendes Kreischen ertönen ließ, worauf sich achtzehn Augenpaare auf Isabelle richteten. Die Mutter erdolchte sie förmlich mit Blicken.

»Was ist denn jetzt passiert? Sie war doch so brav.«

»MAAMAAAA, DIE FRAU WILL MICH HAUEN!«

Schlagartig dachte niemand mehr daran, sich Häppchen in den Mund zu schieben, und entsetztes Murmeln erhob sich in dem halb verwüsteten Raum, in dem bereits eine Mutter zitternd ihr Handy zückte, wahrscheinlich um »SOS misshandelte Kinder« anzurufen.

»Was geht hier vor?«, fragte die Mutter der Kleinen.

»Deine Tochter hat die Katze geschlagen, und ich habe ihr gesagt, dass sie so etwas nicht wieder tun soll.«

Dieser Feigling von Jäger hatte den Tatort verlassen, und damit gab es für Isabelles Aussage keinen Zeugen mehr.

»Für wen hältst du dich? Du bist nicht hier, um Enola zu erziehen.«

»Stimmt, das solltest eigentlich du tun«, entgegnete Isabelle, verärgert über den aggressiven Ton. »Dann würde sie ihre psychopathischen Triebe nicht an wehrlosen Tieren und Puppen auslassen.«

»Psychopathische Triebe … Das ist doch die Höhe! … Kümmere dich lieber um dein eigenes Leben, bevor du dich in das Leben anderer mischst. Wenn man mit zweiunddreißig als Kassiererin bei McDonald's arbeitet, ist man wohl nicht gerade eine Autorität in Erziehungsfragen!«

Alexandre – wie immer in der Rolle des tapferen und beschützenden Ritters – ging dazwischen.

»Audrey, Isabelle ist nicht Kassiererin, sondern Schauspielerin, und sie ist Kinder einfach nicht gewöhnt. Sie wollte nur Jäger beschützen.«

Ein tropfendes Babyfläschchen in der einen und einen weißen, mit Schokolade bemalten Kaschmirpullover in der anderen Hand, warf Alexandre Isabelle flehende Blicke zu, als wäre er soeben von der *Titanic* ins Meer geplumpst. Isabelle atmete tief durch. Sie durfte bei ihrem Jugendfreund keinen Skandal auslösen.

»Tut mir leid, Audrey, ich wollte deiner Tochter keine Angst machen«, sagte sie, »aber lass dir gesagt sein: Es ist keine Schande, als Kassiererin bei McDonald's zu arbeiten.«

Audrey verschränkte die Arme und stieß mit einem verächtlichen Zucken im Gesicht hervor: »Ich spreche nur aus, was alle denken. Aber jetzt entschuldige dich gefälligst bei Enola!«

Isabelle musste sich mit aller Macht ihre Freundschaft mit Alexandre vor Augen führen, um ihrem Gegenüber nicht den Inhalt ihrer Kaffeetasse ins Gesicht zu kippen. Sie nahm sich zusammen und lächelte Enola zuckersüß an.

»Tut mir leid, *Ebola*.«

Alexandre biss sich auf die Lippen, um nicht laut loszulachen. Audrey, die offenbar nicht genau hingehört hatte, nickte zufrieden. Die Kleine, wenig nachtragend, machte sich, die Tatwaffe bereits wieder in der Hand, brüllend auf Jäger-Jagd.

Isabelle und Alexandre waren seit der fünften Klasse die besten Freunde. Ihre Wege hatten sich in der elften Klasse kurz getrennt, als er in einem Anfall akuter Verliebtheit eine Schülerin der Abiturklasse des wissenschaftlichen Zweigs namens Johanna schwängerte. Alexandre, der seine Aufgabe offenbar schon damals darin sah, hilflose Mädchen zu retten, meinte, er müsse sich im zarten Alter von sechzehn, minderjährig und mit der Erlaubnis eines Richters, verheiraten. Siebzehn Jahre später hatte er, seit einem Jahr von besagter Johanna geschieden, das Sorgerecht für die drei Kinder erhalten, auch wenn das nicht gerade sein erklärtes Ziel gewesen war. Seine Exfrau war indessen nach Singapur ausgewandert, wo sie ein Start-up aufgezogen hatte und nun Biokosmetik aus Kürbiskernen aus der französischen Provence vertrieb. Da Alexandre in den sechzehn Jahren ihres gemeinsamen Lebens mehr oder weniger auf der faulen Haut gelegen hatte, war seine Lage zugegebenermaßen nicht wirklich ungerecht.

Also lernte er, seinen Kindern, der siebzehnjährigen Gwen, dem fünfjährigen Mathieu und der dreijährigen Leopoldine, ein guter Vater zu sein. Er jonglierte mit Elternpflichten und einem hochwichtigen Job, von dem Isabelle nie etwas begriffen hatte. Über die grässlichen Salzgebäckfiguren seiner Kinder zum Vatertag freute er sich ein Loch in den Bauch, und zwischen seinen Telekonferenzen mit London verbrachte er mindestens dreißig Minuten täglich – seine Paul-Smith-Brille auf der Nase – auf Blogs für Mütter, um herauszufinden, welches Dreirad für die lieben Kleinen das beste war. Für seine Partnersuche stellte er Fotos ins Netz, die ihn immerzu lächelnd und ziemlich gut aussehend von seinen Kindern umringt zeigten und die ihm bei Tinder einen Bombenerfolg bescherten. Die ganz große Liebe zu suchen, dazu fehlte ihm die Zeit. Und während seine Kinder älter wurden, musste sich der arme Alexandre mit sehr viel jüngeren Schönheiten abgeben, für die eine ernsthafte Bindung mit einem Vater dreier Kinder ungefähr so verlockend war wie die Beulenpest.

»Ebola? Also wirklich, wie alt bist du eigentlich?«, fragte er, als Enolas Mutter nicht mehr in Hörweite war.

Isabelle kicherte.

»Auf alle Fälle zu alt für Kindergeburtstage. Kommt Amina nicht?«

»Sie hat in letzter Minute dringenden Bereitschaftsdienst in ihrer Klinik vorgeschoben und uns einfach sitzen lassen. Typische Gynäkologenausrede!«

Alexandre stellte das tropfende Fläschchen ab und nahm Isabelles Hand.

»Komm, wir essen jetzt alle Twix auf, die ich in der Garage versteckt habe, das wird uns aufheitern…«

Das ist ein Joint, keine Nadel

Alexandre machte die Tür zur Garage auf und blieb wie angewurzelt stehen.

»Was macht ihr denn hier?«, fragte er scharf.

Eine rein rhetorische Frage, denn es war mehr als offensichtlich, dass die beiden halbwüchsigen Mädchen auf der Kühlerhaube des Autos einen Joint rauchten. Die eine, mit Nickelbrille, Pferdeschwanz und einem Gesicht, dass man ihr ohne Weiteres zutraute, dass sie komplizierte Differenzialgleichungen im Kopf lösen konnte, war Gwen, Alexandres älteste Tochter. Als Isabelle das zweite Mädchen musterte, hatte sie das Gefühl, sie von irgendwoher zu kennen.

Das junge Mädchen hatte langes california-blond gefärbtes Haar mit dunklen Ansätzen. Ihre hellgrünen Augen waren dunkel geschminkt und erinnerten an den glutäugigen Blick von Penélope Cruz. Trotz der kindlichen Gesichtszüge wirkte sie geradezu sinnlich. Es war äußerst schwierig auszumachen, ob ihre Kleidung aus dem Sortiment eines etwas zu futuristischen Designers oder direkt aus der Mülltonne stammte. Sie trug ein pinkfarbenes, bis zur Oberschenkelmitte geschlitztes Kleid, eine Vintage-Jeansjacke mit goldenen Ellbogenschonern und Boots mit Kreppsohlen. Verblüfft sah sie Isabelle an.

»Du siehst fast so aus wie …«, begann sie.

Dann stieß sie den Rauch durch die Nasenlöcher aus,

schloss die Augen und schüttelte den Kopf, als erwache sie aus einem schlechten Traum.

»Gwen, lass diesen Quatsch auf der Stelle!«, befahl Alex. »Und du, Adriana, troll dich nach Hause! Du kannst von Glück sagen, wenn ich deinem Vater nichts erzähle.«

Als Isabelle ihren Namen hörte, fiel ihr wieder ein, wo sie das junge Mädchen schon einmal gesehen hatte: in einer Sendung über junge YouTube-Stars, die mit ihren Videos im Netz großen Erfolg hatten. Vor allem an das Interview mit Adriana Kozlowski-Valentini konnte sie sich gut erinnern, denn sie war die Tochter von Sofia Valentini und Jan Kozlowski, einem französisch-polnischen Regisseur, der in Cannes ausgezeichnet worden war. Sofia Valentini war Isabelles Lieblingsschauspielerin, nicht zuletzt aus dem Grund, weil man ihr schon oft gesagt hatte, sie sei der Valentini wie aus dem Gesicht geschnitten.

Gwen verdrehte die Augen.

»Ist ja schon gut, Papa, das ist ein Joint, keine Nadel. Kein Grund zur Aufregung!«

Adriana zuckte die Achseln, sprang elegant vom Auto und wandte sich an Alexandre: »Sie können meinen Vater gern anrufen, Monsieur Lemaire. Aber das wird ihm ziemlich egal sein.«

»Raus hier, Adriana!«, stieß Alex zwischen den Zähnen hervor.

Er drückte auf einen Knopf, und das Garagentor öffnete sich.

»Einen Moment! Ich bestell mir noch schnell einen Uber«, sagte das junge Mädchen.

Isabelle musste sich das Lächeln verkneifen, während Alexandres Augen vor Wut sprühten.

»Du wartest draußen!«

Adriana ließ sich Zeit und betrachtete Isabelle mit zusammengezogenen Augenbrauen eingehend, als fragte auch sie sich, woher sie sich kannten. Dann ging sie lässig mit dem Smartphone in der Hand zum Ausgang.

»Auf Wiedersehen, Monsieur Lemaire. Ciao Gwen, bis Montag!«, sagte sie und winkte, ohne sich umzudrehen.

Dann entschwand sie aus ihrem Sichtfeld. Wütend sprang Gwen von der Kühlerhaube.

»Ich fasse es nicht! Wie redest du mit meinen Freundinnen?!«

»Ich habe dir schon mal gesagt, dass ich deinen Umgang mit diesem Mädchen nicht gutheiße! Schließlich bezahle ich dir keine teure Privatschule, damit du hier in der Garage Joints rauchst!«

Ohne eine Antwort rannte Gwen aus der Garage. Bedröppelt sah Alexandre ihr nach.

»Meinst du, ich sollte mit ihr sprechen?«

Isabelle lehnte sich lässig ans Auto.

»Vergiss es. Sie ist in der Pubertät.«

Dann schnappte sie sich den Rest vom Joint und nahm einen tiefen Zug.

»Gut, das Zeug!«, meinte sie. »Solltest du auch mal probieren. Würde dich entspannen.«

Alexandre schloss die Garage und sah in etwa so entspannt aus, als würde das Wohl der Menschheit von seiner Fähigkeit abhängen, innerhalb von drei Minuten die Relativitätstheorie zu erläutern.

»Ich glaube, ich bin ein mieser Vater.«

Isabelle strich zärtlich über den Schopf ihres Freundes.

»Hör zu«, sagte sie sanft, »ich habe ja mit Kindern nichts am Hut und will um Himmels willen nicht Mutter werden, aber ich glaube, du bist ein super Papa.«

Aus dem Haus drangen gedämpft die Geräusche des Geburtstagsfests zu ihnen. Alexandre schaute Isabelle an, die mit dem Joint in der Hand an der Kühlerhaube lehnte. Obwohl sie kürzlich ihren zweiunddreißigsten Geburtstag gefeiert hatte, wirkte sie mit ihrer verwaschenen Jeans und den *Converse*-Turnschuhen kaum älter als Gwen.

»Natürlich wirst du Kinder bekommen. Du hast ja auch immer gesagt, du würdest nie mit einem Mann zusammenleben wollen, weil das mit deiner Karriere nicht vereinbar sei, und dann bist du doch zu Quentin gezogen.«

»Eben, und schon habe ich keine Karriere mehr …«

»Du hattest nie eine. Nebenbei bemerkt, denke ich, dass du mit der betroffenen Person bald mal darüber reden solltest, wenn du wirklich keine Kinder willst. Die scheint mit Kindern nämlich eine ganze Menge am Hut zu haben, wie du es ausdrücken würdest.«

Alex deutete mit dem Kinn auf das Garagenfenster. Quentin stand, von Kindern umringt, mit einem Ball in den Händen im Garten. Unter dem Dreitagebart glühte sein Gesicht vor Aufregung. Mit leuchtenden Augen und energischer Stimme sprach er zu der kleinen Bande, die ihm andächtig lauschte.

Als er den Ball hochwarf, rückte sie ihm wie eine Horde Zombies auf die Pelle, als gelte es, den letzten auf der Erde noch lebenden Menschen untereinander aufzuteilen. Er verteidigte sich und warf Enola lachend den Ball zu. Die rannte quietschvergnügt im Zickzack bis ans Ende des Gartens, wo jemand mit zwei Pulloverhaufen das Tor abgesteckt hatte.

Quentin? Kinder? Er hatte das Thema mehrmals angeschnitten, doch Isabelle hatte nie geglaubt, dass er es ernst meinte. Entmutigt saugte sie nochmals an dem Joint.

»So weit sind wir noch gar nicht.«

»Wie lange seid ihr schon zusammen? Fünf Jahre?«

»Ach was ... Seit ...« Sie zählte an den Fingern ab. »Tatsächlich, fünf Jahre«, stellte sie verwundert fest.

»Glaub mir, ihr solltet jetzt darüber sprechen, und nicht erst in drei Jahren.«

»Meinst du wirklich, er will Kinder? Wir haben uns gerade einen Hund angeschafft ...«

Alexandre öffnete eine Twixpackung und musste über den verwirrten Gesichtsausdruck seiner Freundin lachen.

»Ich bitte dich, Isabelle, alle wünschen sich doch Kinder.«

Durch das Fenster beobachtete sie Quentin eine Weile, und ohne Vorwarnung, wie ein Schnupfen im August, überfiel sie das schlechte Gewissen.

»Ich nicht«, murmelte sie.

Willst du einen MacMorning?

Adriana Valentini stieß die Tür zum McDonald's auf. Das Fast-Food-Restaurant war leer und es stank nach Fritten. Sie schaute von einer Kasse zur nächsten, fast alle waren unbesetzt. Dann ging sie auf die zu, hinter der Isabelle mit aufgestütztem Ellenbogen und einer so freudlosen Miene stand, als stecke sie mitten in einer Steuerprüfung.

Adriana hatte sich nicht geirrt. Die junge Frau, die sie bei Gwen getroffen hatte, mochte zwar blond sein, aber die Ähnlichkeit mit ihrer eigenen Mutter war verblüffend. Blondierte Strähnen schauten unter der McDonald's-Kappe hervor, und wenn sie nicht lächelte, gaben ihr die Ringe unter den großen dunklen Augen einen tragisch-poetischen Ausdruck, der Adriana höchst vertraut war.

Adriana grinste entzückt. Ganz zufällig war sie in der Garage bei Gwen Lemaire auf die Lösung all ihrer Probleme gestoßen. Einen Joint zu rauchen, brachte einfach alles in Ordnung, sollte man meinen.

Eben noch in ihren Gedanken versunken, richtete sich Isabelle plötzlich auf.

»Hallo, wir kennen uns doch … Adriana? Richtig?«

Vor Adrianas Gesicht bildete sich eine riesige Kaugummiblase, die sie auf den bonbonrosa geschminkten Lippen geräuschvoll zerplatzen ließ.

»Richtig. Wir haben uns kürzlich bei Gwen gesehen. Sie sagt, du bist Schauspielerin.«

»Stimmt. Was möchtest du essen?«, fragte Isabelle geschmeichelt, weil Gwen mit ihren Freundinnen über sie sprach.

Adriana zog ein iPhone 7 aus ihrer Louis-Vuitton-Tasche und lehnte sich über den Tresen.

»Nichts. Darf ich?«

Bevor Isabelle antworten konnte, stand sie schon Wange an Wange mit der Teenagerin da, als seien sie die besten Freundinnen. Lächeln. Klick.

Mit Expertenblick studierte Adriana das Foto.

Auf dem Bild wirkte Isabelle überrascht und – das musste man zugeben – ein bisschen blöde.

»Für mein Instagram«, erklärte Adriana.

Isabelle wurde vor Freude rot.

»Ach, weißt du, so bekannt bin ich nun auch wieder nicht …«

Adriana sah sie verständnislos an und brach dann in Gelächter aus.

»Oh nein, ich weiß … Deshalb habe ich das Foto auch nicht gemacht! Es ist gut für mein Image, wenn ich ab und zu Selfies mit … normalen Menschen poste.«

Isabelle war nicht sicher, was das Wort »normal« in Adrianas Sprache bedeutete, aber ein Kompliment war es sicher nicht. Adriana postete das Foto, dann hob sie den Kopf.

»Du kannst dich freuen! Ich habe ein hochinteressantes Angebot für dich.«

Verärgert über so viel Herablassung, verschränkte Isabelle die Arme.

»Nein danke, das ist sicher nichts für so ›normale‹ Leute wie mich.«

»Sei doch nicht bescheuert, du weißt ja nicht mal, was ich dir vorschlagen will. Du bist Schauspielerin, und stell dir vor, ich habe eine Rolle für dich.«

Misstrauisch betrachtete Isabelle das Gesicht der Jugendlichen. Unter den mit Khol geschwärzten Lidern blickten die hellgrünen Augen äußerst ernsthaft drein. Immerhin war Adriana die Tochter eines Regisseurs und eines Filmstars, da war es gar nicht so abwegig, dass sie vielleicht wirklich einen Job für Isabelle hatte.

»Eine Rolle?«, fragte Isabelle vorsichtig.

Adriana blickte sich um und sagte leise: »Weißt du, dass du meiner Mutter total ähnlich siehst?«

Isabelle hatte sich immer darüber gefreut, mit Sofia Valentini verglichen zu werden, schließlich war die Schauspielerin schön und talentiert. Diesmal aber stimmte sie das Kompliment eher traurig, denn Adrianas Mutter hatte vor vier Jahren in einem italienischen Luxushotel Selbstmord begangen. Die Nachricht war damals durch die gesamte Presse gegangen. Isabelle hatte nicht die geringste Ahnung, wie sie einer Siebzehnjährigen, die soeben ziemlich abgebrüht bemerkt hatte, dass sie ihrer toten Mutter ähnlich sehe, ihr Mitgefühl ausdrücken konnte.

Also sagte Isabelle einfach das Nächstbeste: »Möchtest du einen MacMorning?«

Als hätte Adriana genau diese Antwort erwartet, erwiderte sie: »Nein, der ist eklig, aber ich nehme einen Big Mac und einen Cheeseburger, vorausgesetzt, du hörst mir zu.«

Isabelle schaute auf die Uhr. Es war Zeit für ihre Mittagspause. Adriana bestellte eine große zuckerfreie Cola zu ihrem Essen, und Isabelle setzte sich mit einem Becher Sprite zu ihr an den Tisch. Wegen einer üblen Gastritis nach dem

Kindergeburtstag bei Alexandre hatte sie in den letzten drei Tagen so viel Cola trinken müssen, dass ihr allein das rot-weiße Logo Übelkeit bereitete.

Adriana leerte vier Beutel Mayo und Ketchup aufs Tablett und verrührte das Ganze mit dem Strohhalm zu einer zweifarbigen Pampe, wickelte dann geschickt ihren Cheeseburger aus, tunkte ihn in die Pampe und nahm einen Riesenbissen.

»Ich erkläre es dir«, sagte sie mit vollem Mund. »Mein Vater heiratet demnächst Colombe de la Fontardière.«

»Ach ja?«, antwortete Isabelle gerührt.

»Das hat *Closer* letzte Woche veröffentlicht. Die beiden sind seit sechs Monaten zusammen.«

»Herzlichen Glückwunsch, du bekommst eine neue Mutter.«

Adriana legte ihren Cheeseburger vorsichtig aufs Tablett zurück. Sie beugte sich vor, und der »Peace and Love«-Anhänger mit falschen Diamanten, den sie an einer Kette um den Hals trug, landete in der Ketchup-Mayo-Pansche.

»Lieber sterbe ich, als dass ich ihn diese blöde Kuh heiraten lasse.«

Weshalb Adriana ausgerechnet ihr, die von Tuten und Blasen keine Ahnung hatte, all das erzählte, entging Isabelle gänzlich. Aber nach drei Tagen im Bett und einem Vormittag, dessen Höhepunkt darin bestanden hatte, dass ein Kunde eine Schachtel mit neun Chicken McNuggets bestellte, nahm diese Unterhaltung eine Wende, die Isabelle neugierig machte. Ohne zu fragen, schnappte Adriana sich Isabelles Serviette, rieb damit ihren Anhänger sauber und fuhr fort: »Die hat ihn einer Gehirnwäsche unterzogen und ihn mit Tantrasex und veganen Smoothies gefügig gemacht. Sie interessiert sich nur für seine Kohle, könnte vom Alter her seine Tochter sein und hat die Ausstrahlung eines Badezimmermülleimers. Was hältst du von zehntausend Euro?«

»Für eine Cola und einen Big Mac? Ist das nicht ein bisschen viel?«

»Hör auf! Ich meine es ernst. Ich biete dir zehntausend Euro, wenn du ihnen die Hochzeit vermasselst.«

Isabelles Blick suchte nach einer versteckten Kamera, während Adriana sagte: »Das ist die Rolle, von der ich gesprochen habe: Du sollst meinen Vater verführen, damit er diese Tussi verlässt.«

Isabelle kaute auf ihrem Strohhalm. Ganz offensichtlich war das alles nur ein schlechter Witz, aber was war der Zweck? Gereizt stopfte sich Adriana eine Handvoll Fritten in den Mund.

»Ich hab es dir ja gesagt, du siehst meiner Mutter ähnlich. Natürlich kannst du ihr nicht das Wasser reichen, das ist klar, aber ich weiß, dass du meinem Vater gefallen würdest.«

»Du machst dich wohl über mich lustig.«

Das junge Mädchen seufzte verstimmt und schob sich den letzten Bissen Cheeseburger in den Mund.

»Sag mir, wenn ich falschliege, aber was deine Filmkarriere angeht, scheint mir, dass du an einem ziemlichen Tiefpunkt angelangt bist. Und wenn ich mir deine Klamotten so ansehe, glaube ich nicht, dass du es dir leisten kannst, zehntausend Euro auszuschlagen.«

Isabelle presste die Hände auf ihre Schläfen. Sicher delirierte sie. Sie hatte doch gleich gewusst, dass der Arzt sie noch länger hätte krankschreiben sollen. Sie entgegnete: »Du rauchst wohl zu viele Joints. Schluss mit dem Unsinn. Du bist verrückt.«

Adriana legte eine Visitenkarte neben den Pappbecher

und lächelte. Ein paar Sekunden lang sah sie tatsächlich aus wie eine Siebzehnjährige.

»Denk gut drüber nach. Zehntausend Euro für zwei Wochen Arbeit.«

»Ich habe bereits drüber nachgedacht. Die Antwort ist Nein.«

Adriana hob ungläubig eine Augenbraue.

»Selbst für eine verkrachte Schauspielerin wie dich wäre das ein Kinderspiel. Warum lehnst du das Angebot ab?«

Isabelle knallte ihren leeren Sprite-Becher auf den Tisch und lehnte sich vor.

»Weil wir uns überhaupt nicht kennen. Ich mag eine verkrachte Schauspielerin sein, aber deswegen weiß ich trotzdem, dass deine Idee größenwahnsinniger Schwachsinn ist. Deshalb!«

Adriana musterte sie vom Scheitel bis zur Sohle. Dann zuckte sie sichtlich enttäuscht die Achseln und stand auf.

»Ruf mich an, wenn du es dir anders überlegst!« Damit verschwand sie hinter der Glastür, ohne ihr Tablett abgeräumt zu haben.

Sprechstunden nach Vereinbarung

Nicolas blickte auf das goldglänzende Schild am Eingang des Pariser Luxuswohnhauses, und wie jede Woche brauchte er eine ganze Weile, um die Inschrift zu entziffern:

DOKTOR RENOIR – KINDERPSYCHOLOGE
Sprechstunden nach Vereinbarung

Er umklammerte Nanous Hand. Sie drückte die seine zärtlich, und gleich fühlte er sich etwas besser.

Beim Anblick des blauen Tischchens mit den unfertigen Ausmalbildern im Wartezimmer ging der Atem des kleinen Jungen schneller. Ein paar Kinder vergnügten sich mit Feuerwehrautos und halb kahlen Puppen, die wohl zu lange in Kisten gelegen hatten und nach Staub rochen. In der Schule spielten die anderen Kinder auch nie mit ihm, warum sollten sie es hier tun?

Er nahm seine Brille mit den runden Gläsern ab und schob sie in die Tasche seiner Jeans. Die dunkelblonden Locken bildeten einen willkommenen Schutzvorhang vor seinen Augen. Um ihn herum wurden die Konturen weicher, die Welt verschwamm auf beruhigende Weise.

»Wir sind dran«, sagte Nanou.

Etwas Anheimelndes ging von Nanous dunklem Haarknoten aus. Sie trug ihn immer, genau wie ihre dunkelblauen Kostüme und die riesige, etwas altersschwache Einkaufstasche, aus der sie jederzeit, je nach Bedarf, ein Taschentuch, einen Keks oder Orangensaft für ihn oder seine Schwestern hervorzauberte. Nicolas wusste, dass sie immer da sein würde, in der Nacht, am Wochenende, in den Ferien und auch an allen Feiertagen. Sie war das einzig Zuverlässige, das er in seinem Leben kennengelernt hatte.

Doktor Renoir trug im Gegensatz zu den Ärzten im Fernsehen keinen Kittel. Er maß auch nie Nicolas' Temperatur und begann stets mit dem gleichen Satz: »Guten Tag, Nicolas. Du brauchst nicht zu sprechen, hier bist du in Sicherheit. Du kannst zur Antwort einfach nicken, okay? Wie geht es dir heute?«

Von allen Doktoren mochte er diesen am liebsten. Vor allem weil er niemals jene unschuldige Frage stellte, die ihn auf der Stelle lähmte. Fünf Worte, die auf ihn wirkten wie ein Fluch: »Hast du deine Zunge verschluckt?« Wenn er diese Worte hörte, zog sich seine Zunge – wie eine Schnecke in ihr Haus – sofort in die Mundhöhle zurück und klebte am Gaumen, als habe sie Angst, verschluckt zu werden.

»Nicolas, in diesem Sommer muss Nanou im Krankenhaus operiert werden, und sie kann nicht wie sonst mit euch in die Ferien fahren.«

»Hab keine Angst!«, flüsterte Nanou und hielt seine Hände fest in ihren.

Doch je öfter sie den Satz wiederholte, umso mehr fürchtete er sich. In Krankenhäusern starben Leute, jeden Tag! Und das nicht nur im Fernsehen.

»Wir finden bestimmt eine Ersatzkinderfrau, eine, die Kinder lieb hat wie Mary Poppins. Du erinnerst dich doch an Mary Poppins?«

Die war ihm völlig egal. Ohne Nanou konnte er nicht

in die Ferien fahren. Er konzentrierte sich auf den offenen Schnürsenkel seines rechten Turnschuhs, bis die Stille in seinem Kopf alle Außengeräusche verschlungen hatte. Niemand hört jemandem zu, der nicht spricht, jetzt wollte er auch nicht mehr zuhören. Leider schafften die Geräusche es immer wieder, die Stille zu durchbrechen. Zunächst das Kratzen des Füllers auf einem Blatt Papier, dann die gedämpften Kinderstimmen, Absätze auf dem Parkett … Als würde jemand ein kaum hörbares Radio immer lauter drehen. Der Doktor hatte die Tür geöffnet. Nicolas sollte im Wartezimmer warten. Seitdem waren zwanzig Minuten vergangen. Er hatte keine Ahnung, was sich in dieser Zeitspanne zugetragen hatte.

Da Nicolas nicht sprach, dachten die meisten Leute, er sei taub, und redeten in seiner Gegenwart ohne jede Scheu. Nicht so Doktor Renoir. Doch inzwischen hatte der kleine Junge es aufgegeben, an der Tür zu lauschen und mitzuhören, was nicht für ihn bestimmt war, denn alle Ärzte, zu denen man ihn gebracht hatte, verwendeten die gleichen Worte, wie »selektiver Mutismus«, zum Beispiel. Dann folgten andere komplizierte Worte, die für ihn wie Apfelmus klangen – Kognitivismus, Hypnomus, Verhaltensmus …

Champagner, ja bitte oder Champagner, nein danke?

Isabelle betrachtete das winzige Kästchen unter ihrer Serviette mit dem gleichen Entsetzen, als hätte sie dort eine Macarena tanzende Kakerlakenfamilie entdeckt. Rasch legte sie die Serviette zurück. Das war knapp. Bestimmt hatte man sie an den falschen Tisch gesetzt. Gut, dass niemand etwas gesehen hatte.

»Isabelle …«

Verstört sah sie zu Quentin hinüber. Er hatte es gesehen. Nein, schlimmer, er wusste Bescheid. Noch schlimmer: Quentin war dafür verantwortlich! Ein paar endlose Sekunden lang stand die Zeit still.

Tief durchatmen!

Isabelle legte die Hände auf ihre Wangen, die eine Hitzewelle mit hektischen Flecken überzogen hatte.

Quentin strich nervös über seinen jungen Bart.

Er wird mich verlassen. Nein, das wäre absurd! Man versteckt doch kein mit dunkelblauem Samt bezogenes Kästchen unter der Serviette der Person, die man verlassen will.

Als sie daran dachte, kicherte sie nervös und albern los.

»Madame, Monsieur, guten Abend.«

Himmel sei Dank, der Kellner!

»Mademoiselle«, berichtigte ihn Isabelle in einem aggressiven Ton, der sie selbst erstaunte.

Der Kellner fiel förmlich in sich zusammen, das runde Gesicht wurde feuerrot, und kleine Schweißperlen erschienen auf seiner Stirn.

»Oh, das tut mir leid, ich wusste ja nicht …«, stammelte er, »entschuldigen Sie bitte, Mada… Mademoiselle. Es ist mein erster Tag.«

Er legte die Speisekarten auf den Tisch und flüchtete in die Küche. Quentin nahm Isabelles Hand.

»Isabelle …«

Es war verrückt, aber Quentins ernster Ton erinnerte sie an den Tag, an dem ihr Exfreund Denis sie verlassen hatte. Sie war zweiundzwanzig gewesen, als sie ihn kennenlernte, er einundvierzig. Denis, der »Stecher«, wie ihn Amina nannte, war schon stoned, sobald er aufstand (gegen vierzehn Uhr), und der Zustand hielt an, bis er schlafen ging (einundzwanzig Uhr dreißig). Er war einer von den Leuten, bei denen man nie wusste, ob sie freigeistige Genies oder totale Knallköpfe waren. Jedenfalls fand Denis, dass Isabelles Kinobesuche zweimal die Woche eine gute Gelegenheit waren, seinerseits zweimal die Woche Sex mit seiner Assistentin einzuplanen. Das wirkliche Leben ist voller Klischees, im Endeffekt sogar mehr als das Kino. Ein unvorhergesehener Streik der Pariser Filmvorführer brachte alles an den Tag: Isabelle kam nach Hause und fand besagte Assistentin nackt bis auf die Pumps auf dem Küchentisch, und Denis sagte nur lakonisch: »Isabelle, mein armer Liebling! Du siehst ganz richtig. Es ist genau das, wonach es aussieht, so unglaublich es dir erscheinen mag.«

Aber Quentin war genau das Gegenteil von Denis. Selbst Amina hatte nichts an ihm auszusetzen. Quentin störte es nicht, an allen Abenden der Woche vor dem Fernseher zu sitzen, *Game of Thrones* zu gucken und ein Menü aus Würstchen und Ravioli aus der Dose zu verspeisen. Quentin hatte vier Jahre lang geduldig gewartet, bis sie endlich bereit gewesen war, mit ihm zusammenzuziehen. Ohne Murren verbrachte er Weihnachten im Tierschutzverein und hatte noch dazu Woody-Allen akzeptiert. Er ließ sie ihr Leben leben – so chaotisch es auch war. Quentin war perfekt.

Bitte verlass mich nicht!

»Isabelle, es ist jetzt etwa fünf Jahre her, dass ...«

»Hast du gesehen? Hier gibt es Austern«, unterbrach sie ihn mit nervösem Gekicher. »Ich glaube, ich nehme Austern. Ich habe seit Ewigkeiten keine mehr gegessen.«

Nun halt doch mal die Klappe! Du hasst Austern.

»Ich dachte, du hasst Austern.«

Wie konnte sie nur so dumm gewesen sein, nicht sofort zu durchschauen, was sich hier anbahnte. Dieses Überraschungsdinner im Restaurant Michel Strogoff mit Blick auf den erleuchteten Eiffelturm und die Tatsache, dass Quentin die Schuhe trug, die sie ihm geschenkt hatte und von denen er fürchterliche Blasen bekam, dazu noch der zweideutige Gesichtsausdruck des Oberkellners, der neben dem Champagnerkübel wartete ... Das alles war eine Falle. Und sie war blind hineingetappt.

»Mein Schatz ...«

Quentin war entschlossen, aufs Ganze zu gehen – Austern hin oder her –, und nahm ihre Hände.

Lass mich ohnmächtig umfallen!, betete sie.

»Willst du mich heiraten?«

Der Kellner schlich um ihren Tisch herum, bereit, auf ein Zeichen des Oberkellners den Champagner zu kredenzen. Die Pärchen an den Nebentischen unterhielten sich ganz selbstverständlich weiter, als würde die Welt in diesem Moment nicht zusammenstürzen. Quentin wartete, hielt weiterhin Isabelles Hände, und der Blick aus seinen dunklen Augen hüllte sie mit seiner Herzenswärme ein. Isabelle bekam keine Luft mehr, und vor ihren Augen verschwamm alles. Sie öffnete den Mund, rang nach Atem und schloss ihn wieder. Quentin räusperte sich und wartete ab.

Sag was, egal was …

»Danke«, stotterte sie, »das ist wirklich lieb.«

Die Hand des Oberkellners, die gerade nach der Flasche im Kübel greifen wollte, stoppte auf halbem Weg. Das hatte es hier noch nicht gegeben: Champagner, ja bitte oder Champagner, nein danke? Quentin blieb gelassen, zog aber seine Hände zurück. Noch eine seiner guten Eigenschaften: Er regte sich nie auf und blieb immer ruhig und rational, egal was passierte. Verdammt. Es war die Hölle. Warum musste er so perfekt sein?

»Gib mir zwei Sekunden«, flehte Isabelle kaum hörbar.

Sie machte dem Kellner ein Zeichen. Er näherte sich und knetete nervös die Serviette, die eigentlich auf seinem Arm liegen sollte.

»Die Flasche!«, befahl Isabelle, die nun so weiß war wie die Tischdecke.

Mit steifem Nicken gab der Oberkellner sein Einverständnis, und der Kellner stürzte auf den Kübel zu und schnappte sich entschlossen die Flasche Moët & Chandon. Unter Quentins fassungslosem Blick öffnete er sie, nahm zwei Gläser, die in seinen bebenden Händen aneinanderklirrten, und servierte das erste Glas. Er schenkte gerade das zweite Glas ein, als Isabelle das erste bereits in einem Zug ausgetrunken hatte.

»Noch eins!«, sagte sie und hob ihr leeres Glas.

Der Kellner gehorchte und stellte anschließend die Flasche in den Eiskübel zurück. Dann verbeugte er sich steif und schlug die Hacken zusammen.

»Wohl bekomms! Ich komme wieder, wenn Sie Ihre Wahl getroffen haben.«

Isabelle kippte das zweite Glas ebenso schnell hinunter wie das erste und stellte es neben ihren Teller.

»Quentin, ich muss dir etwas sagen.«

Er hatte sich in seinem Sessel zurückgelehnt und sah sie nun mit verschränkten Armen abwartend an. Seinen Champagner rührte er nicht an. Isabelle atmete tief durch. Quentin war nicht berechnend, er war ehrlich, und sie musste es auch sein. Sie beugte sich vor und murmelte: »Ich kann dich nicht heiraten. Ich bin nicht sicher … Ich weiß nicht, ob ich dafür geschaffen bin … Und willst du eigentlich Kinder?«

Die Frage überraschte ihn, und er brauchte eine Weile, bis er antwortete: »Vielleicht nicht sofort, aber ja, ich habe immer davon geträumt, irgendwann Kinder zu haben.«

»Siehst du, genau das habe ich befürchtet. Stell dir vor, ich habe nämlich vor Kurzem festgestellt, dass ich Kinder HASSE!«

Sie hatte die Betonung ganz auf das Wort Hass gelegt, um ihr Argument zu untermauern. Quentin machte den Mund auf, als wollte er antworten, überlegte es sich dann anders und machte ihn wieder zu. Dann nahm einen großen Schluck Champagner.

»Das sagst du jetzt wegen deiner tragischen Kindheit, aber ich glaube …«

»Fang bloß nicht mit dieser Geschichte an!«, unterbrach ihn Isabelle aufbrausend. »Das hat damit nichts zu tun. Es ist nur einfach so, dass ich mir nicht vorstellen kann, jemals

Kinder zu haben, und es wäre nicht richtig, dich zu heiraten, wenn du dir welche wünschst. Das ist alles.«

Quentin nickte und schlug verzagt die Menükarte auf. Isabelle bedauerte bereits ihre harten Worte und spürte, wie Verzweiflung in ihr aufkeimte.

»Natürlich liebe ich dich, aber ich dachte, wir könnten einfach so zusammen sein, du, ich und Woody-Allen, bis … und ohne …«

Sie deutete auf ihre Serviette, unter der die Bombe im dunkelblauen Samtgewand tickte.

Quentin klappte die Karte zu.

»Bis wann? Ich bin sechsunddreißig, und wir sind jetzt seit über fünf Jahren zusammen. Meinst du nicht, du hättest mich früher darüber in Kenntnis setzen können, dass du nicht vorhast, dein Leben mit mir zu teilen?«

Er hatte sehr laut gesprochen, was gar nicht seine Art war, und Isabelle fühlte sich auf der Stelle schuldig. Das Letzte, was sie wollte, war, ihm wehzutun.

»Es tut mir ja so leid. Ich wusste nicht, dass wir schon an diesem Punkt angelangt sind. Wir haben doch gerade erst einen Hund adoptiert.«

»Schon? Nach ganzen fünf Jahren? Und in unserem Alter? Aber du …«

»Haben Sie Ihre Wahl getroffen?«, fragte der Kellner, der, Block und Stift in der Hand, wieder neben ihrem Tisch aufgetaucht war. Quentin griff nochmals zur Karte und bestellte dann das Erstbeste.

»Ein Menü Experience, bitte.«

»Fünf oder sechs Gänge?«

»Fünf!«

»Und was darf es für Madame, äh, Mademoiselle sein?«

»Das Gleiche«, gab Isabelle unbeteiligt von sich.

»Möchten Sie einen Wein dazu? Mit Verlaub, meine Empfehlung wäre da ein Château-La …«

»Für mich einen dreifachen Whisky pur!«, unterbrach ihn Quentin.

»Für mich auch«, schloss Isabelle sich an.

»Großartige Wahl zur Goldbrasse, wirklich. Das ist mal was Originelles. Vielen Dank.«

Der Kellner zog mit der Menükarte und seiner Serviette ab, die sich vom vielen Kneten in einen feuchten Lappen verwandelt hatte.

Das Kästchen lag immer noch auf Isabelles Teller.

»Du hast mir nie gesagt, dass du keine Kinder willst. Woher kommt diese Abneigung?«

Isabelles Handbewegung drückte Ratlosigkeit aus. Sie hatte einfach nie das Bedürfnis verspürt, Mutter zu werden. Aber wie sollte sie das erklären? Die eigentliche Frage war doch, warum sich bis heute die Ansicht gehalten hatte, es sei die Bestimmung der Frau, Kinder zu bekommen, obgleich für das Selbstbestimmungsrecht der Frauen Unmengen von Büstenhaltern verbrannt worden waren …

Während sie darauf warteten, dass der Kellner mit den beiden Whiskys zurückkam, hatte Isabelle Zeit nachzudenken. Sie wählte die Erklärung, die am wenigsten Zündstoff bot.

»Es ist mit meiner Karriere nicht vereinbar.«

Quentin biss sich auf die Lippen. Als er Isabelle kennengelernt hatte, hatte sie oft Stunden im Bad verbracht und Rollen auswendig gelernt, von denen sie glaubte, dass sie sie vielleicht eines Tages spielen würde. Ganze Stapel an Drehbüchern hatte sie sich zu Gemüte geführt. Darüber hinaus hatte sie gratis in Kurzfilmen von Studenten mitgespielt, um ihr Book zu füllen, und jeden Tag das Internet nach Castinganzeigen durchforstet … Doch in den letzten beiden Jahren hatte ihr Eifer erheblich nachgelassen. Ob es an den Fehlschlägen und Enttäuschungen lag? Jedenfalls waren ihre Castings rar geworden.

Damals hatte Isabelle sich mit ein paar Werbespots pro Jahr und kleinen Nebenrollen in mittelmäßigen Serien durchgeschlagen. Ab und zu bot ihr Agent ihr einen schlecht bezahlten Job an, gerade mal so viel, um sie bei der Stange zu halten, aber auch nicht zu viele, um seinem eigenen Ruf nicht zu schaden. Die beste Rolle, die Isabelle je gespielt hatte, war ihre allererste Rolle gewesen, in dem Film *Sechzehneinhalb*. Sie war damals fünfzehn und spielte eine verwahrloste Teenagerin, die bei Pflegeeltern untergebracht wird, anfängt, Drogen zu nehmen und ins Kleinkriminellenmilieu abrutscht, bis sie von einer Sozialarbeiterin auf den rechten Weg zurückgeführt wird. Der Film war nicht besonders gewesen, aber Isabelle hatte in der Rolle brilliert. Sie drückte eine Art Reinheit aus, die den Zuschauer zutiefst berührte, und sie spielte das junge Mädchen in dieser komplizierten Phase zwischen Kindheit und Erwachsenwerden einfach perfekt. Mal wirkte sie wie fünfzehn, mal wie fünfundzwanzig. Doch diese Rolle – das hatte Quentin bald verstanden – war im Grunde ein Fluch gewesen, denn sie hatte Isabelles Entscheidungen und ihren Lebensstil erheblich beeinflusst. Ohne diese erste Rolle hätte sie schon längst die fixe Idee, unbedingt Schauspielerin werden zu müssen, aufgegeben. Doch diese Zeit war in ihrer ansonsten eher finsteren Jugend die glücklichste gewesen. Und so hatte Isabelle sich, überzeugt, das Schicksal habe ihr den Weg gewiesen, in den Kopf gesetzt, Schauspielerin zu werden.

Er trank einen Schluck Whisky.

»Könntest du dir vielleicht vorstellen, einen ganz anderen Job im Filmbereich zu machen? Ich meine, statt Schauspielerin zu werden. Die Frau eines Kollegen arbeitet bei einem Filmverleih im Marketing, und sie sucht eine Assistentin, die …«

»Rede doch nicht mit mir wie mit einer deiner Kundinnen. Ich will Schauspielerin werden, seit ich fünfzehn war, ich habe für meinen Traum alles geopfert. Abgesehen davon habe ich kein Abitur.«

Quentin fuhr sich mit der Hand durch sein Haar, ein Zeichen, dass er langsam wütend wurde.

»Isabelle, ganz ehrlich, ich weiß, dass du das nicht hören willst, aber dieser Wahn ist reichlich … kindisch. Wenn das wirklich der Grund ist, weshalb du nicht heiraten und keine Kinder haben willst, dann …«

»Als Vorspeise hätten wir hier einmal die marinierte Goldbrasse mit Gemüse …«

In jeder Hand eine Schale balancierend, um das Gleichgewicht nicht zu verlieren, erinnerte der Kellner stark an eine ägyptische Reliefstatue. Er wollte eine der Schalen auf Isabelles Teller abstellen, doch dort stand immer noch das Kästchen. Also stellte er zunächst Quentins Schale ab und schob das Kästchen mit der nun freien Hand zwischen die beiden, um auch die zweite Schale abstellen zu können.

»Wohl bekomms …«

»Danke«, sagte Quentin und wandte sich wieder an Isabelle. »Mal ganz ehrlich! Wenn es dir wirklich mit deiner Karriere als Schauspielerin ernst gewesen wäre, würdest du mit deinen zweiunddreißig jetzt ganz anders dastehen. Aber wenn es nur eine faule Ausrede ist, nur um mich nicht zu heiraten, dann wäre es mir lieber, du würdest es ehrlich sagen, statt vorzuschieben, dass du keine Kinder willst.«

Verärgert hob Isabelle abwehrend eine Hand.

»Du willst, dass ich ehrlich bin? Na gut. Ich finde eine Entbindung widerlich. Ein Ding im Bauch zu haben, das alles zerreißt, wenn es herauskommt, ekelt mich an. Du hast doch *Alien* gesehen, oder? Genau so stelle ich es mir vor. Man muss doch völlig verdreht sein, um so etwas schön zu finden.«

»Na und? Wir können ja auch ein Kind adoptieren.«

Wenn er so weitermacht, fange ich gleich an zu heulen.

»Kinder brüllen den ganzen Tag, und wenn sie gerade mal nicht brüllen, muss man so tun, als könnte man mit ihnen Gespräche führen. Und die haben weder Hand noch Fuß. Kinder nehmen zu viel Raum ein und sorgen für Beziehungskrisen. Ihretwegen bekommt man Stress, man wird alt und hat keine freie Minute mehr. Das versaut einem das ganze Leben.«

Dieser Ausbruch war durch und durch aufrichtig. Immer, wenn Isabelle keine gute Antwort einfiel, posaunte sie einfach die ganze Wahrheit heraus. Quentin wusste nicht, was er darauf noch antworten sollte.

Schweigend verzehrten sie ihre Vorspeise. Der Kellner kam wieder, um abzuräumen, stellte fest, dass das Kästchen den Platz immer noch nicht gewechselt hatte, und zog verwundert eine Braue hoch. Isabelle fröstelte. Sie wollte nicht mehr darüber sprechen. Lieber so weitermachen wie bisher: Woody-Allen, Quentin und sie, mit ihren Fernsehserien am Abend, ihren Kuschelwochenenden zu zweit und dem sonntäglichen Ausschlafen. Es war doch alles so gut gelaufen, und sie waren glücklich gewesen.

Plötzlich hob Quentin den Kopf, und Isabelle stellte unglücklich fest, dass sie ihn noch nie so verzweifelt gesehen hatte.

»Ich wollte dich heiraten und mit dir Kinder in die Welt setzen«, sagte er.

Isabelle hatte das Gefühl, in ihrem Innern scheppere etwas wie zerbrechendes Porzellan. In ihrem Hals bildete sich ein Kloß, und Tränen schossen ihr in die Augen.

Der Oskar für den zauberhaftesten Mann der Welt geht an Quentin Lefèvre in der Rolle des perfekten Partners, der von seiner bescheuerten Freundin zurückgestoßen wird. Begeisterte Fans reißen ihm bereits die Klamotten vom Leib, während die verblendete Idiotin für immer aus seinem Leben verschwindet, einsam unter einer Brücke endet und sich nur noch von Kartoffelchips Sorte Hühnchen-Barbecue ernährt.

Sie sah Quentin wieder im Garten in Vincennes vor sich, wie er mit lauter kreischenden Kindern auf dem Rasen spielte, seine neuen Schuhe ramponierte und dabei überglücklich wirkte. Sollten doch ruhig alle Isabelle für eine zurückgebliebene, unreife Möchtegernjugendliche halten, die einem Traum verfallen war, aber sie liebte Quentin zu sehr, um ihn zu belügen. Das konnte sie ihm nicht antun. Sie durfte sein Leben nicht ruinieren.

»Wenn wir nicht das Gleiche wollen«, sagte sie nach einer langen Pause und mit einer Selbstsicherheit, die sie längst nicht empfand, »dann sollten wir uns trennen.«

Mit den Fingerspitzen schob sie das Kästchen über den Tisch neben Quentins Whiskyglas.

»Na gut«, sagte er eisig.

»Es tut mir leid.«

Sie sprang auf, damit er nicht sehen konnte, dass sie gleich in Tränen ausbrechen würde, und rannte zur Garderobe. Sie hoffte, er würde sie festhalten und bitten zurückzukommen, ihr sagen, dass auch er im Grunde keine Kinder wollte und sie überhaupt nicht heiraten mussten, dass sie weiterleben konnten wie bisher, glücklich und ohne Fragen zu stellen, bis an ihr Lebensende. Doch das Einzige, was sie hörte, als sie sich tränenüberströmt entfernte, war die fröhliche Stimme des Kellners: »Gänsestopfleber mit gemischtem Gemüse …«

Die Eleganz einer Kuh, die einen ganzen Heuballen verschlingen wollte

In der großen Wohnung am Boulevard Saint-Germain saß Nicolas im Wohnzimmer auf dem Parkett und rückte die runde Brille zurecht, die ihm auf die Nasenspitze gerutscht war. Gleichzeitig zog er seinen Läufer ans andere Ende des Schachbretts. Der Läufer durfte das, diagonal über das Brett sausen. Den anderen Figuren mangelte es an Misstrauen ihm gegenüber, denn er schien nicht weiter gefährlich. Nicolas zog ausschließlich den Läufer, nie eine andere Figur.

Er war so in das Spiel vertieft, dass ihm vor Aufregung ein wenig Speichel auf den Spiderman-Pyjama tropfte. Seine Mutter, die ihm im Schneidersitz gegenübersaß, lächelte ihm zärtlich zu.

Plötzlich sauste Adriana wie ein Wirbelwind durch den Raum, und Nicolas erschrak. Überraschend nahm sie ihn in die Arme und küsste ihn auf die Wange, was sonst gar nicht ihre Art war.

»Ich habe die Lösung für all unsere Probleme gefunden«, jubelte sie.

Was mochte sie nur in eine derart gute Stimmung versetzt haben? Sie stürzte sich auf den Kühlschrank in der offenen Küche, stapelte eine Flasche Milch, Orangensaft, ein Glas Marmelade sowie ein Paket Toastbrot in ihre Arme und klemmte sich drei Tütchen Nescafé zwischen die Lippen.

»Tschüss! Schönen Tag noch«, flötete sie durch die Zähne.

Ein paar Sekunden später knallte die Eingangstür zu und es kehrte wieder Ruhe ein. Adriana hatte sich mit der Hälfte der gestrigen Einkäufe aus dem Staub gemacht. Nicolas' älteste Schwester war längst noch nicht selbstständig genug, ihren eigenen Kühlschrank zu verwalten. Sie war gerade mal in die Wohnung einen Stock höher umgezogen.

Nicolas wandte sich wieder seiner Mutter zu, die sich soeben mit zusammengezogenen Brauen über das Schachbrett beugte. Sie besaß die kräftigen Augenbrauen einer Brünetten, gezupft und jeden Morgen mit einem Stift so präzise nachgezogen, wie ein Restaurator das Gemälde der Mona Lisa auffrischen würde. Sie versetzte ein Pferd: schachmatt.

Nicolas seufzte theatralisch. Seine Mutter lächelte selten, und ihre geradezu kindliche Freude, wenn sie gewann, war unbezahlbar. Deshalb ließ er sie immer gewinnen.

Nun schlurfte Zoé, die jüngere der beiden Schwestern, barfuß ins Wohnzimmer. Sie trug eine viel zu weite Jogginghose und ein Star-Wars-T-Shirt mit einem Foto von Meister Yoda und den Worten »Do or do not, there is no try«. Sie fuhr sich mit der Hand durch das wie bei einem Jungen kurz geschorene schwarze Haar, gähnte mit der Eleganz einer Kuh, die versucht, einen ganzen Heuballen zu verschlingen, und warf einen schläfrigen Blick auf das Schachspiel.

»Du hast verloren.«

Mit dieser Feststellung ging sie an den Kühlschrank.

Nicolas drehte sich um. Auf der anderen Seite des Schachbretts war niemand mehr. Seine Mutter schien sich in Luft aufgelöst zu haben.

»Scheiße, es ist kein Orangensaft mehr da!«, fluchte Zoé. »Wo ist eigentlich Nanou?«

Nicolas wies mit dem Finger auf einen Zettel auf dem Küchentresen.

Meine Lieblinge,
wie ich gestern schon sagte, habe ich heute um acht Uhr einen Termin beim Arzt wegen meinem Fuß. Bis zum Mittagessen bin ich sicher zurück.
Kuss von Nanou

»Stimmt ja, hatte ich ganz vergessen«, sagte Zoé.

Es erschien ihr sonderbar, dass Nathalie Lambert alias Nanou außerhalb der Wohnung in diesem prächtigen klassizistischen Haus, in dem sie seit dem Tod von deren Mutter mit den Kindern lebte, ein eigenes Leben hatte. Der Vater bezahlte Nanou ein Gehalt, das eines Firmenchefs würdig gewesen wäre, damit sie Tag und Nacht für die drei da war. Er selbst lebte die meiste Zeit im Hotel. Seit dem letzten Weihnachtsfest hatte er den Familienwohnsitz nur zwei Mal betreten.

Die fünfzehnjährige Zoé hatte kürzlich in dem Klatschblatt *Closer* einen Artikel über ihn gelesen und erfahren, dass er seinen Coach für Persönlichkeitsentwicklung, eine gewisse Colombe de la Fontardière, heiraten wollte. Sie nahm diese Nachricht gelassen auf, auch wenn sie beinahe die ganze Wohnung abgefackelt hätte, als sie den Artikel verbrannt hatte, damit ihn Nicolas nicht in die Finger bekam.

Sie füllte zwei kleine Schüsseln mit Milch und stellte die erste in den Mikrowellenherd. Dann setzte sie sich an die Arbeitsplatte in der Küche und legte ihren Kopf auf die Arme, als hätten sie diese paar Bewegungen vollständig erschöpft. Jetzt scrollte sie auf ihrem Smartphone alle Neuigkeiten ihres Twitteraccounts durch.

»Unglaublich! Da fragt mich so ein Blödmann, ob ich irgendwelche Tricks kenne, um bei *Call of Duty* zu schummeln … Willst du ein Butterbrot? Zwei? … Diesen Hammel blockiere ich.«

Nicolas hatte zwei Finger gehoben, und Zoé legte zwei Scheiben Brot in den Toaster. In diesem Augenblick ging die Eingangstür auf. Sie hörten, wie Nanou den Schrank in der Diele öffnete, um ihren beigen Regenmantel – seit Jahren trug sie immer denselben – aufzuhängen. Sie betrat die Küche mit von ihrem langen Fußweg geröteten Wangen und einem leicht verrutschten Haarknoten.

»Tut mir leid, meine Lieblinge, aber auf der Metrolinie 4 gab es ein verdächtiges Paket. Ich habe von der Gare du Nord bis Saint Sulpice fünfzig Minuten gebraucht.«

Nanou küsste Nicolas auf die Wange, er küsste zurück. Dann fuhr sie mit der Hand durch das kurze dunkle Haar von Zoé, die von ihrem Smartphone aufblickte und lächelte.

»Hallo, Nanou.«

Nicolas bemerkte die Kakaoflecken auf seinem Pyjama. Er hasste feuchtes Zeug an seinem Körper. Wäre seine Mutter da, so hätte sie zu ihm gesagt: »Setz dich anständig hin, mein Katerli.«

Und er hätte geantwortet: »Ich bin kein Katerli.«

Zoé legte zärtlich den Arm um ihren kleinen Bruder. Plötzlich sah sie traurig aus.

»Bist du es nicht leid, immer allein Schach zu spielen, seit Mama nicht mehr da ist?«

Er schaute sie verständnislos an und riss sich los. Was redete sie da! Er spielte doch gar nicht allein. Außerdem hätte seine Mutter ihre Kinder niemals im Stich gelassen.

Man kann sich nicht aussuchen, wen man liebt

Als Alexandre die Tür öffnete, warf Isabelle sich in seine Arme, und er klopfte ihr unbeholfen auf den Rücken.

»Es tut mir ja so leid.«

»Ich habe es noch gar nicht richtig realisiert. Es ist einfach furchtbar ...«

»LEOPOLDINE! GIB SOFORT DEN TORTENHEBER HER!«

Isabelle schluckte ihre Tränen hinunter und bemerkte nun, dass Leopoldine gerade dabei war, mit besagtem silbernen Tortenheber den Inhalt des Mülleimers aus dem Bad in den Topf der Grünpflanze im Flur zu schaufeln.

»Sie haben heute in der Schule gelernt, was Kompost ist. Diese blöde bürgerliche Schickimicki-Grünen-Vorschule!«

Zur Rettung des improvisierten Gärtnerwerkzeugs tat Alexandre in letzter Minute einen Satz auf seine Tochter zu und entwendete ihr das Gerät. Unbeeindruckt grub Leopoldine mit den Händen weiter. Nachdem die Krise überstanden war, wandte Alexandre sich an Isabelle.

»Was ist denn das für ein grässliches Ding?«, rief er, als er den Wuschelkopf erblickte, der aus der Handtasche seiner Freundin lugte.

»Das ist Woody-Allen«, stellte Isabelle mit feuchten Augen vor. »Er ist alles, was mir von Quentin geblieben ist.«

In der Küche saß derweil Amina auf einem Barhocker und trank Weißwein. Das Glas in der linken Hand, schrieb sie mit der rechten eine SMS. Das Dekolleté ihres geblümten Kleides setzte ihren üppigen Busen vorteilhaft in Szene, während ihre dunkle Lockenpracht auf die Schultern fiel wie in der L'Oreal-Reklame: »Perfekte Locken, super Glanz – weil Sie es sich wert sind«.

»Hilfe! Eine Ratte!«, schrie sie und ließ ihr Telefon fallen, als Isabelle mit ihrem kleinen Hund auf dem Arm in die Küche kam.

»Nein, ein Chihuahua«, berichtigte Isabelle.

Alexandre warf Amina einen Blick zu, der bedeuten sollte: Achtung, heißes Thema! Also hob sie ihr Smartphone wieder auf und nahm ihre Freundin in die Arme, wobei sie jeden Kontakt mit dem Tier vermied.

»Meine Liebe, ich habe die ganze Nacht an dich gedacht … Tu mir das nie wieder an! Eure Trennung hat mich traumatisiert, fast hätte ich einer Mutter ein fremdes Baby untergejubelt. Zum Glück war die Mutter eine Farbige! Sie hat sofort gesehen, dass das nicht ihr Kind sein konnte. Aber erzähl du, was passiert ist!«

»Ganz einfach: Unsere Diskussion zum Thema Hochzeit und Kinder endete damit, dass wir uns getrennt haben, weil wir beide eben nicht mehr das Gleiche wollen«, fasste Isabelle zusammen. »Jedenfalls freue ich mich, dass du da bist. Ich dachte, du hättest heute Dienst.«

»Wenn es Wein gibt, hat Amina wie durch ein Wunder keinen Bereitschaftsdienst mehr, keine anderweitigen Pläne und kann es sogar mit ihrer Religion vereinbaren«, spöttelte Alexandre.

Er schenkte Isabelle ein Glas ein, und Amina überging seine Bemerkung mit einer eleganten Geste.

»Ich konnte es mir eben so einrichten. Alex hat mir alles erzählt … Also wenn du mich fragst, wirst du es noch bereuen. In zweiunddreißig Jahren war Quentin dein einziger Typ ohne schwerwiegende psychische Probleme.«

»Amina, nun lass sie doch erst mal reden!«, unterbrach Alexandre.

»Tue ich doch. Wer hat die Entscheidung getroffen, du oder er?«

»Ich glaube, das war ich.«

Isabelle trank einen Schluck Chablis und erzählte detailgetreu von dem Abend. Amina hielt sich zurück, aber beschloss den Vortrag ihrer Freundin mit den Worten: »Wirklich, ich mag Quentin sehr, aber wenn er Kinder möchte und du nicht, dann hast du die richtige Entscheidung getroffen. Das kann nicht gut gehen.«

Das kann nicht gut gehen … Isabelle hätte am liebsten gleich wieder losgeheult. Amina musterte Alexandre, der sich erschöpft auf den Tisch stützte und völlig ausgelaugt wirkte. »Und ehrlich, wenn ich mir Alexandre so anschaue, dann denke ich auch, dass es totaler Schwachsinn ist, Kinder in die Welt zu setzen.«

»Sehr witzig«, maulte der.

In diesem Augenblick drang aus dem Wohnzimmer ohrenbetäubender Lärm zu ihnen. Alex schlug die Hände vors Gesicht. »Verdammt, ich bringe sie noch um!«

Er stieß seinen Barhocker zurück und rannte ins Wohnzimmer.

»Was treibt ihr hier, zum Donnerwetter! Man kann euch nicht zwei Sekunden allein lassen. Ab in die Betten! Aber sofort!«

Sofort erhob sich lautstarker Protest.

»Ist mir egal! Ihr putzt euch morgen die Zähne. Ich zähle

bis zehn, und wenn ihr bis dahin nicht in euren Zimmern seid, dürft ihr erst wieder fernsehen, wenn ihr volljährig seid. EINS … ZWEI … DREI!

Tumult und eiliges Getrappel erst auf der Treppe, dann im oberen Stock, Türenknallen … Bei »acht« war alles ruhig im Haus, und Alexandre kam in die Küche zurück.

»Habt ihr das gesehen? Sie gehorchen mir aufs Wort.«

Er zückte sein Handy.

»Wollen wir Pizza bestellen?«

»Ohne Schinken«, bat Amina.

»Und Woody-Allen mag keine Sardellen«, fügte Isabelle hinzu.

Gute zehn Minuten gingen für die Diskussion drauf, ob es schlauer war, eine Regina ohne Schinken oder eine Margherita mit extra Pilzen zu bestellen, und schließlich einigten sie sich auf eine Pizza mit vier Käsesorten. Alexandre rief den Pizzaladen an.

Um Widersprüche nie verlegen, wartete Amina, bis er telefonierte, und schnitt eine Wurst an, die sie im Kühlschrank gefunden hatte.

»Ich habe einen Riesenhunger«, erklärte sie der erstaunten Isabelle. »Wenn man so einen Kohldampf schiebt, kann ein wenig Schwein keine Sünde sein.«

Zum ersten Mal an diesem Abend musste Isabelle lachen, und Woody-Allen bellte begeistert.

»Warum eigentlich Woody-Allen?«, fragte Amina.

»Weil er mein Lieblingsregisseur ist.«

»Welche Ehre!«, meinte Amina und betrachtete angewidert das Haarknäuel des einäugigen Tiers. »Komm bitte nicht auf die Idee, dein nächstes Viech nach deiner Lieblingsgynäkologin zu benennen …«

Eine halbe Stunde später kamen die Pizzas, und Isabelle

setzte ihren Bericht fort: Quentin war um drei Uhr morgens nach Hause gekommen, und sie hatte nicht gewagt, ihn zu fragen, wo er gewesen war. Er schlief auf dem Sofa und begann früh am nächsten Morgen seine Koffer zu packen. Als Isabelle schüchtern fragte, ob es denn nötig sei, sich so zu trennen, sagte er, er würde ihr die Wohnung so lange überlassen, bis sie eine eigene gefunden habe, er würde zurückkommen, wenn sie ausgezogen sei. Diese letzte großzügige Geste hatte Isabelles bereits gebrochenes Herz in einen Haufen Krümel verwandelt.

Nach zwei weiteren Gläschen Wein und zwei Stück Pizza erwähnte Isabelle im Laufe der weiteren Unterhaltung auch das merkwürdige Angebot, das Adriana ihr bei McDonald's unterbreitet hatte.

Alexandre kramte ein unter dem Waschbecken verstecktes Päckchen Tabak und Zigarettenpapier hervor und drehte sich eine Zigarette.

»Es ist doch nicht zu glauben, dass sie einfach zu dir ins Restaurant kommt! Und ich verstehe auch gar nicht, wie Gwen mit ihr befreundet sein kann.«

»Vielleicht schlafen sie miteinander«, meinte Amina.

Alexandre sperrte den Mund auf, und die Zigarette, die er sich gerade angesteckt hatte, fiel auf die Pizza.

»Du hast ja wohl einen Knall!«

»Sie ist siebzehn, das ist das Alter, in dem man seine Sexualität austestet.«

Er runzelte die Stirn und wirkte nicht gerade geneigt, über das Sexualleben seiner Tochter zu mutmaßen.

»Wenn das der Fall ist, kann sie wenigstens nicht schwanger werden«, warf Isabelle pragmatisch ein.

Alexandres Gesicht entspannte sich. Das Argument leuchtete ihm ein.

»Stimmt, aber dann wäre mir Marie-Charlotte Lavoute lieber gewesen. Sie ist Klassenbeste, Adriana ist dagegen eine totale Null. Ich muss mit Gwen sprechen.«

»Hm, ich weiß nicht. Ich bin zwar in Sachen Pubertätskrise nicht gerade bewandert, aber ich glaube kaum, dass das eine gute Idee wäre«, sagte Amina.

Sie wandte sich an Isabelle, die nachdenklich mit der Gabel den Käse von der Pizza kratzte.

»Was denkst du darüber, Isabelle? Immerhin hast du deine Pubertätskrise noch nicht abgeschlossen, du müsstest dich damit auskennen.«

»Ich denke, dass ich ihr Angebot vielleicht annehmen sollte. Ich habe keinen roten Heller und bald auch kein Dach mehr über dem Kopf. Schließlich ist Adrianas Vater Jan Kozlowski. Der dürfte so ziemlich jeden in der Branche kennen, vielleicht öffnen sich dann für mich ein paar Türen …«

»Kozlowski?«, fragte Alexandre stirnrunzelnd. »Warte mal, ist das nicht der Typ, der dich vor fünfzehn Jahren für die Hauptrolle in *Zufall* abgelehnt hat?«

Isabelle biss sich auf die Lippen. Das Problem mit Alexandre war, dass er nichts von dem vergaß, was man ihm erzählte. Manchmal wäre es einfacher, er würde – wie jeder andere normale Mann – nicht so genau hinhören, sondern einfach nur so tun, als wäre er aufmerksam, und dabei an etwas ganz anderes denken.

Nach ihrer großartigen Leistung in *Sechzehneinhalb* war Isabelle mit siebzehn für die Rolle der jungen Heldin in dem Film von Jan Kozlowski ausgewählt worden, der den Höhepunkt seiner Karriere darstellen sollte: *Zufall*. Sie hatte den jungen Regisseur nur ein Mal getroffen, sollte aber ihr Gespräch nie wieder vergessen: Am Tag vor der Vertragsunterzeichnung hatte er ihr einfach ohne Umschweife mitgeteilt, dass er sie durch eine andere Schauspielerin ersetzen würde, eine damals Unbekannte, für die dieser Film zum Sprungbrett in eine große Karriere wurde.

Nach dem Tiefschlag hatte Isabelle Italienisch, Gebärdensprache und Tango gelernt, um ihre Kompetenzen zu erweitern. Auf Anraten ihres Agenten hatte sie in Werbespots mitgewirkt, in denen sie mit blödem Grinsen Fläschchen mit blauer Flüssigkeit auf Damenbinden leerte oder in eine Kloschüssel glotzte, um begeistert auszurufen, dass das neue JaJavel wie eine Meeresbrise in Tahiti roch. Obwohl sie ganz gut verdiente, löste sie den Vertrag mit ihrem Agenten auf und musste feststellen, dass sie den Anschluss verpasst hatte. Mit einer einzigen ernsthaften Rolle auf der Habenseite war Isabelle nun in einem Alter, das für Schauspielerinnen ohne Karriere kinematografischen Wechseljahren gleichkam.

»Du hast recht«, meinte Amina, »diese verrückte Geschichte könnte sich als eine ausgezeichnete Chance entpuppen.«

»Das darf doch nicht wahr sein! Ich hör wohl nicht recht! Sie wird sich doch wohl nicht für diese hirnverbrannte pubertäre Göre unter falschem Namen prostituieren!«, regte Alexandre sich auf.

»Es kann jedenfalls nicht schaden, wenn sie ihren Kontostand ein wenig aufbessert. Schließlich vegetiert sie seit Jahren ohne eine anständige Rolle dahin.«

»Quatsch! Sie braucht einen normalen Beruf.«

»Dieser Job gibt vielleicht den nötigen Anstoß und …«

»›Sie‹ ist übrigens anwesend«, unterbrach Isabelle die beiden ärgerlich.

Amina verschränkte die Arme.

»Ich finde, du solltest das Angebot annehmen.«

»Und ich finde diese Idee völlig hirnrissig«, entgegnete Alexandre. »Und ihr solltet besser auf mich hören, denn seit ich allein mit den Kindern klarkommen muss, bin ich im Gegensatz zu euch erheblich reifer geworden.«

Amina brach in Gelächter aus. »Schalte einfach auf Durchzug, Isabelle!«

Alexandre warf ihr einen wütenden Blick zu und wandte sich an Isabelle: »Natürlich hast du das Recht, Kinder abzulehnen. Ich stelle deine persönlichen Entscheidungen nicht infrage und würde mir auch nie erlauben, sie zu kritisieren …«

»Aber …?«, fragte Isabelle und nahm noch ein Stück Pizza.

»Aber du bist jetzt zweiunddreißig, und ich finde, du solltest an deine Zukunft denken und dir neue berufliche Ziele setzen.«

Amina schien plötzlich von irgendetwas am Boden ihres Glases fasziniert zu sein, und eine peinliche Stille breitete sich in der Küche aus. Isabelle fühlte sich wie geohrfeigt. Plötzlich kam sie sich so einsam vor wie ein Kutschpferd auf einer Automobilmesse. Im Gegensatz zur besten Freundin benutzt der beste Freund nicht immer Samthandschuhe.

Die Eingangstür klappte, und Gwen erschien in der Küche.

»Kann ich mir ein Stück Pizza nehmen?«

»Hallo, Gwen!«, sagte Amina, erleichtert über diese Ablenkung.

»Nein, Pizza ist ungesund«, knurrte Alexandre. »Wo warst du?«

Gwen zuckte die Achseln und nahm sich ein Stück.

»In der Bibliothek. Hast du wieder mit dem Rauchen angefangen?«

»Bis halb zehn? Du machst dich wohl über mich lustig.«

»Die Bibliothek schließt um einundzwanzig Uhr. Kannst du im Netz nachprüfen.«

Alexandre setzte sein autoritäres Gesicht auf.

»Schläfst du mit deiner Freundin Adriana?«

Gwen sperrte den pizzagefüllten Mund auf, zu verblüfft, um zu antworten.

»Wenn das der Fall ist«, fuhr Alexandre fort, »so sollst du wissen, dass ich nichts dagegen habe, wenn du deine Sexualität erforschst. Aber Marie-Charlotte Lavoute scheint mir in jeder Hinsicht ein besserer Umgang zu sein …«

»Du bist doch nicht mehr zu retten, also wirklich!«, fiel ihm Gwen ins Wort, warf den Rest ihres Pizzastücks in den Karton zurück und rauschte davon. Isabelle und Amina brachen in Gelächter aus.

Alexandre holte eine zweite Flasche Wein aus dem Kühlschrank.

»Ich bin es leid, Vater zu sein. Ich hätte lieber Mönch werden oder Single bleiben sollen.«

Amina reichte ihm den Korkenzieher.

»Single bist du ja schon mal. Es ist noch nicht zu spät, Mönch zu werden«, lachte sie.

»Genau, und dann muss deine Exfrau zurückkommen und sich mit Gwens Sexualleben herumschlagen«, witzelte Isabelle.

Alexandre entkorkte die Weinflasche.

»Und du, Amina?«, seufzte er.

»Mit Stan läuft es immer noch gut«, sagte sie und hielt ihm ihr Glas hin.

Er schenkte ein und verdrehte die Augen.

»Der wird sich nie im Leben scheiden lassen! Spätestens wenn du in die Wechseljahre kommst, lässt er dich sitzen, und du endest als einsame und kinderlose alte Jungfer.«

»So wie ich«, meinte Isabelle.

»Mit dem kleinen Unterschied, dass sie es sich nicht ausgesucht hat«, entgegnete Alexandre, der sich offenbar für die Weisheit auf zwei Beinen hielt, seit er Kinder hatte. Praktisch der Dalai Lama, nur ohne das Gewand.

Amina zuckte die Achseln und hob ihr Glas.

»So ist es nun mal. Man kann sich nicht aussuchen, wen man liebt, und ich liebe Stan.«

»Und ich liebe Quentin«, sagte Isabelle und hob ebenfalls ihr Glas.

»Und ich liebe meine Kinder«, schloss Alexandre und stieß mit den Freundinnen an. »Auch wenn es nicht immer einfach ist.«

Achthundert Euro brutto im Monat

Die Frau in der Immobilienagentur schob ihre Hornbrille auf die Nasenspitze und betrachtete Isabelle von Kopf bis Fuß.

»Wie viel Miete zahlen Sie momentan?«

Isabelle verschränkte die Beine unter dem Stuhl und versuchte vergeblich, ihre verwaschene Jeans zu verbergen.

Denk nach, du Pfeife!

Obwohl ihre Einkünfte in den letzten Jahren ziemlich unregelmäßig gewesen waren, hatte sie es nie gelernt zu sparen. Abgesehen davon besaß sie nur ein Girokonto. Großzügig verplemperte sie ihr armseliges Gehalt von McDonald's und lud hier jemanden auf einen Drink ein und verteilte dort kleine Geschenke, bis die Bank sie höflich darauf aufmerksam machte, dass ihr Konto überzogen war. Vor einem Jahr hatte sie eine heruntergekommene Bruchbude verlassen, um bei Quentin einzuziehen. Über das Thema Miete hatten sie nie gesprochen, aber sie wäre ohnehin nicht in der Lage gewesen, Miete zu zahlen, und hatte daher auch nie Fragen gestellt. Doch dieses Eingeständnis würde ihren Fall hier vermutlich nicht glänzender aussehen lassen.

»Ich bin nicht sicher«, murmelte sie und kaute an ihrem Daumennagel, »so zwischen tausend und tausendzweihundert …«

»Sie wissen nicht, wie viel Miete Sie zahlen?«

Die Augen der Dame, durch ihre Brille schon übergroß, weiteten sich. Isabelle wurde rot und senkte den Blick.

»Ich habe die Miete nicht bezahlt.«

»Verstehe. Haben Sie einen Bürgen?«

Isabelle zögerte. Alexandre und Amina würden sicher als Bürgen für sie auftreten.

»Ich denke schon. Was ich noch vergessen habe: Ich habe einen kleinen Hund. Die Vermieter müssten damit einverstanden sein.«

»Was ist Ihr Budget?«

»Ich dachte an fünfhundert Euro pro Monat. Mein Hund heißt Woody-Allen.«

»Hm, ich verstehe. Das genügt bestenfalls für eine kleine Einzimmerwohnung in einem Randbezirk. Wie viel verdienen Sie monatlich?«

»Meine Einkünfte sind etwas unregelmäßig. Wissen Sie, ich bin Schauspielerin und …«

»Sie haben keinen unbefristeten Arbeitsvertrag?«

Das sagte sie mit geradezu widerwärtig geheucheltem Mitgefühl, fast als hätte ihr Isabelle soeben eröffnet, dass sie eine hoch ansteckende Geschlechtskrankheit habe.«

»Ich habe einen befristeten Arbeitsvertrag. Ich bin Teilzeitkassiererin, aber nebenbei …«

»Ihr Gehalt?«

»Achthundert Euro brutto im Monat. Aber ich habe auch …«

Die Frau unterbrach sie abermals.

»Aha, ich verstehe.«

Isabelle wusste nicht, was diese Sachbearbeiterin seit Beginn ihres Gesprächs verstanden haben mochte, doch es war wohl nichts Positives, denn sie klappte die begonnene Akte schwungvoll zu.

»Bei dem Gehalt finden Sie nicht einmal eine Wohngemeinschaft«, meinte sie.

Isabelle klammerte sich an ihre Handtasche, beugte sich zu ihrer Gesprächspartnerin vor und warf ihr einen flehenden Blick zu.

»Ich habe noch andere Einkünfte, die sind zwar, wie gesagt, nicht regelmäßig, aber doch beträchtlich.«

In Wirklichkeit hatte sie schon seit Monaten überhaupt keine Gagen mehr bekommen. Den Job bei McDonald's hatte sie annehmen müssen, weil sie mangels ausreichender Arbeitsstunden ihren Anspruch auf Arbeitslosenunterstützung für Künstler verloren hatte.

»Wenn ich Sie wäre, würde ich in Ihrer jetzigen Wohnung bleiben.«

»Das ist ja das Problem: Ich habe mich von meinem Freund getrennt und kann die Miete nicht allein bestreiten.«

»Vertragen Sie sich wieder. Eine Beziehung verlangt nun mal Zugeständnisse.«

Die Angestellte erhob sich und öffnete die Tür ihres Büros mit einem mitleidigen Lächeln, das so falsch war wie eine Louis-Vuitton-Tasche »made in China«.

»Schönen Tag noch«, sagte sie zum Abschied.

Nicht gerade Feng-Shui

Vor dem holzgeschnitzten Eingangstor des Wohnhauses im Haussmannstil am Boulevard Saint-Germain zog Isabelle die Visitenkarte von Adriana Valentini aus der Tasche. Außer der Anschrift ihres Wohnsitzes standen dort in goldenen Lettern die ihres YouTube-Kanals und ihr Pseudonym bei Instagram. Isabelle atmete tief durch und klingelte an der Sprechanlage.

»Ja?«

»Adriana? Ich bin es, Isabelle.

»Wer?«

»Isabelle Bernard … aus dem McDonald's. Ich wollte mit dir über deinen Vorschlag von neulich sprechen …«

»Dritter Stock.«

Isabelle betrat die Eingangshalle, Woody-Allen trottete an ihre Fersen geheftet hinter ihr her.

Den gestrigen Tag hatte sie mit Nachforschungen über Adriana Valentini zugebracht und sich ihre Videos angeschaut, in denen Adriana unsicheren jungen Mädchen Schmink- und Stylingtipps gab. Sonderbarerweise war ihr Ton vor der Kamera ziemlich vergnügt, und von der Arroganz, die sie Isabelle gegenüber an den Tag legte, war dort keine Spur. Sie verteidigte das Recht auf »untypische Schönheit«, und so lud sie mal eine Übergewichtige, mal ein Mädchen mit Damenbart, dann wieder eine Bodybuilderin zu

Interviews ein. Das Ganze wirkte zwar ziemlich kindlich, war dafür aber erfrischend und erstaunlich professionell gemacht.

»Hallo, Adriana.«

»Hi.«

Das junge Mädchen musterte Woody-Allen mit gerunzelter Stirn, und Isabelle nahm das Hündchen auf den Arm, um es vor den unfreundlichen Bemerkungen zu beschützen, die es bei jeder Begegnung mit Menschen über sich ergehen lassen musste. Adriana aber enthielt sich jeden Kommentars.

Sie gingen durch einen langen Gang mit glänzend versiegeltem Parkett bis zum Wohnzimmer, das größer war als die gesamte Wohnung, die Isabelle sich mit Quentin teilte. Mit einer knappen Handbewegung deutete Adriana auf ein weißes Ledersofa.

»Du kannst dich gern setzen. Ich kann dir allerdings nichts anbieten. Meine Putzfrau kümmert sich um die Einkäufe, und die ist gerade in der Karibik.«

Isabelle setzte sich.

»Wohnst du ganz allein hier?«

»Ja. Meine Familie wohnt eine Etage tiefer. Aber ich suche etwas anderes. Diese Wohnung hier ist nicht gerade Feng-Shui, und das tut meinem inneren Gleichgewicht nicht gut.«

Isabelle hätte gern gewusst, ob die riesigen Räume, die Designermöbel oder das Viertel – eins der schönsten von Paris – für das Problem verantwortlich waren, aber das hätte sie nur vom eigentlichen Thema weggeführt, und so unterließ sie es, nachzufragen.

»Ich habe über dein Angebot nachgedacht.«

Adriana ließ sich auf dem cremefarbenen Teppich nieder. Weiße Minishorts betonten ihre langen braun gebrannten Beine.

Sie trug ein T-Shirt mit Strassmotiven, die Penissen zum Verwechseln ähnlich sahen, und einen derart leuchtenden korallenroten Lippenstift, dass er eigentlich vom Verkehrsamt hätte eingezogen werden müssen.

»Stell dir vor, ich habe für unser Instagramfoto bei McDonald's dreitausendvierhundert Likes bekommen. Vielleicht sollte ich meine Strategie generell ändern und mehr solcher albernen Fotos posten und weniger mit Hermès-Taschen und solchem Schnickschnack.«

»Bist du immer so?«, frage Isabelle neugierig.

»Wie meinst du das?«

»Ich weiß nicht … so eine Zicke.«

Adriana überlegte kurz.

»Ja, ich glaube schon«, sagte sie dann mit entwaffnender Aufrichtigkeit. »Dann bist du also mit meinem Vorschlag einverstanden? Und du findest nicht mehr, dass meine Idee größenwahnsinniger Schwachsinn ist?«

»Doch, aber in der Zwischenzeit habe ich mit meinem Freund Schluss gemacht, keine Wohnung mehr und schulde ihm zudem noch die Miete, siebentausendzweihundert Euro, um genau zu sein.«

»Ein Typ, der dir im Moment der Trennung die Rechnung vor die Nase hält, ist kein großer Verlust.«

Als Isabelle Quentin angerufen und ihm vorgeschlagen hatte, ihren Anteil der Miete nachträglich zu zahlen, hatte er nur kühl geantwortet, dass sie ihm nichts schuldig sei, und eingehängt, weil er angeblich zu einem Meeting musste. Dennoch wollte Isabelle ihren Teil der Miete begleichen.

»Tatsächlich hat er das auch gar nicht. Dazu ist Quentin viel zu lieb.«

»*Whatever*«, sagte Adriana schroff und winkte ab, »darüber müssen wir jetzt wirklich nicht stundenlang diskutieren.«

Isabelles Blick fiel auf ein Porträt von Sofia Valentini über dem Kamin.

»Sie war schön, findest du nicht auch?«, fragte Adriana.

»Ja, wunderschön«, antwortete Isabelle, überrascht von dem plötzlich veränderten Tonfall des jungen Mädchens.

Adriana wandte sich von dem Bild ab. Für einen kurzen Augenblick hatte ihr Gesicht einen beinah zärtlichen Ausdruck angenommen, doch sofort kehrte ihre Arroganz zurück.

»Gut. Ich erkläre es dir. Es ist ganz simpel. Mein Vater will ausnahmsweise die nächsten Sommerferien mit uns verbringen. Wir sollten eigentlich mit der Kinderfrau fahren, die sich um meinen kleinen Bruder kümmert, aber sie muss ihren Fuß operieren lassen und versucht gerade verzweifelt, Ersatz zu finden. Ich will, dass du dich bewirbst. Ich mache dir ein 1-A-Bewerbungsschreiben, und schon bist du im Rennen.«

»Ich kann keine Kinderfrau spielen! Ich mag keine Kinder.«

»Scheißegal, es ist doch nur Tarnung. Mein kleiner Bruder ist wirklich süß, und da er nicht spricht, wird er dich auch nicht nerven.«

»Ist er taubstumm?«

»Nein, er hat nur beschlossen, nicht mehr zu sprechen. Ich zeige dir, was du tun und lassen musst … Wir üben das Ganze. Die Person, die du spielen sollst, habe ich schon genau im Kopf: Du heißt Isabelle Derarsch und liebst Kinder.«

»Isabelle Derarsch? Hast du sie noch alle?!«

»Anders geht's nicht. Sie ist die einzige Französin, die ein

Diplom vom Norland College hat, wo sie oder die, die du spielst, studiert hat. Du kannst froh sein, dass ihr den gleichen Vornamen habt. Zum Glück müssen wir dich nicht auf ›Roberte‹ umtaufen.«

»Also wirklich, das ist doch lächerlich. Ich kann unmöglich Isabelle Derarsch heißen und Kinder lieben …«

Adriana verdrehte die Augen.

»Ich hoffe für dich, dass du es kannst, sonst war's das mit deiner Karriere. Wie alt bist du eigentlich?«

»Zweiunddreißig«, antwortete Isabelle widerwillig.

»Du siehst aus wie achtundzwanzig. Ich glaube nicht, dass mein Vater auf Cougars steht.«

Sie sprang auf, als wäre ihr gerade eine großartige Idee gekommen.

»Warte mal!«

Sie lief aus dem Wohnzimmer und kam kurz darauf zurück, beugte sich über Woody-Allen, nahm wortlos das weiße Haarbüschel zwischen ihren Ohren zusammen und befestigte es mit einer goldenen Perlenspange. Die kleine Hündin ließ es sich ohne Protest gefallen und warf Isabelle einen fragenden Blick zu, zu verdutzt, um eine Reaktion zu zeigen. Zufrieden betrachtete Adriana die Hündin, die nun einen sehr schicken Palmwedel auf dem Kopf trug.

»Wir haben einen Monat Zeit zum Proben«, sagte sie. »Ich schreibe dir alles auf, und du lernst es auswendig. Die Biografie von Isabelle Derarsch habe ich so hingebogen, dass sie genau die Frau ist, auf die mein Vater seit Mamas Tod gewartet hat. Colombe de la Fontardière wird nicht zwei Tage neben Derarsch bestehen können.

Cocktail mit Antidepressiva und Whisky pur

Isabelle lehnte sich in ihrem Sitz zurück. Gleich würde der Flug nach Mailand starten. Die Stewardess führte die Sicherheitseinweisung vor.

Amina hatte sich bereit erklärt, Woody-Allen zwei Wochen lang zu hüten, und geschworen, nicht auf Alexandre zu hören, der das kleine Tier allen Ernstes für den Wettbewerb des hässlichsten Hundes der Welt anmelden wollte. Unendlich traurig hatte Isabelle die kleine Hündin am Vortag bei Amina abgeliefert und sich von ihrer Freundin hoch und heilig versprechen lassen, dass sie ihr so oft wie möglich Bericht erstatten würde.

Isabelle und Adriana hatten sich regelmäßig getroffen, um die Rolle einzustudieren. Das junge Mädchen hatte sich nicht davon abbringen lassen, sie für diesen Zweck neu einzukleiden, und Isabelle fühlte sich wie James Bond in geheimer Mission, tyrannisiert von der Perfektionistin »M« alias Adriana.

Die Anstellung von Isabelle war dank der sorgfältigen Vorbereitung geglückt. Offenbar hatten ihre von Adriana mit Photoshop gefälschten Diplome einen tiefen Eindruck hinterlassen. Nachdem Isabelle mit einer gewissen Nathalie Lambert, genannt Nanou, telefoniert hatte, bekam sie gegenüber dieser schlichten und freundlichen Frau, die sich offensichtlich mit Leib und Seele der Familie Kozlowski-Valentini verschrieben hatte, zunächst ein schlechtes Gewissen, weil man sie derartig hinterging. Doch als Nathalie Lambert die Höhe ihres Gehalts nannte, warf Isabelle alle Schuldgefühle über Bord. Außerdem war ihr Zeitvertrag bei McDonald's abgelaufen, sodass ihr gar keine andere Wahl blieb.

Irgendwann war dann auch der groteske Name Isabelle Derarsch so häufig gefallen, dass sie sich fast an ihn gewöhnt hatte.

Gewöhnungsbedürftig blieb allerdings ihre neue Haarfarbe, dunkelblond mit Schokoeffekt, die zwar ihrem Naturton ähnlich war, aber Lichtjahre von dem Blond entfernt, das sie schon vor Jahren angenommen hatte. Und so bekam sie jedes Mal, wenn sie sich in einem Spiegel sah, fast einen Herzanfall.

Nun blieben ihr noch anderthalb Stunden, um die von Adriana beschriebenen Spickzettel noch einmal durchzukauen. Mittlerweile kannte Isabelle die Lebensgeschichte aller Mitglieder der Familie Kozlowsi-Valentini bis ins letzte Detail. Adriana hatte außerdem jede Person, auf die Isabelle während dieser zwei Wochen treffen würde, genauestens beschrieben.

»Du wirst sehen! Mein Plan ist einfach nur genial!«, lautete das bescheidene Eigenlob des jungen Mädchens.

Isabelle zog die große rote Akte aus ihrer Tasche, die den hochtrabenden Namen »Operation Derarsch« trug. Auf der ersten Seite befand sich eine Kapitelübersicht:

– Mein zurückgebliebener Bruder Nicolas
– Meine Loser-Schwester Zoé
– Meine schwierige Oma

– Papa
– die Schlampe Colombe de la Fontardière
– Isabelle Derarsch

Sie schlug die Seite über die Oma auf, der man Adriana zufolge »den verschluckten Besenstiel rausholen und sie damit windelweich prügeln sollte«. Auf dem Foto glich die imposante Valentina Valentini mit ihren dünnen Lippen im scharf geschnittenen Gesicht eher einer peitschenschwingenden Großmutter als einer marmeladekochenden Omi.

Lediglich die Notizen über ihren Vater hatte Adriana nicht mit deftigen Anmerkungen ausgeschmückt und sich damit begnügt, sein Wikipediaporträt und ein gutes Dutzend Artikel über ihn zusammenzutragen.

Jan Kozlowski hatte mehr zufällig mit sechzehn als Elektriker auf Filmsets angefangen. Dann studierte er, ohne eingeschrieben zu sein, an der Filmakademie der Universität Paris VIII. Mit zweiundzwanzig drehte er praktisch ohne Budget seinen ersten Kurzfilm, der völlig unterging. Doch schon sein zweiter Kurzfilm, *Der Sessel,* wurde bei einem Festival prämiert. Daraufhin vertraute man ihm einen kleinen Autorenfilm an, dem bald ein weiterer folgte. In dieser Zeit hatte er bei Dreharbeiten Sofia Valentini kennengelernt, wo er als Beleuchter arbeitete, um seinen Lebensunterhalt zu bestreiten.

Zwischen der italienischen Gräfin aus reichem Hause, die mit kaum dreiundzwanzig Jahren bereits eine anerkannte Schauspielerin war, und dem armen Autodidakt bescheidener Herkunft, der jedoch einen gewissen Erfolg als Verführer von Starlets verzeichnete, entspann sich die große Liebe. Gemeinsam schrieben sie das Drehbuch für *Zufall,* den Film, der den Durchbruch brachte und den Isabelle in-

und auswendig kannte, zumal sie darin vor fünfzehn Jahren beinahe die Hauptrolle gespielt hätte.

Mit wachsenden Erfolgen jedenfalls verblasste die Jugendliebe zwischen Jan und Sofia, das Geld floss in Strömen, die Kinder wurden geboren, die Jahre gingen dahin. Nach ihrer dritten und letzten Schwangerschaft war Sofia erschöpft und nahm eine Auszeit. Mit den Kindern richtete sie sich in einer Suite der Villa d'Este ein, ganz in der Nähe ihres Elternhauses.

In Zeitungsartikeln über sie fielen Worte wie »Postnatale Depression« und »Burn-out«. Sie fing an zu trinken, und ihr Mann verbrachte immer mehr Zeit im Ausland. Er begann, allein an dem von seiner Beziehung zu Sofia inspirierten Drehbuch zu schreiben, obwohl sie das Projekt ins Leben gerufen hatte.

Die Presse fand nichts Prickelndes mehr über das Unglück und die Querelen des nun recht glanzlosen Ehepaars zu berichten und ignorierte es bis zu dem Tag, an dem Adriana ihre Mutter im Hotelzimmer tot auffand. Ihr Selbstmord mit Antidepressiva und Whisky pur brachte Sofia wieder in die Schlagzeilen.

Nach dem Suizid seiner Frau wurde Jan Kozlowski von einem Journalisten verklagt, den er verprügelt hatte, als der Journalist ihn beim Verlassen des Friedhofs interviewen wollte. Jan brach die Arbeit am Drehbuch ab, kehrte nach Paris zurück und versuchte, seinen Kummer im Alkohol zu ertränken und auf wilden Partys mit naiven Mädchen zu vergessen. Schon bald interessierten sich weder das Publikum noch die Presse für den jungen Witwer und Playboy, der nach durchgemachten Nächten in Privatclubs auf der Kühlerhaube seines Ferraris Kokain schnüffelte. Der talentierte Regisseur geriet in Vergessenheit. Erst die Begegnung mit Colombe de la Fontardière brachte Jan Kozlowski wieder in die Klatschpresse.

Adrianas Notizen über Colombe de la Fontardière schienen das Resultat einer regelrechten Cyberspionage zu sein und waren die ausführlichsten der ganzen Akte.

Colombe de la Fontardière ist die Tochter der Generaldirektorin einer der größten Firmen Frankreichs und eines Pressemagnaten. Nach dem Studium der Psychologie erklärte sie sich selbst zum »Happiness Coach«.

In der Rue du Faubourg Saint-Honoré eröffnete sie ihre (von Mama finanzierte) Praxis mit Hochglanzparkett und Sesseln von Stardesigner Philippe Starck. Ihr Blog »Sie-wollen-glücklich-sein.fr« (zum Totlachen) wird oft in der Presse erwähnt und hat einen Riesenerfolg (wozu ihr Papa beigetragen haben dürfte). Colombe de la Fontardière ist gerade mal dreißig, aber zu ihren Kunden zählen bereits ein Fernsehnachrichtensprecher, eine Ministerin, eine Größe der kommunistischen Partei sowie zahlreiche andere Prominente, die dringend glücklich werden wollen, so auch der Exregisseur Jan Kozlowski.

Ihre Idylle wird von der Presse ausgeschlachtet, doch niemand erwähnt das fragwürdige Berufsethos der Dame (dank der Zensurvorgaben ihres Papas), die mit ihren Kunden ins Bett geht.

Diese letzte Bemerkung wie auch die Anmerkungen in Klammern stammten eher von Adriana als aus der Feder eines zuverlässigen investigativen Journalisten, vermutete Isabelle.

Colombe hatte Jan Kozlowski an einem Dezemberabend in einer Bar kennengelernt. Es war in der Vorweihnachtszeit, in der sich die Konsumgesellschaft die Wampe vollschlägt und ihr eigenes Glück einsamen Menschen schmerzlich vor die Nase hält. Jans geschwächte und vom Leben weidwund geschlagene Seele war für Colombe eine leichte Beute. Sie zeigte sich von seinem persönlichen Schicksal erschüttert und konnte ihn dazu überreden, dem Zufall eine Chance zu geben.

Jan Kozlowski gehörte nicht zu den Männern, die sich von jungen und fröhlichen Frauen fernhielten, und Colombe de la Fontardière schien die einzige Person zu sein, die sich noch daran erinnerte, dass er einst ein berühmter Künstler gewesen war. Also war er kopfüber in die Falle ihres – dank eines Aufenthaltes in einem Ashram auf Bali – sonnengebräunten Dekolletés getappt.

Innerhalb weniger Monate hatte sie ihn so weit, dass er keine jungen Mädchen mehr verführte, Drogen und Alkohol abschwor, Sport trieb und meditierte. Doch vor allem hatte sie ihn zu der Erkenntnis geführt, dass er zu einem Leben voller Liebe und Sojasprossen bestimmt war.

Kurz vor der Landung nahm sich Isabelle die letzten Seiten über Isabelle Derarsch vor, die eine neue Sofia Valentini werden und Jan den Kopf verdrehen sollte. Zu diesem Zweck hatte Isabelle sich für Autos zu interessieren (sieben Mal war sie durch die Fahrprüfung gefallen), Meeresfrüchte innig zu lieben (sie war allergisch) und leidenschaftliche Fallschirmspringerin (sie fühlte schon auf der Treppe zur Metro Schwindel) und Seglerin zu sein (bereits beim Besteigen einer Badewanne wurde sie seekrank).

Als das Flugzeug auf der Landebahn aufsetzte, atmete Isabelle tief durch. Um sich Mut zu machen, rief sie sich noch einmal Adrianas Behauptung in Erinnerung, dass diese Rolle selbst für eine verkrachte Schauspielerin wie sie kinderleicht sei.

Das fängt ja gut an … (oder auch nicht)

Isabelle blickte versonnen auf die Koffer auf dem Laufband der Gepäckausgabe und hoffte inständig, der ihre sei verloren gegangen. Doch es gab nun kein Zurück mehr, und trotz des versprochenen Riesengehalts befielen sie bei der Vorstellung, das verführerische Kindermädchen spielen zu müssen, tausend Ängste. Nach ein paar Minuten tauchte ihr Gepäck schließlich doch auf. Sie schnappte es sich mit einem resignierten Seufzer und schlich auf den Ausgang zu. War es ein Sprichwort oder hatte Amina es erfunden? »Wenn man nicht mehr umkehren kann, geht man eben vorwärts.«

Den Riesen – ein Kleiderschrank in Anzug und Krawatte – konnte man nicht übersehen. Bierernst schwenkte er ein Schild, auf dem in gestochener Schreibschrift »Signorina Derarsch« stand.

»Guten Tag«, sagte Isabelle, beeindruckt von der breiten Narbe, die sich über die linke Wange des Giganten zog.

»Signorina Issabella? Iche bin Tony, der Butler von Signora Valentini. *Benvenuto*!«, gab der finstere Riese mit ausgeprägtem italienischen Akzent zurück, ohne seine Sonnenbrille abzunehmen.

Kaum jemand hätte wohl je gewagt, Tony in der Metro das Telefon zu klauen. Hätte auf seinem Anzug ein Etikett »Mafiapate« geprangt, wäre der Effekt nicht wesentlich anders ausgefallen. Er drückte ihre Hand mit der Zärtlichkeit einer Metallpresse, wobei aus seinem gestärkten Hemdsärmel ein Tattoo hervorschaute: lauter Kreuze, die sich wie ein Armband um sein Gelenk wanden.

Ein Kreuz pro Leiche?

Isabelle massierte ihre gepeinigte Rechte mit höflichem Lächeln. Das Schild »Derarsch« unter den Arm geklemmt, trug Tony ihren federleicht wirkenden Koffer zum Ausgang. Die Menge schien ihm respektvoll auszuweichen.

Als sie den klimatisierten Flughafen verließen, konnte Isabelle in der sengenden Julihitze kaum atmen. Eine schwarze Limousine mit getönten Scheiben stand mitten auf dem »*Kiss and ride*«-Halteplatz, als würden zuckende Warnblinker dort zum Parken ermächtigen. Hinter dem Wagen saßen die anderen Autofahrer fest und hupten wie wild, was Tony nicht weiter störte.

Er öffnete den hinteren Wagenschlag und forderte Isabelle auf, einzusteigen. Langsam und bedächtig machte er den Kofferraum auf, legte ihr Gepäck hinein, schloss ihn wieder, zupfte ein nicht vorhandenes Stäubchen vom Revers seines Jacketts und setzte sich gemächlich ans Steuer. Er hatte etwas von George Clooney vor der Nespresso-Werbekampagne, allerdings ohne dessen schmachtendes Lächeln.

Tony startete den Wagen und gab während der Fahrt keinen Laut von sich. Von seinem sanften Fahrstil eingelullt, entspannte sich Isabelle und lehnte sich im Ledersitz gemütlich zurück. Ihre Lider wurden schwer, und sie gönnte sich ein Nickerchen.

Beim dritten »Ähem« des Butlers, lauter als die beiden vorangegangenen, schreckte Isabelle aus dem Schlaf. Sie lag quer über dem Rücksitz. Wie lange hatte sie geschlafen?

Tony, kerzengerade, hielt die Wagentür weit geöffnet und wartete, dass sie endlich ausstieg. Im Halbschlaf nahm Isabelle im Türrahmen eine wegen ihrer Rückenlage auf dem Kopf stehende Silhouette wahr. Neben dem Auto stand eine imposante Dame mit mächtigem Busen und majestätischer Haltung. Ihr weißes Haar war so fest zu einem Bananenknoten aufgesteckt, dass ihre Frisur allein vom Hinsehen Kopfschmerzen verursachte.

»Haben Sie gut geschlafen, Mademoiselle Derarsch?«, fragte sie höflich, wobei ein ironisches Zucken ihres Mundwinkels ihre freundlichen Worte Lügen strafte.

Isabelle richtete sich ruckartig auf und wollte aussteigen, musste jedoch feststellen, dass sie noch immer angeschnallt war. Mit Mühe machte sie sich los und wand sich aus dem Sitz.

»Guten Tag«, sagte sie.

Trotz der Statur eines Rausschmeißers hatte Großmutter Valentini in ihrem maßgeschneiderten weißen Kleid und dank ihrer Rundungen das beängstigend Weibliche der italienischen Mamma. Isabelles ausgestreckte Hand ignorierte sie. Während sie die gepflegten Finger über ihre Perlenkette gleiten ließ, musterte sie Isabelle von oben bis unten mit hochgezogenen Brauen, bis ihr Blick an den grellbunten Turnschuhen hängen blieb, die so gar nicht zu dem schwarzen Kleid passten, das Adriana für Isabelles ersten Tag ausgesucht hatte. Eigentlich wollte sie die furchtbar unbequemen Pumps vor der Landung wieder angezogen haben, hatte es dann jedoch völlig vergessen.

Das fängt ja gut an …

Kommentarlos wandte sich Valentina Valentini von Isabelle und ihrer immer noch ausgestreckten Hand ab und wogte zum Haus. Im Begriff, der Dame zu folgen, hob Isabelle zum ersten Mal den Blick auf die Villa Principessa. Was sie nun sah, lähmte auch ihren letzten Elan vollständig, und sie blieb stehen.

Eine lange Zypressenallee führte zum Eingang. Aus zwei Fontänen links und rechts davor plätscherte Wasser leise in Steinbecken voller Seerosen. Inmitten des Gartens und der Blütenpracht von Rosengeranien stand die riesige, strahlend weiße Villa. Wie verzaubert bewunderte Isabelle ihre Umgebung und kam erst wieder zu Sinnen, als sie den tiefen, ungeduldigen Seufzer von Valentina Valentini vernahm.

»Muss ich noch lange auf Sie warten, Mademoiselle Derarsch?«

Das schreibt man, wie man's spricht

Über seiner Brille mit dem Metallgestell zog Nicolas die Augenbrauen zusammen.

»Die sieht aber gar nicht wie Mary Poppins aus«, flüsterte er und ließ den Vorhang am Salonfester sinken.

Seine Mutter warf einen Blick in den Garten.

»Doch, mein Katerli, sie hat was von Mary Poppins.«

»Die hat ja nicht mal einen Regenschirm.«

Den ganzen Tag hatte er die Augen gen Himmel gerichtet und auf die Landung der fliegenden Kinderfrau gewartet. Seine Mutter streichelte sein Haar.

»Draußen scheint die Sonne, und wir haben fünfunddreißig Grad ... Wer benötigt in der Smartphone-Ära noch fliegende Regenschirme?«

»Ich mag sie nicht. Ich will Nanou«, murmelte er.

Sofia verschwand in dem Augenblick, in dem Valentina mit ihrem Fächer wedelnd den Raum betrat, gefolgt von Isabelle, die sich wie ein Tourist umschaute, als besichtigte sie das Schloss von Versailles.

»Wo sind Zoé und Adriana?«, fragte die Großmutter und fächelte immer hastiger. »Ich habe ihnen doch gesagt, dass sie runterkommen sollen. Das ist Nicolas. Nicolas, ich stelle dir Mademoiselle Derarsch vor, die Nanou in diesen Ferien ersetzt. Wie Sie bereits wissen: Nicolas spricht nicht.«

Isabelle winkte knapp zum Gruß und betrachtete weiterhin bewundernd die Räumlichkeiten. Valentina bemerkte sehr wohl ihr Desinteresse und warf einen misstrauischen Blick auf die neue Angestellte.

»Tony!«, rief sie.

Wie der Geist aus Aladins Wunderlampe stand Tony urplötzlich vor ihr. Er trug ein Silbertablett mit sechs Gläsern Zitronenlimonade.

»Tony«, befahl Valentina, »holen Sie bitte Zoé und Adriana!«

Sie wies auf ein Sofa und forderte Isabelle auf: »Nehmen Sie doch Platz!«

Die geschlossenen Fensterläden hatten etwas Frische im Haus bewahrt, aber die eisgekühlten Gläser, an denen das Kondenswasser herabperlte, waren für Isabelle zu verlockend, als dass sie hätte warten können, und sie tat einen Schluck aus ihrem Glas.

»Aber bitte, bedienen Sie sich! ...«, sagte Valentina, verwirrt von einer derartigen Zwanglosigkeit. »Ich nehme an, Nathalie Lambert hat Ihnen Nicolas' Tagesablauf während der Ferien erklärt? Am Vormittag Hausaufgaben. Wegen der Sonne darf er vor sechzehn Uhr nicht in den Pool ...«

»Selbstverständlich. Mademoiselle Lambert hat mir alles genau auseinandergesetzt.«

Mit zusammengekniffenen Lippen stellte Valentina Isabelles Glas, das diese direkt auf dem Mahagonitisch abgesetzt hatte, auf einen Korkuntersetzer und fragte: »Wie schreibt man Ihren Nachnamen?«

»Wie man's spricht, der und Arsch«, erwiderte Isabelle vergnügt.

Valentina schluckte trocken, und Isabelle bedauerte ihren blöden Scherz.

»Es ist mir nicht ganz klar, nach welchen Kriterien Nanou, ich meine Nathalie Lambert, Sie ausgesucht hat, und ich muss sagen, ich hatte eigentlich jemand … Älteres erwartet. Ich sage Ihnen lieber gleich, dass in diesem Haus hohe Ansprüche gestellt werden, und Ihre Schuhe …«

»Das tut mir leid«, unterbrach Isabelle, »ich wollte noch im Flugzeug andere anziehen, aber ich habe es ganz vergessen. Wollen Sie meine Referenzen sehen? Ich habe gerade meine Ausbildung im Norland College beendet.«

»Wo bitte?«

»Im Norland College. Dort werden die Kinderfrauen für Prinz George, die Kinder des Herzogpaars von Cambridge und auch für die von Mick Jagger ausgebildet.«

Valentina nippte vornehm an ihrer Zitronenlimonade.

»Mick wer?«

»Mick Jagger, Sie wissen schon. Die Rolling Stones … Egal, ich war Klassenbeste in Nadelarbeiten, Kochen, Mathe und Taekwondo.«

»Warum, um Himmels willen, bringt man Ihnen dort Taekwondo bei?«, fragte die Großmutter mit großen Augen.

Sehr gute Frage.

Isabelle runzelte die Stirn und suchte verzweifelt nach einer plausiblen Antwort.

»Man weiß ja nie … Wir müssen in der Lage sein, die Kinder unter allen Umständen zu beschützen, vor Pädophilen, bei Terroranschlägen und … äh … und vor GVO!«

»GVO? Jesus Maria, woher kommen Sie bloß?«

»Aus dem Norland College, das sagte ich doch.«

Isabelle kicherte nervös und zwinkerte der alten Dame zu.

»Sie haben doch hoffentlich nicht Alzheimer?«

Valentina Valentini sah sie an wie jemand, der zu spät begreift, dass die Tablette, die er gerade gegen Halsschmerzen geschluckt hat, in Wirklichkeit ein chlorhaltiger WC-Reiniger ist, und Isabelle biss sich auf die Lippen.

Hör auf mit deinen albernen Witzen. Reiß dich zusammen. Spiel deine Rolle.

»Ich habe auch eine Schulung für den Fall einer Entführung erhalten. Ich kann rasend schnell Autofahren und beherrsche außerdem das Notevakuieren«, sprudelte sie hervor, um nicht gänzlich in Ungnade zu fallen.

Mechanisch hob Valentina ihr Glas an, stürzte mit vier tiefen Schlucken ihre Zitronenlimonade hinunter und zeigte auf diese Weise ihren Unwillen.

»Wollen Sie vielleicht das Empfehlungsschreiben meiner Direktorin sehen?«, versuchte Isabelle die Situation zu retten.

»Nein, nein, es wird schon gehen«, meinte die Großmutter schier verzweifelt und stellte ihr Glas direkt auf den Mahagonitisch.

»Nathalie Lambert gehört zur Familie, und wenn sie Sie empfohlen hat, muss es reichen.«

»Signorina Valentini und Signorina Valentini«, kündigte Tony an.

Isabelle erhob sich zum Empfang der beiden halbwüchsigen Mädchen und war unendlich froh, diese Unterhaltung endlich beenden zu können.

»Meine Enkeltöchter Adriana und Zoé.«

»Hallo, Zoé, hallo, Adriana!«

Isabelle hatte gedacht, Zoé sei eine Miniaturausgabe von Adriana, doch sie war ebenso brünett und rund, wie Letztere blond und zierlich war. Die jüngere Schwester trug ein Star-Wars-T-Shirt, das offenbar locker tausend Maschinenwäschen überlebt hatte, und rabenschwarz gefärbtes, kurzes Haar. Ihr rechtes Ohr war von jeder Menge Piercings durchlöchert.

»Guten Tag, Mademoiselle Duarsch«, sagte Zoé.

»Ich heiße Derarsch, aber nenn mich Isabelle und duze mich, das ist einfacher.«

Zoé strich sich eine lange Ponysträhne aus dem Gesicht, die bis dahin den frechen Ausdruck ihrer Augen verborgen hatte, und verschränkte die Arme über Darth Vader auf ihrem T-Shirt.

»Wie Sie wünschen, Mademoiselle Derarsch«, antwortete Zoé.

Miss-Tuning-Wahl in Aulnay-sous-Bois

Isabelle stieg hinter Tony die majestätische Marmortreppe hinauf, dann nahmen sie eine zweite, dunklere Treppe, die in den dritten Stock führte. Der Butler führte Isabelle in ein Zimmer mit dekorativen Holzbalken an der Decke.

Er stellte ihren Koffer auf eine Bank am Fußende des Bettes und drehte sich zu ihr um. Die Narbe in seinem Gesicht setzte am rechten Augenwinkel an und wirkte ohne die Sonnenbrille noch beängstigender.

»Irgendwelche Fragen?«

Wenn die Mafia einstellt, sag Bescheid, ich suche einen Job.

Er wartete, und Isabelle fühlte sich verpflichtet, ihn etwas zu fragen. Sie wies auf eine Art bräunlichen, wenig appetitlichen Poncho, der wie ein Kunstwerk an der Wand hing.

»Was ist das?«

»Ein traditionelles Aztekenkostüm. Signora Kozlowski hat es aus Mexiko mitgebracht. Machen Sie es sich bequem, Signorina Issabella. Das Abendessen wird um zwanzig Uhr serviert. Bis dahin haben Sie frei«, sagte er, bevor er aus der Tür trat.

Isabelle vermutete, dass sie das Quantum an erlaubten Fragen für den heutigen Tag ausgeschöpft hatte.

»Vielen Dank, Tony.«

Aber er hatte bereits die Tür hinter sich geschlossen.

Sie zog Turnschuhe und Strümpfe aus und genoss es, das

Holz des versiegelten Parketts unter ihren Füßen zu spüren. Sie schaltete den Flachbildfernseher auf einer antiken Eichenkommode ein und warf sich mit Schwung auf das monumentale Bett. Wohlig kuschelte sie sich in die cremefarbenen Kissen.

Im Bad hingen venezianische Spiegel über Waschbecken aus Marmor. Durch ein großes Dachfenster direkt über der Badewanne flutete helles Sonnenlicht in den Raum, und Isabelle stieß einen kleinen Freudenschrei aus. Doch dann blieb sie wie angenagelt stehen. Jemand hatte ihren Fernseher ausgestellt. Sie kehrte ins Zimmer zurück. Mitten im Raum stand mit düsterer Miene Adriana. Für ihre Verhältnisse war sie ungewöhnlich klassisch gekleidet, mit einfachen Jeansshorts und einem weißen ärmellosen Hemd.

»Darf ich fragen, was dich so fröhlich stimmt?«

Sie warf die Fernbedienung, mit der sie soeben den Apparat ausgeschaltet hatte, aufs Bett.

»Fühl dich nur wie zu Hause«, sagte Isabelle ärgerlich.

»Natürlich, ich bin hier ja schließlich zu Hause. Ich habe dir noch ein Kleid mitgebracht.«

Vorsichtig legte das junge Mädchen ein asymmetrisch geschnittenes, leuchtend rotes, hübsch drapiertes Gewand auf das Bett, dazu einen goldenen Gürtel mit einer Drachenschnalle.

»Damit dürfte deine Garderobe komplett sein, denke ich mal.«

Isabelle legte sich auf das Bett, streckte alle viere von sich und würdigte das Kleid keines Blickes.

»Hast du dieses Haus gesehen? Ich habe noch nie in einem derartigen Palast geschlafen.«

»Mal ehrlich, wo lebst du eigentlich? In der Toilette von McDonald's?«

»Es ist schon traurig. Wie kann man mit nur siebzehn Jahren schon so blasiert sein?«

Adriana zuckte die Achseln und ging zum Fenster.

»Armes Mädchen, wenn du allein beim Anblick eines Flachbildfernsehers und eines Betts einen Orgasmus kriegst, dann komm dir mal das hier anschauen!«

Sie öffnete die Fensterläden. Isabelle erhob sich ungern, warf aber einen Blick auf die Landschaft. Vor ihnen lag wie gemalt der Comer See, der sich zwischen dem leuchtenden Grün der Berghänge ausbreitete. Wie hingetupft thronte ein Dörfchen auf dem Hügel einer Landzunge, die den See in zwei Hälften teilte. Es wirkte verwunschen und wie aus der Zeit gefallen, umgeben vom Gebirge und Zypressen, die sich im Wasser spiegelten. Bunte Barken schaukelten vor den Steinhäuschen in der sonnenbestrahlten Idylle.

»Bellagio«, klärte Adriana sie auf, »aber wenn dir der Sinn mehr nach Elektrogeräten steht, kann ich dir gern die Küche zeigen.«

»Es ist unfassbar schön«, hauchte Isabelle.

Adriana setzte sich auf einen Sessel neben dem Fenster und schlug die Beine übereinander.

»Anderes Thema: Sag mal, hast du gedacht, du beteiligst dich an der Wahl zur Miss Tuning von Aulnay-sous-Bois?«

»Ich habe vergessen, mir andere Schuhe anzuziehen.«

»Es ist doch nicht zu fassen! Da gebe ich dreitausend Euro für die Spezialausstattung von Isabelle Derarsch aus, und du tauchst hier in Billigturnschuhen auf.«

»Dein Vater hat mich doch gar nicht gesehen …«

»Er kommt erst übermorgen. Aber diese blöde Kuh von Colombe trifft schon heute Abend ein.«

»Also bleiben mir noch achtundvierzig Stunden, um Pumps anzuziehen. Das müsste ich hinkriegen.«

Adriana schlug die Hände vors Gesicht.

»Ich glaube, du überschätzt dein Verführungspotenzial. Dein einziger Trumpf ist die Ähnlichkeit mit meiner Mutter. Aber die hätte niemals Turnschuhe angezogen, nicht mal in einem Atomkrieg. Eher wäre sie gestorben.«

»Du hast wirklich Talent, Komplimente zu machen, das muss man dir lassen.«

»Wenn du deine Knete willst, dann musst du dich ein bisschen anstrengen, um auch meiner Großmutter, Nicolas und Zoé zu gefallen.«

»Ein zurückgebliebener Bruder und eine Loser-Geek-Schwester … Warum sollten die mich nicht leiden können?«

Adriana sprang aus dem Sessel. Mit ihren Flipflops maß sie kaum einen Meter sechzig.

»In diesem Ton sprichst du nie wieder über meine Geschwister!«, zischte sie, »sonst kannst du deinen Koffer packen.«

So wie bei einem überraschenden Unwetter alles finster wird, so waren ihre grünen Augen plötzlich dunkel geworden.

»Aber du hast es doch selbst so auf deinen Spickzettel notiert …«

Isabelle kam nicht dazu, ihre Ausführungen zu beenden, da war Adriana bereits wie eine Furie abgedampft, und Isabelle hatte gerade noch lesen können, was auf der Rückseite ihrer Shorts, über dem runden Po der Jugendlichen, in goldenen Lettern prangte: »*Fuck me, I'm infamous*«.

Ganz so weit her war es mit ihrer klassischen Kleidung dann doch nicht.

Der Academy Award für das verrückteste Vorhaben

Isabelle hatte ihren Koffer ausgepackt und ein schwarzes Kleid mit einem zu den Pumps passenden, korallenroten Gürtel angezogen. Sie musste zugeben, dass Adrianas Kleider zwar auf dem Bügel nach nichts aussahen, sie jedoch gut kleideten und elegant wirkten.

Sie hatte noch eine gute Stunde Zeit. Also setzte sie sich auf einen schmiedeeisernen Gartenstuhl und genoss die Ruhe am See. Es war noch nicht sieben Uhr, und eine leichte Brise trug den Duft nach frisch gemähtem Gras und Sommerblumen durch den Park. Sie schloss die Augen.

»Spritz, Signorina Issabella?«

Isabelle schreckte auf. Wie durch Zauber stand plötzlich Tony vor ihr. Er hatte seine Chauffeuruniform gegen einen Frack getauscht. Trotzdem glich er immer noch einem örtlichen Mafiaboss, nur jetzt als Oberkellner verkleidet, der vielleicht einen Mord geplant hatte. Auf dem Silbertablett, das er ihr hinhielt, stand ein Stielglas mit einer orangen Flüssigkeit.

»Ein typisch italienisches Getränk, Apérol, Prosecco und ein Schuss Sprudelwasser«, erklärte er mit seinem italienischen Akzent, so breit wie der Horizont.

»Danke«, sagte Isabelle verwirrt, zum einen weil sie wusste, was ein Spritz war, zum anderen, weil ihr diese plötzliche, überschwängliche Zuvorkommenheit spanisch vorkam.

Er stellte das Glas mit seiner weiß behandschuhten Rechten vor ihr ab.

Will er keine Fingerabdrücke hinterlassen?

Er machte einen Bückling und verschwand. Isabelle untersuchte das Getränk. Ihre Cocktailerfahrung zerstreute alle Zweifel. Beruhigt machte sie ein Selfie, das Glas in der Hand, die traumhafte Landschaft im Hintergrund, und schickte es sogleich an Alexandre und Amina.

19:07 – ALEXANDRE LEMAIRE
Ich hasse dich.

Seine SMS war ebenfalls von einem Selfie begleitet, auf dem er schielte und sich die Finger wie einen Revolver an die Schläfe hielt. Im Hintergrund eine Gruppe, die mehrheitlich aus Frauen bestand. Es musste sich um eine Elternversammlung handeln. Isabelles Smartphone vibrierte: Amina.

»Dein Foto ist einfach toll! Erzähl mir alles!«

Isabelle fasste ihre Ankunft in wenigen Worten zusammen.

»Es scheint ja das reinste Paradies zu sein! Ich werde Alex schon noch dazu bringen, dass wir in zwei Wochen zu dir kommen und uns zu dritt ein paar Urlaubstage und ein bisschen *dolce vita* gönnen!«

Amina war immer Feuer und Flamme für solche spontanen Projekte, ohne sie jemals umzusetzen. Deshalb ging Isabelle auch nicht weiter darauf ein.

»Wie geht es Woody-Allen?«

»Super. Sie sitzt den ganzen Tag vor dem Fernseher und

guckt *Dawson's Creek*. Das muss sie an ihre Kindheit erinnern. Hast du schon Jan Kozlowski getroffen?«

»Er ist noch nicht hier. Und du, wie geht es dir?«

»Gut! Stan hat seiner Frau gesagt, dass er nächstes Wochenende zu einem Kongress muss, und wir fahren zusammen nach Deauville.«

»Na fein«, sagte Isabelle wenig überzeugt.

Stan und Amina hatten sich vor fünf Jahren im Krankenhaus Trousseau kennengelernt, wo beide als Gynäkologen arbeiteten. Seitdem hatten sie ein Verhältnis. Isabelle war Stan nur selten begegnet, aber sie hätte ihm gern die Augen ausgekratzt und als Vorspeise serviert, dafür dass er Amina die Hölle auf Erden bereitete. Aminas Liebhaber war um die vierzig, trug ein Bäuchlein vor sich her und eine beginnende Glatze auf der Stirn, doch konnte man ihm ein gewisses Charisma und sogar Humor nicht absprechen. Alexandre und Isabelle nannten ihn Albert Enzian. Im ersten Jahr glaubten alle, Stan würde sich scheiden lassen, denn das posaunte er laut und mit Überzeugung heraus. Im zweiten Jahr glaubten nur noch Isabelle und Amina, dass er bald frei sein würde, doch im dritten sah es so aus, als würde Amina ihr Leben lang die Mätresse eines verheirateten Mannes bleiben.

»Ich muss dir was Tolles mitteilen«, sagte Amina, »stell dir vor, ich habe die Pille abgesetzt.«

»Du hast was? Machst du Witze? Hat er seine Frau verlassen?«

»Nein, aber das ist ein gutes Argument, ihn dazu zu bringen.«

Der Academy Award für das verrückteste Vorhaben geht in diesem Jahr an Amina Benzekri.

»Ich weiß nicht, ob das eine gute Idee ist, Amina …«, begann Isabelle vorsichtig.

»Alex hat völlig recht. Ich bin nicht sicher, ob ich einen Mann will, aber ich bin sicher, dass ich Kinder haben möchte. Mit oder ohne Stan, ich gründe eine Familie.«

»Hm. Ich kann mich nicht entsinnen, dass Alexandre dir vorgeschlagen hat, einem verheirateten Mann ein Kind unterzuschieben. Zu allem Überfluss führt Stan dich seit fünf Jahren an der Nase herum.«

Stille. Schon bereute Isabelle ihre Worte. Was war bloß los, dass plötzlich alle meinten, sie müssten unbedingt Dutzende von Kindern in die Welt setzen? Erst Alex, dann Quentin und jetzt auch noch Amina?

»Was ich sagen wollte …«, entschuldigte sich Isabelle. Amina unterbrach sie: »Weißt du, es ist nun einmal so: Eines Morgens wachst du auf, bist plötzlich zehn Jahre älter, und in deinem Leben ist nichts passiert. Du hast dich von Quentin getrennt, weil ihr nicht die gleichen Vorstellungen von eurer Zukunft habt. Bei Stan und mir ist es ähnlich. Und wenn wir keine gemeinsame Zukunft haben können, dann ist es jetzt an der Zeit, an mich und meine Wünsche zu denken.«

»Und du wünschst dir ein Kind?«

»Und wie! Ohne ein Kind hätte ich bestimmt irgendwann das Gefühl, etwas versäumt zu haben.«

Isabelle fiel keine passende Antwort ein.

»Ich verurteile deinen Standpunkt nicht«, fuhr Amina fort, »ich habe jeden Tag mit Leuten zu tun, die aus den falschen Gründen Babys in die Welt setzen, und ich verstehe deine Entscheidung, keine Kinder bekommen zu wollen, sehr gut. Aber ich habe mir schon immer Kinder gewünscht.«

Das muss ich erst mal alles verdauen.

»Du, es tut mir leid, aber ich muss jetzt zum Essen runter«, log Isabelle.

Die Neuigkeiten hatten sie zutiefst erschüttert.

»Okay, wir halten einander auf dem Laufenden. Küsschen!«

Sie hängte ein, und Isabelle sah eine neue SMS von Alexandre.

19:18 – ALEXANDRE LEMAIRE
Die große Neuigkeit des Tages: A hat sich in den Kopf gesetzt, mit Albert Enzian ein Kind zu machen.

19:29 – ISABELLE BERNARD
Du hast es selbst gesagt: »Dann kommst du in die Wechseljahre und bist allein …« Bravo! Jetzt kannst du Babysitten.

19:30 – ALEXANDRE LEMAIRE
Ihr bringt mich noch um. Wenn ich euch mitzähle, muss ich mich um fünf Kinder kümmern, von denen zwei rapide auf die Wechseljahre zugehen.

19:32 – ISABELLE BERNARD
Ich bin 32, du Blödmann.

19:32 – ALEXANDRE LEMAIRE
Lass mich in Ruhe! Ich spiele gerade Mario Kart.

Isabelle lächelte, legte ihr Handy weg und knabberte an der Orangenscheibe ihres Spritz', als ihr Blick auf eine kleine Gestalt fiel, die im Gras kauerte.

Das fängt ja (immer noch nicht) gut an

Isabelle kniff die Augen zusammen, um den kleinen Jungen besser sehen zu können. Die dunkelblonden Locken verdeckten seine Augen, die er offenbar auf ein Schachbrett richtete. Er trug ein etwas zu weites braunes T-Shirt und beige Bermudashorts. Eine Tarnkleidung, um sich dem Minenfeld der Wirklichkeit zu entziehen. Eine seltene Traurigkeit überkam Isabelle, und sie stellte ihr Glas ab und erhob sich von ihrem Stuhl.

Waisenkind. Im neunzehnten Jahrhundert ein Begriff, der Oliver Twist und Cosette vorbehalten war. Es gibt keine Synonyme. Ein ebenso brutales wie romanhaftes Wort, dem man in der Regel Umschreibungen vorzieht.

Sie ging auf den Jungen zu. Er hörte sie nicht kommen.

Reglos stand sie da und beobachtete ihn. Er sprach leise zu einem Gegenüber, aber da war niemand. Er blickte immer auf die gleiche Stelle und plapperte wie jedes andere siebenjährige Kind. Nur dass außer ihm kein Mensch zu sehen war.

»Ich mache jetzt eine Rochade, Mama«, murmelte er und stellte den Turm wieder hin, der auf dem wackligen, direkt auf dem Rasen aufgestellten Brett umgefallen war.

Mach dich vom Acker!

Sie trat einen Schritt zurück. Zu spät. Für den Bruchteil einer Sekunde sahen sie sich an. Sie konnte kaum seine

Augenfarbe erkennen, schon hatte er den Kopf weggedreht. Sein entsetzter Blick suchte etwas ihm gegenüber, das plötzlich verschwunden zu sein schien.

»Es tut mir ja so leid… Ich wollte wirklich nicht…«

Mit nervösen Handbewegungen fegte der kleine Junge das Schachbrett leer und begann, die Figuren in aller Hast in einen mit rotem Samt ausgeschlagenen Kasten zu räumen.

Sie blieb neben ihm stehen, ganz im Widerstreit ihrer Gefühle. Sollte sie Reißaus nehmen oder musste sie sich entschuldigen?

»Kann ich dir helfen?«

Er hob nicht einmal den Kopf, sondern beeilte sich nur noch mehr und warf zu guter Letzt die übrigen Figuren kreuz und quer in den Kasten. Als er fertig war, drehte er sich zu ihr um, schaute sie aber nicht an und versetzte ihr einen kräftigen Fußtritt.

»Aua«, schrie Isabelle.

Sein Spiel unter den Arm geklemmt, rannte er davon, während sie, überrascht von so viel Aggressivität, sprachlos zurückblieb.

»Das fängt ja gut an«, flüsterte sie und rieb ihr schmerzendes Schienbein.

Sie untersuchte die Stelle gegenüber Nicolas' Platz, da er noch vor ein paar Sekunden zu irgendjemandem oder zu irgendetwas dort gesprochen hatte. Aber sie konnte rein gar nichts entdecken.

Auf dem Weg zurück zu ihrem Gartenstuhl bemerkte sie im Gras einen hellen Fleck. Sie bückte sich und hob eine Figur auf, die Nicolas in seiner Eile vergessen hatte. Ein Läufer. Sie steckte ihn in ihre Tasche.

Genau in diesem Augenblick ging die Rasensprühanlage an, und sie befand sich mitten im Kreuzfeuer der Sprinkler.

Sie verwünschte die hochhackigen Schuhe und rannte so schnell sie konnte bis zum nächsten Kiesweg. Kaum hatte sie den erreicht, war sie auch schon von oben bis unten klatschnass. Ausgerechnet jetzt tauchte Tony auf.

»Es ist Tischzeit, Signorina Issabella.«

Auch das noch! Sie warf einen Blick auf ihr Handy: Schon acht Uhr! Ohne es zu merken, hatte sie eine geschlagene Viertelstunde lang den kleinen Jungen beobachtet.

Die verhinderte Liebesgeschichte von FAtAl_ThEo und Legendary_ZOZO

Legendary_ZOZO: 2 Worte, Dragon Quest und Final Fantasy.
FAtAl_ThEo: ??? Das sind 5 Worte, nicht 2.
Legendary_ZOZO: Die Japaner sind die Könige der RPG!!! Spiel lieber Pokémon!
FAtAl_ThEo: Wenn wir uns sehen könnten, würdest du mich vielleicht überzeugen …
Legendary_ZOZO: Von Stockholm aus ist das kompliziert.
FAtAl_ThEo: Mit einer Webcam! Kommst du zur Games Week nach Paris?
Legendary_ZOZO: Nein.
FAtAl_ThEo: Es gibt Flüge Paris-Stockholm für 130 Euro. Hab schon lange Lust, Schweden kennenzulernen …

Auf ihrem Liegestuhl schloss Zoé den Chat und legte mit gerunzelter Stirn ihr Handy weg. Seit zwei Jahren spielte und chattete sie mit FAtAl_ThEo, und zum vierten Mal in einem Monat sprach er davon, sie treffen zu wollen.

Legendary_ZOZO zeigte sich in ihrem Profil als eine Fantasyprinzessin mit langem blauen Haar und Atombusen in einer Lederkombination. Nicht zu vergleichen mit Zoé Kozlowski-Valentini, ihren kurzen dunklen Haaren und den zerbeulten Jeans. Irreführende Werbung! Aber wer würde sich schon als Avatar einen dicken, hässlichen Zwerg aussuchen?

Vor ein paar Monaten wollte FAtAl_ThEo mit Zoé einen Kaffee trinken gehen. Er war dabei, ein Team für das jährliche Games-Tournier im Großraum Paris aufzustellen und hatte ihr vorgeschlagen mitzumachen.

Sie sollten sich Samstag um vierzehn Uhr am Ausgang der Expressmetrostation Châtelet-Les Halles des RER B treffen. (Er wohnte in Massy-Palaiseau.) Am Vortag hatte Zoé versucht, mehr über ihn zu erfahren, und war bei Google auf ein Foto von FAtAl_ThEo gestoßen. Theo Meunier, so sein richtiger Name, war von einem Lokalblatt interviewt wurden, weil er in seinem Gymnasium einen Club für Videospiele gegründet hatte. Seine Klasse spielte *Counter-Strike* gegen eine japanische Schulklasse, mit dem Ergebnis, dass seine Klasse mit der finanziellen Unterstützung der Städte Massy und Tokio in das Land der aufgehenden Sonne reisen durfte. FAtAl_ThEo war nun der Held seiner Abiturklasse. In Japan hatte er eine Freundin gefunden, die ihn im nächsten Sommer besuchen wollte. Auf dem Foto, das der Journalist aufgenommen hatte, sah man einen Theo, der den Schuldirektor um Haupteslänge überragte. Wilde dunkle Haarsträhnen fielen ihm bis zu den blauen Augen, und sein Lächeln konnte vermutlich sämtliche tiefgekühlten Nahrungsmittel in ganz Frankreich zum Schmelzen bringen. Aus all diesen Informationen zog Zoé nur eine mögliche, rationelle Schlussfolgerung: Sie durfte FAtAl_ThEo auf keinen Fall begegnen. Sie war zu dumm, zu jung, zu hässlich und einfach eine Null. Jetzt brauchte sie eine gute Ausrede, um die Verabredung in Châtelet-Les Halles abzusagen. Ihr Blick fiel auf einen herumliegenden Ikeakatalog, und so kam es, dass sie Theo, ohne groß nachzudenken, schrieb, sie würde nach Stockholm umziehen.

Was ihr zunächst wie eine brillante Idee vorkam, brachte im Anschluss komplexe Logistikprobleme mit sich. FAtAl_ThEo, von fremden Ländern und Kulturen magisch angezogen, fragte sie täglich, was sie so esse, wie das Leben im französischen Gymnasium von Stockholm sei und wie man »Ich habe Hunger« auf Schwedisch sagt. Zoé, die in ihrem Leben nie auch nur einen Fuß nach Schweden gesetzt hatte, hatte natürlich keine Antworten auf all seine Fragen. Also installierte sie VPN auf ihrem Computer, um eine IP-Adresse in Schweden vorzuweisen, schickte FAtAl_ThEo Fotos, die sie bei Google heruntergeladen hatte, und erfand Geschichten, von denen sie hoffte, dass sie den schwedischen Alltag richtig darstellten. Wie viele Wochenenden hatte sie mit Angeln in einem Fjord verbracht? Eine ganze Menge! Es kam der Tag, an dem Theo sie bat, ihm ein Foto von ihrem Fang zu schicken. Also rannte sie ins nächste Fischgeschäft und kaufte einen ganzen Lachs. Es wurde zunehmend anstrengend. Sie schwor sich, Ikea zu boykottieren, schließlich war diese Firma daran Schuld, dass sie sich in einem Anfall von Panik zu dieser extremen Maßnahme hatte verleiten lassen.

Das feuchte Handtuch war verrutscht, und ein Stück ihres weißen Schenkels wurde sichtbar. Schnell zog sie den Frotteestoff wieder über ihren ganzen Körper. In dem Moment raste Nicolas an ihr vorbei.

»Essen wir?«, fragte ihn Zoé.

Ohne den Kopf zu heben, stürmte er weiter, sein Schachspiel unter dem Arm.

»Das Abendessen wartet schon, Zoé«, sagte Tony, der hinter dem kleinen Jungen herlief.

Zoé zerzauste ihr feuchtes kurzes Haar und zog über den

nassen Badeanzug das verwaschenste T-Shirt und die vergammeltste Jeans, die sie mit Sorgfalt ausgesucht hatte, damit die Verlobte ihres Vaters und das neue Kindermädchen begriffen, dass sie von Zoés Seite auch nicht den geringsten Aufwand zu erwarten hatten, was ihre Kleidung anbelangte. Da sah sie Isabelle, die auf dem Rasen stand und ins Leere stierte.

»Was hat die denn für ein Problem?«, murmelte Zoé.

Sie nahm erneut ihr Smartphone, öffnete die App, die den Rasensprinkler steuerte und grinste.

Wenig später lief Isabelle an ihr vorbei, pudelnass, mit ruinierten Pumps und einem am Hintern klebenden Kleid. Zoé strahlte von einem Ohr zum anderen.

»Wissen Sie, dass Sie in Ihrem Zimmer auch eine Dusche haben, Mademoiselle Duarsch?«

Die Handynummer von Mark Zuckerberg

Isabelle erreichte den Esstisch auf der Terrasse zur gleichen Zeit wie die mächtige Schüssel mit Ricotta und Spinat gefüllten Cannelloni und Hackfleischbouletten.

»Statt Taekwondo hätte man Ihnen im Norland College lieber Pünktlichkeit beibringen sollen«, befand Valentina und nahm sich eine doppelte Portion Cannelloni.

»Tut mir leid, ich bin in den Rasensprinkler geraten …«

Adriana hob den Blick von ihrem Smartphone und bemerkte, wie Zoé feixte.

Die junge Dame, die sich erhob und mit ausgestreckter Hand auf sie zukam, sah Isabelle zum ersten Mal.

»Guten Abend, ich bin Colombe de la Fontardière, die Verlobte von Jan. Sie sind die Vertretung von Nanou, nehme ich an.«

»Was man so Vertretung nennt«, giftete Valentina. »Niemand kann Nathalie Lambert das Wasser reichen.«

Colombe lächelte Isabelle verlegen zu. Diese lächelte zurück, bevor sie einen Stuhl zurückzog, um sich zu setzen. Nun hatte sie Muße, diskret ihre Zielperson zu betrachten, die der Grund war für Adrianas teuflischen Plan.

Aus Neugier und um sich eine eigene Meinung zu bilden, hatte sie ihre Website besucht: sie-wollen-glücklich-sein.fr. Colombe de la Fontardière vertrat dort die Meinung, man solle den Augenblick genießen, hinter jeder

Wolke die Sonne sehen und trotz Umweltverschmutzung, Attentaten, Hass und Elend in der Welt positiv denken. Sie begehrte gegen körperschädigende Gifte wie Nutella, Fleisch, Alkohol und insbesondere Zigaretten auf, die sie persönlich völlig unnütz fand. Hinter den getönten Scheiben ihres UberBLACK Car sah sie ihr veganes Smoothieglas offenbar lieber halb voll als halb leer und hatte es sich zur Aufgabe gemacht, der Menschheit die kleinen Glücksmomente des Alltags vor Augen zu führen, indem sie sich für hundertneunzig Euro pro Zwanzig-Minuten-Sitzung als Coach anbot.

Hier und jetzt trug Colombe ein Hippiekleid, das ihr bis zu den Knöcheln reichte. Ihr eher unauffälliges Gesicht mit den lachenden Augen war gänzlich ungeschminkt. Sie schien eine gesunde junge Frau zu sein, die sich in ihrer Haut und ihrer Kleidung aus Biobaumwolle rundum wohlfühlte.

»Wussten Sie, dass eine vegetarische Ernährung die Zufuhr von ungesättigten Fetten einschränkt, dabei aber reich an Antioxidanzien und Ballaststoffen ist?«, fragte sie Valentina, die sich gerade Hackfleischbouletten auf den Teller lud.

»Ach wirklich!«, erwiderte diese. »Wer hätte das gedacht!«

Es war offensichtlich, dass sie diese Information vollkommen kaltließ.

»Möchten Sie Pasta, Mademoiselle Duarsch?«, fragte Zoé.

Noch in Gedanken griff Isabelle nach der angebotenen Schüssel und bemerkte gar nicht, dass Zoé sie wieder einmal umgetauft hatte. Adriana, die bis jetzt kein Wort von sich gegeben hatte, hob den Blick von ihrem Smartphone.

»Sie heißt nicht ›Du Arsch‹, sondern ›Der Arsch‹. Bist du total begriffsstutzig?«

Zoé und Isabelle schienen gleichermaßen überrascht.

»Bist du so zickig, weil du nicht mehr mit Tommy Jackson zusammen bist?«, fragte Zoé ihre Schwester.

»Mach mich nicht an!«

»Adriana und Zoé, so spricht man nicht!«, ging Valentina dazwischen.

Isabelle schob sich eine Gabel mit Nudeln in den Mund und hielt es für angebrachter zu schweigen. Doch Zoé machte fröhlich weiter, ohne die Mahnung ihrer Großmutter zu beachten.

»Bestimmt hat dich mal wieder einer abblitzen lassen.«

»Neidhammel!«, gab Adriana zurück. »Wenn du mal was anderes anziehen würdest als Kartoffelsäcke, würde dir vielleicht einer deiner virtuellen Loser mal ein Sextape machen. Aber immer noch besser, als überhaupt keinen Typen am Start zu haben …«

»Ein Sechstepp?«, fragte die Großmutter mit aufgerissenen Augen.

Isabelle presste die Lippen aufeinander, um nicht zu lachen.

Colombe, die sich unbeobachtet fühlte, schaufelte schnell die von ihr verschmähten Hackfleischbouletten zurück in die Schüssel.

Wütend zeigte Zoé mit ihrer Gabel auf ihre ältere Schwester.

»Ich brauche keine Ratschläge von einer Tussi, die einen Typen nicht mal drei Wochen halten kann, obwohl sie sich stundenlang Schminke in die Fresse kleistert.«

»Zoé!«, schimpfte die Großmutter. »Wir sind hier nicht auf dem Viehmarkt, sprich bitte in einem anderen Ton …«

Sie konnte ihren Sermon nicht zu Ende bringen, da war Adriana schon wutentbrannt aufgesprungen.

»Halt's Maul!«

»Blöder geht's nicht! Sich einen Macker anlachen, der per E-Mail Schluss macht!«

Adrianas Augen und Mund wurden kreisrund.

»Woher weißt du das? Du Schlampe hast schon wieder meinen Computer gehackt!«

»Das kommt davon, wenn man das Internet genau dann abschaltet, wenn ich mitten in einer Partie *Red Redemption* bin!«, kreischte Zoé.

»Laotse sagt: ›Hat dir jemand Schaden zugefügt, so sinne nicht auf Vergeltung‹«, versuchte Colombe mit beruhigender Stimme einzulenken.

»Vielen Dank für die Morallektion, Meister Yoda«, zischte Adriana, bevor sie sich wieder an Zoé wandte: »Dafür konnte ich nichts. Das war ein Stromausfall, du arme Irre!«

Valentina blickte entsetzt zu Isabelle, die mit ansah, wie alles aus dem Ruder zu laufen drohte. Sie fühlte sich wie ein Schlichtungsexperte für Firmenkonflikte in einem Schützengraben des Ersten Weltkriegs.

»Nun tun Sie doch endlich etwas!«

»Was soll ich denn machen?«

»Das weiß ich doch nicht. Taekwondo?«

Nur Isabelle bekam mit, wie sich Nicolas, die Hände auf die Ohren gepresst, davonmachte und ins Haus lief.

»Möchte jemand Chianti?«, fragte Tony, um abzulenken – sicher ein Kenner in Sachen Zwietracht.

»Ich schwör's dir! Früher oder später bringe ich dich um!«

»Gut, dann komme ich lieber später wieder«, sagte Tony würdevoll und stellte die offene Flasche auf den Tisch.

»Sie meine ich nicht, Tony. Ich rede mit dieser Kuh da!«

Valentina warf ihre Serviette auf den Tisch. Die ganze Szene hatte ihr den Appetit verdorben.

»Sie können abräumen, Tony, wir nehmen weder Nachtisch noch Kaffee. Und ihr beiden, marsch in eure Zimmer! Wenn ich noch ein Wort höre, seid ihr eure Computer, Telefone, Google und Facebook los!«

»Hoffentlich hast du die Handynummer von Mark Zuckerberg, sonst wird's für dich eng«, stichelte Adriana.

»JETZT IST ABER SCHLUSS!«

Valentina Valentini schlug mit der Faust auf den Tisch, dass die Kristallgläser klirrten. Eine weiße Strähne hatte sich aus ihrem bis dahin tadellosen Haarknoten gelöst. Man sah förmlich, wie Rauch aus ihren Nüstern quoll.

Adriana warf die Serviette auf ihren mit Cannelloni beladenen Teller und lief mit langen Schritten davon, dicht gefolgt von Zoé. Durch die offenen Fenster hörte man, wie in der Villa im Sekundenabstand zwei Türen knallten.

»Was halten Sie davon, wie Sie diese Krise gemeistert haben, Mademoiselle Derarsch?«, fragte Großmutter Valentini.

»Das ist die Pubertät«, antwortete Colombe sehr philosophisch, während sie ihre Nudeln kaute. »Machen Sie sich nichts draus! Das geht vorüber.«

Großmutter Valentini drehte sich zu Colombe um und musterte sie ein paar Sekunden.

»Und wer hat Sie um Ihre Meinung gebeten?«

»Aber … hm …«

»Sie befinden sich hier in meinem Haus, und wenn Sie glauben, dass Sie ein Anrecht haben, über meine Enkel zu urteilen, nur weil Sie die *derzeitige* Verlobte meines Schwiegersohns sind, so irren Sie sich gewaltig. Abgesehen davon spricht man nicht mit vollem Mund!«

Worauf Valentina Valentini dem Beispiel ihrer Enkel folgte und den Tisch verließ, an dem nun nur noch Colombe und Isabelle zurückblieben, schockiert über den Ausgang ihres ersten Abendessens in diesem Hause.

Isabelle seufzte und griff in Anbetracht der Notlage nach der noch fast vollen Flasche Chianti. Colombe legte die Hand über ihr Glas.

»Nein danke, ich trinke nicht … Aber ich bitte Sie, genehmigen Sie sich ruhig ein Glas. Nach diesem Theater kann ich gut verstehen, dass Sie es brauchen.«

Isabelle schenkte sich großzügig ein. Die beiden sahen einander an, dann brach Colombe in Gelächter aus und zeigte ihre schneeweißen Zähne.

»Seien Sie nicht böse, aber es tröstet mich, dass Sie hier ebenso verloren sind wie ich. Wie ich sehe, bin ich nicht der einzige Eindringling in dieser Familie.«

Isabelle trank einen Schluck Wein, um ein Lächeln zu unterdrücken. Es war ihr irgendwie peinlich, Colombe sympathisch zu finden, doch dann lachte auch sie.

»Ich arbeite hier, aber Sie können jederzeit nach Paris zurückfliegen.«

Colombe zuckte die Achseln.

»Seit Monaten versuche ich, Jan zu motivieren, am Drehbuch weiterzuschreiben. Er hatte es nach dem Tod seiner Frau nicht mehr angerührt. Jetzt arbeitet er wieder dran, und da möchte ich ihn auf keinen Fall mit anderen Dingen belasten. Ich sollte ein paar Tage vor ihm herkommen, er dachte, es sei eine gute Gelegenheit, seine Familie kennenzulernen. Aber um ehrlich zu sein, sind Kinder nicht gerade mein Ding.«

»Meins auch nicht«, platzte Isabelle heraus, ohne nachzudenken.

Als sie Colombes überraschtes Gesicht sah, kicherte sie verlegen.

»Ich mache Witze. Natürlich liebe ich Kinder.«

Warum ich Facebook hasse

Adriana lag auf ihrem Bett, das Laken am Fußende, und machte Atemübungen. Dann öffnete sie eine Facebookseite und scrollte mit dem Daumen die letzten Neuigkeiten über ihren Ex Tommy Jackson herunter. Auf den Fotos, die ihn auf Partys, am Strand und bei Konzerten zeigten, lächelte er und schien nicht im Geringsten an einem gebrochenen Herzen zu leiden. Eine sechsmonatige Beziehung hatte mit einer zweizeiligen E-Mail ihr Ende gefunden:

Ich kann dir nicht sagen, warum ich dich verlasse. Ich leide zu sehr. Xoxo

Mit dem Handrücken trocknete sie ihre feuchten Augen und legte ihr Handy auf den Nachttisch. Sie würde sich nicht unterkriegen lassen. Um einen Typen, der zu feige war, sie anzurufen oder ihr mitzuteilen, dass er eine neue Freundin hatte, wollte sie nicht weinen.

Sie kramte die vom Psychiater verschriebenen Schlaftabletten heraus und schluckte eine davon. Als sie die Schachtel wegräumte, fiel ihr Blick auf ein Foto ganz unten in der Nachttischschublade. Sie drehte es vorsichtig um und strich über die verblassten Farben und den bonbonrosa Rahmen: »Freundinnen fürs Leben«. Wie dumm man doch mit zehn Jahren ist! Im Halbdunkel war die ohnehin schlechte Ge-

genlichtaufnahme kaum zu erkennen, aber Adriana erinnerte sich noch genau an die Szene. Zoé und sie, in hautengen, paillettenbestickten Bodysuits, probten das Lied »Ich gehe mit dir«, das Goldman für Céline Dion geschrieben hatte. Sie wollten es beim Abschlussfest der Grundschule aufführen. Sie waren ganz verrückt nach diesem Lied, und Zoé hatte den Refrain sogar auf die Rückseite des Fotos geschrieben.

Auf dem Foto lachten die beiden Mädchen übers ganze Gesicht und hielten ihre Haarbürsten wie Mikrofone. Sie waren angemalt, als wären sie in einen Tuschkasten gefallen, und trugen hoch toupierte Haarbüschel auf dem Kopf. Albern. Glücklich. Wann war Adrianas kleine Schwester zu diesem feindseligen und hinterlistigen Monster geworden?

Adriana war zwei Jahre älter als Zoé. Als die beiden noch klein waren, waren sie unzertrennlich. Doch als ihre Mutter eine Überdosis Schlaftabletten und Whisky geschluckt hatte, um ihrer Depression endgültig Herr zu werden, war etwas kaputtgegangen. Adriana konnte sich nicht entsinnen, wer von ihnen beiden als Erste die Trennung vollzogen hatte. Vielleicht empfanden die Mädchen damals jedes normale Gespräch als Verrat. Sie hätten über den Selbstmord ihrer Mutter sprechen müssen, aber keines der Mädchen war in der Lage gewesen, das Thema anzuschneiden. Und so brach ihre Kommunikation nach und nach ganz ab. Als nach Sofias Tod das neue Schuljahr begann, fand Zoé neue Freunde, während Adriana allein blieb. Es war, als stünde ihr der Tod ins Gesicht geschrieben. Sie hatte tiefe Ringe unter den Augen, und einander abwechselnde Phasen des Schweigens und der Heulkrämpfe zeugten von ihrer inneren Zerrissenheit. Irgendwann sprach Adriana mit niemandem mehr. Als sie in die Oberstufe kam, wurde alles nur noch schlimmer. Sie hatte katastrophale Noten, litt an Bulimie, versteckte sich unter unförmigen Sweatshirts und wurde zum Gespött ihrer Mitschüler. Während der Schulstunden warfen ihr die Klassenkameraden Papierkügelchen mit aufgekritzelten Beleidigungen an den Kopf, schickten ihr fiese SMS oder hinterließen gehässige Nachrichten auf dem Anrufbeantworter. Wie genau es dazu hatte kommen können, wusste Adriana bis heute nicht, jedenfalls war sie innerhalb weniger Wochen in ihrer Klasse zu einer Aussätzigen geworden. Die Toiletten unter dem Dach der Schule wurden ihre einzige Zufluchtsstätte.

Wenn sich die Schwestern im Schulgebäude begegneten, wandte Zoé sich ab. Spott und Kränkungen verfolgten Adriana auch am Abend und am Wochenende über Facebook, wo sich die ganze Klasse 3B des Gymnasiums Jules Ferry einen Spaß daraus machte, Fotos von ihr zu kommentieren, die ihre Mitschüler im Laufe des Tages ohne ihr Wissen geschossen hatten. Auf Nanous Rat hin hatte Adriana ihr Facebookprofil gelöscht. Es tat Nanou weh, Adriana so verzweifelt zu sehen, und sie schlug ihr vor, einen Psychiater aufzusuchen. Dieser fragte besorgt, ob Adriana sich umbringen wolle, und riet ihr, sich durch künstlerische Tätigkeiten ausdrücken zu lernen. Sie hätte schreiben, malen, zeichnen oder modellieren können, doch als Tochter eines Regisseurs zog sie es vor, Videofilme zu drehen. Der erste wurde in der Nacht vom zweiten auf den dritten Februar 2012 bei YouTube ausgestrahlt und trug den Titel: »Warum ich Facebook hasse«. Bis heute war der Film weit über drei Millionen Mal aufgerufen worden. Sie hatte zehn Minuten lang mit unsicherer Stimme gesprochen. Ein nicht eingeweihter Erwachsener hätte den Film für das Werk eines egozentrischen Teenies halten können, aber er war ein Hilfeschrei, die digitale Flaschenpost einer Schiffbrüchigen, die im Ozean ihrer quälenden Schulzeit auf einer einsamen Insel gestrandet war. Andere verstanden sie, und nach gerade mal fünfzig Aufrufen gingen bereits erste Kommentare ein. Unbekannte lobten ihren Mut, dankten für ihre Zivilcourage, in sozialen Netzwerken über Mobbing in der Schule zu sprechen.

In den ersten drei Monaten passierte erst mal nichts, außer dass Adriana im Netz Freundinnen fand. Sie konnten sich über die Hölle in der Schule austauschen, und Adriana war endlich in der Lage, über ihre Mutter zu sprechen wie auch über den Jungen, den sie gern geküsst hätte, obwohl er unter dem begeisterten Gejohle dieses Idiotenhaufens von Mitschülern ihr Federmäppchen in die Toilette geworfen hatte. Dass auch Zoé sich absonderte und zu Hause im Nebenzimmer im Netz spielte, war Adriana völlig entgangen.

Tagsüber schlief Adriana im Unterricht. Nachts drehte sie ihre Videos. Sie erzählte von ihrer Bulimie, von ihrer Zahnklammer, von ihrem ständig abwesenden Vater und von Hautproblemen. Sie schaute sich die Vlogs von anderen Mädchen an, Amerikanerinnen und Französinnen, diskutierte mit ihren Cyberfreundinnen und begann, sich für Mode und Schminke zu interessieren. Sie änderte ihre Frisur und wurde blond. Auch zu diesem Thema hatte sie ein Video gedreht, desgleichen als sie ihre zu weiten Jeans und Sweatshirts gegen leuchtend bunte Leggings und Tuniken tauschte. Im wirklichen Leben war sie immer noch verhasst, im Internet hingegen erhielt jeder ihrer Tweets zahlreiche Antworten. Dort lobte man sie und dankte ihr. Im Frühjahr waren die Schultoiletten ihr Büro geworden. Sie klebte an ihrem Smartphone und antwortete auf die Nachrichten und Kommentare ihrer Fans, die immer zahlreicher wurden.

Am Ende dieser drei Monate geschah etwas, das für Adriana von kapitaler Bedeutung war. Ein Albtraum wurde wahr. Eine Schülerin ihrer Klasse hatte Wind von ihrem Vlog bekommen. Sie hatte noch nie mit ihr gesprochen (wenn man mit dreizehn geächtet wird, so ist es wie eine ansteckende Krankheit), und dennoch, eines schönen Tages erhielt Adriana eine E-Mail, die ihr mitteilte, dass Gwen Lemaire ihren YouTube-Kanal abonniert habe. Sie verglich das Foto, die Stadt, das Alter. Kein Zweifel, es war ein Mädchen aus der 3B. Sie war die Ausdauerndste und Klassenbeste in Mathe und trug ständig einen Pferdeschwanz. Die Mail war an einem Freitagabend eingetroffen, weshalb Adriana ein fürchterliches Wochenende verbrachte. Sie schmiedete Pläne, wie sie es anstellen könnte, nie wieder das Gymnasium Jules Ferry betreten zu müssen. Am liebsten hätte sie dort einen Brand gelegt.

Am Montagmorgen hatte sie hinter einem Baum versteckt gewartet, bis es zur Stunde läutete, und kam zu spät zum Geschichtsunterricht. Sie duckte sich in die hinterste Reihe und starrte auf den Boden, bereit, die üblichen Beleidigungen und Gemeinheiten einzustecken … Doch nichts geschah. Madame Chabert hielt ihre Stunde über Robespierre und seine Terrorherrschaft ohne die leiseste Unterbrechung. Niemand drehte sich zu Adriana um, niemand äußerte sich. Nach zwanzig Minuten wagte Adriana den Kopf zu heben und nach Gwen Lemaire Ausschau zu halten. Vielleicht war sie ja krank und hatte deshalb die Klasse nicht mit den letzten Neuigkeiten versorgt. Doch Gwen saß in der ersten Reihe und schrieb so eifrig mit, dass ihr Pferdeschwanz wippte. Der einzige Unterschied war, dass Gwen heute statt der üblichen Jeans orange Leggins und eine geblümte Tunika trug.

Wäre Gwen ängstlicher gewesen, dann hätte sie sich in den Toiletten unter dem Dach mit Adriana unterhalten, dort, wo sie vor Blicken sicher waren. Aber Gwen war eine Heldin. Eines Morgens, kurz vor der Mathestunde, hatte sie sich einen Weg durch die plötzlich verstummte Klasse bis zur letzten Reihe gebahnt und sich vor Adriana aufgepflanzt.

»Hallo, ist der Platz neben dir frei?«

Vor Schreck war Adriana zu keiner Antwort fähig, und Gwen setzte sich einfach neben sie.

Von diesem Augenblick an besaß Adriana eine wirkliche Freundin im wirklichen Leben und nicht nur ihre vielen virtuellen Bekanntschaften. Sie würde Gwen nie vergessen, dass sie sich zu ihr gesetzt hatte, als sie noch eine Geächtete war und bevor sich Luxusmode- und Kosmetikfirmen an Adriana wandten, damit sie die Produkte, die sie ihr übrigens gratis überließen, in ihrem Vlog vorstellte. Man interviewte sie auf Websites für Teenies, dann in der nationalen Presse. Sie erhielt sogar ein Angebot, im Fernsehen eine Modesendung für Jugendliche zu moderieren. Inzwischen bezahlte man ihr ein Vermögen, damit sie auf Instagram für eine Creme gegen Augenringe oder eine Handtasche warb. Diejenigen, die sie beleidigt und ausgeschlossen hatten, krochen jetzt vor ihr und wollten unbedingt ihre besten Freunde sein. Adriana würde nie vergessen, dass, als ihre Welt in Trümmern lag, Familie und Freunde sie verlassen hatten, sie nur auf zwei Personen hatte zählen können: Nanou und Gwen.

Sie seufzte und legte das gerahmte, von Frohsinn und Pailletten nur so sprühende Foto wieder in die Nachttischschublade und schob sie zu. Das Schlafmittel begann zu wirken und die Kindheitserinnerungen verblassten. Sie nahm den Kopfhörer ihres iPhones, suchte das Lied und schloss die Augen.

Ich gehe mit dir,
denn du bist mein Reich.
Ich gehe mit dir,
wohin du auch gehst.
Das Ziel ist mir gleich.

Wir sind hier nicht im Club Med

In aller Stille, so wie Valentina es angeordnet hatte, frühstückte Isabelle mit Nicolas. Danach machte er ihr deutlich, dass er zum Anziehen nicht auf ihre Hilfe angewiesen war, indem er ihr die Tür vor der Nase zuknallte. Ein paar Minuten später tauchte er wieder auf und trug anstelle des Schlafanzugs eine altersschwache Badehose und ein T-Shirt. Seine Brille war auf die Nasenspitze gerutscht. Durch sein Schweigen immer bedrückter, folgte Isabelle ihm widerwillig und fühlte sich immer mehr, als spiele sie die Rolle der Übeltäterin in einem Stummfilm.

Auf Valentinas Anweisung verteilte Isabelle halbherzig den Sunblocker auf Gesicht, Armen und Beinen des kleinen Jungen, der sich wehrte und sie mit Blicken schier tötete. Er spritzte ihr absichtlich die Creme auf den Rock, entwischte und setzte sich mit seinem Schachspiel mitten auf den Rasen. Es war noch nicht einmal zehn Uhr, und Isabelle fürchtete schon, dass dieser Vormittag niemals enden würde. Also setzte sie sich an den für das Frühstück gedeckten Terrassentisch, um Nicolas aus der Ferne zu überwachen, und trank eine Tasse Kaffee.

»Ich suche verzweifelt nach Postkarten, die ich Freunden in Rom schicken kann«, sagte Valentina und nippte an ihrem Tee.

Das katastrophale Abendessen des Vortags schien vergessen. Colombe lächelte höflich.

»Sie sollten zu E-Mails übergehen«, meinte sie. »Es wird ohnehin schon genug Papier verschwendet! Wussten Sie, dass der tropische Regenwald ...«

Sie unterbrach sich, denn Valentina hatte eine Augenbraue so hochgezogen, dass sie fast unter ihrem Haaransatz verschwand.

»In Tremezzina dürfte es ja wohl welche geben, oder?«, wechselte sie errötend das Thema.

»Dort findet man nur diese schrecklichen kunterbunten Karten. Es gibt einen kleinen Laden in Bellagio, in dem sehr elegante Karten verkauft werden, aber ich möchte Tony nicht bitten, bei dieser Hitze mit der Fähre rüberzufahren ...«

Das Einzige, was Isabelle in der Internetära noch dümmer erschien, als Postkarten zu schreiben, war, den ganzen See zu überqueren, nur um Karten zu kaufen. Doch in diesem Fall bot ihr diese Marotte eine wundervolle Gelegenheit, so weit wie möglich aus Nicolas' Bannkreis zu fliehen, und eilfertig schlug sie vor: »Am Sonntag sind ohnehin keine Hausaufgaben zu machen. Da könnte ich mal schnell rüberfahren, wenn Sie wollen.«

»Ich könnte mich derweil um Nicolas kümmern«, schlug Colombe vor. »Dann kann ich mit ihm ein paar Entspannungsübungen machen. Yoga und Meditation tun Kindern gut, das ist bekannt.«

Valentina Valentini fächelte sich mit ihrer Serviette erstaunlich unwirksam Luft zu, warf einen Blick auf ihren Enkel, der immer noch mitten auf dem Rasen saß, und nahm den Vorschlag dankbar an. Nur sollte Isabelle spätestens zum Mittagessen zurück sein.

Isabelle war gerade im Aufbruch begriffen, als Zoé die

Treppe herunterkam. Ihr schwarzes Haar stand zu Berge, in der rechten Hand hielt sie einen Schwedisch-Sprachkurs, in der linken das Smartphone, und ihre Ohren verschwanden unter Kopfhörern.

»Hast du gut geschlafen?«, frage Isabelle mehr aus Höflichkeit als aus Interesse.

»Mitt namn är Zoé«, murmelte Zoé vor sich hin.

Als sie bemerkte, dass Isabelle sie perplex anstarrte, schubste sie sie beiseite und setzte ihren Weg zur Terrasse und zum Frühstückstisch fort.

Kaum eine Stunde später hüpfte Isabelle leichtfüßig von der Fähre und setzte ihre Sonnenbrille auf. Von der Anlegestelle aus betrachtete sie ein paar Sekunden lang die Landschaft, den Glockenturm und die rosa und orangen Fassaden von Bellagio. Das Dorf mit seinen warmen Farben lag wie ein nicht enden wollender Sonnenuntergang in der Alpenlandschaft. Der Himmel über dem Grün des Monte San Primo hatte Türkistöne angenommen. Leider erwies sich die von Valentina Valentini angegebene Adresse als unauffindbar, wahrscheinlich weil Isabelle lieber durch die gewundenen Gassen mit den farbenfrohen Häuschen schlenderte und alle drei Minuten anhielt, um Mozzarella, Parmesan oder Mortadella zu kaufen. Sie stieg die breiten Kopfsteintreppen hinauf und hinab und freute sich an der üppigen Blumenpracht, die von den Balkonen quoll.

Als sie spürte, dass ihr vor lauter Hitze der Schweiß über den Rücken lief und ihre Einkaufsbeutel immer schwerer wogen, beschloss sie, eine kleine Pause einzulegen. Auf einem winzigen Platz standen ein paar Tische und Stühle unter einer Schatten spendenden Pinie. Sie wollte sich gerade hinsetzen, da entdeckte sie durch das offene Fenster an einem Tisch in der Bar Adriana, die mit einer jungen Frau sprach. Isabelle konnte nur einen flüchtigen Blick auf das Gesicht der Unbekannten erhaschen, die sich nun ganz in das Halbdunkel der Bar verzog.

»Es ist zu riskant«, sagte die Jugendliche gerade, »das wird doch nie was. Abgesehen davon bin ich in sechs Monaten volljährig.«

»So einfach ist das nicht!«, entgegnete die Frau scharf, »wir dürfen auf keinen Fall zulassen, dass es so weit kommt.«

Isabelle flüchtete hinter einen Baum. Die Frau, die gerade gesprochen hatte, schlug einen ganz schön herrischen Ton an. Von der Terrasse aus konnte Isabelle zwar nicht mehr die Unterhaltung verfolgen, dafür aber die Szene unbemerkt beobachten. Adrianas Gesprächspartnerin wandte Isabelle den Rücken zu. Sie sprach akzentfrei, aber ihr glänzend dunkles, langes Haar ließ vermuten, dass sie Italienerin war. Adriana saß zusammengesunken da und wickelte mit wachsender Nervosität eine blonde Haarsträhne um den Finger. Sie hob den Kopf und begann zu sprechen, doch ihr Gegenüber hieß sie mit einer autoritären Geste zu schweigen. Isabelle stellte überrascht fest, dass alle Arroganz aus dem Gesicht des jungen Mädchens verschwunden war. Ihre großen, angsterfüllten Augen ließen sie wie ein scheues Reh aussehen, das seinen Jäger umzustimmen versucht.

»Möchten Sie einen Tisch, *Signorina*?«, fragte der Kellner auf Italienisch.

Isabelle erschrak.

»*No, grazie*«, erwiderte sie.

Sie tat besser daran, diskret zu bleiben, machte sich mit ihren schweren Einkaufsbeuteln auf den Weg und fand schon bald ein ebenso gemütliches Café auf einem anderen Platz. Als man ihr den schäumenden Cappuccino brachte, fiel ihr plötzlich auf, dass sie nicht nur vergessen hatte, die Postkarten zu kaufen, sondern auch, dass es mittlerweile bereits halb eins war. Zum Mittagessen würde sie nicht mehr rechtzeitig zurück sein. Sie stürzte den heißen Kaffee in einem Zug hinunter, legte Geld auf den Tisch und lief davon. Weder an das Wechselgeld noch an ihre Einkaufsbeutel verschwendete sie einen Gedanken. Der Kellner sah ihr gleichgültig nach, sicher fand er es zu gewagt, ihr bei dieser Hitze hinterherzulaufen.

Sie kam mit einer Viertelstunde Verspätung zum Essen, schweißgebadet und wütend, weil sie ihre Einkäufe im Café von Bellagio hatte stehen lassen. Sie reichte Valentina die Postkarten, die sie eingehend betrachtete und als weit hübscher befand als die, die man in den üblichen Touristenläden kaufen konnte. Isabelle verschwieg wohlweislich, dass sie die Karten im erstbesten Laden am Anlegesteg der Fähre erstanden hatte. Valentina kam nicht dazu, sie wegen ihrer Verspätung zu tadeln, denn Adriana traf, als ob nichts wäre, ein paar Minuten nach Isabelle ein.

»Das Mittagessen wird um dreizehn Uhr serviert. Wir sind hier nicht im Club Med!«, schimpfte Valentina.

»Ich bin eben erst aufgestanden.«

Isabelle, die sich gerade Tomaten auftat, hielt inne und warf dem Mädchen einen erstaunten Blick zu, öffnete den Mund und besann sich. Wenn Adriana ihr Treffen geheim halten wollte, so war es ihre Sache und ging Isabelle nichts an.

Wir telefonieren bei Gelegenheit …

Nicolas saß mit gesenktem Kopf an seinem Schülerpult. Valentina legte fünf Übungsbücher für die dritte Klasse vor ihn hin.

»Nicolas wird ab September die dritte Klasse wiederholen. Aber ich verlange, dass er die Rechenaufgaben der vierten Klasse macht. Mittelmäßigkeit und Faulheit haben in dieser Familie keinen Platz.«

Da Isabelle nicht antwortete, fuhr sie fort: »Ich möchte, dass Sie mit Nicolas jeden Morgen drei Stunden in diesem Raum verbringen, damit er aufholt, was er im letzten Schuljahr versäumt hat.«

Isabelle nickte. Zu schweigen schien in dieser überspannten Familie das beste Rezept zu sein.

»Vier Jahre, ohne ein Wort zu sprechen! Bleibt zu hoffen, dass man Ihnen im Norland College beigebracht hat, gegen Faulheit und mangelnden Willen anzugehen, denn mein Enkel beherrscht beides hervorragend. Nicht wahr, Nicolas?«

Nicolas blickte nicht auf, und seine zu langen Locken verdeckten sein Gesicht. Er schien sich auf einen Fleck im Holz seines Schreibtisches zu konzentrieren. Isabelle fühlte, wie ihr schwindlig wurde. Mit einem Mal schien ihr das Schweigen des Kindes eine Traurigkeit zu übertragen, die ansteckender war als jeder Heulkrampf, und ihr war, als wehe ein eisiger Hauch durch den Raum.

»Hören Sie mir überhaupt zu, Mademoiselle Derarsch?«

Isabelle schreckte auf und betrachtete überrascht die vier kleinen Halbmonde, die ihre Fingernägel in ihre Handfläche gegraben hatten.

»Er braucht nicht zu sprechen, um seine Matheaufgaben zu machen«, hörte sie sich trocken sagen.

Kaum hatte sie das ausgesprochen, bereute sie ihre Worte auch schon und fürchtete, dass die Großmutter ihr nun den Kopf waschen würde, doch die sagte nichts, sondern blickte nur ein wenig erschrocken drein. Nicolas war rot geworden, blieb jedoch reglos sitzen.

Valentina trat ans Fenster. Ihr Kopf schien von der Last des akkuraten Haarknotens niedergedrückt. Sie schaute durch die Scheibe auf den Comer See, der still und glänzend wie Alufolie dalag. Ihre Stimme war nur noch ein Wispern.

»So ein Dickkopf … wie seine Mutter. Mit fünfzehn hat sie eines schönen Tages entschieden, dass sie Schauspielerin werden wollte. Ich lachte sie aus. Drei Tage lang blieb sie verschwunden, um mir zu beweisen, dass sie sich durch nichts von ihrem Vorhaben abbringen lassen würde.«

Valentina trug ein tailliertes beiges Kleid. Als sie Sofia erwähnte, wurde ihr schmaler, harter Mund plötzlich zärtlich und weich. Trotz ihrer imposanten Größe wirkte sie mit ihrem melancholischen Augenausdruck auf einmal wie eine erschöpfte alte Dame.

Dann richtete sie sich hastig auf. Ihr Mund wurde wieder zu einem schmalen Strich, und nervös zupfte sie an ihrer Perlenkette.

»Lassen Sie ihm beim Arbeiten nichts durchgehen!«, befahl sie, bevor sie aus dem Raum eilte.

Hinter dem mächtigen Schreibtisch wirkte Nicolas winzig klein. Zwar hatte Isabelle keine Ahnung, wie groß ein durchschnittlicher Siebenjähriger war, aber die Füße des Jungen in den Turnschuhen mit den offenen Schnürsenkeln berührten nicht einmal den Boden, und sein dünnes Hälschen ragte aus dem zu weiten Ausschnitt des T-Shirts.

Isabelle beobachtete eine Wespe, die durch das Zimmer summte und immer wieder gegen die Scheibe stieß, bis sie schließlich einem gastfreundlicheren Ort entgegenfliegen konnte. Die junge Frau atmete tief durch. Der kleine Junge war stumm, nicht sie! Zögernd zog sie den Läufer aus ihrer Tasche, den Nicolas auf dem Rasen verloren hatte, und stellte ihn vorsichtig neben seine Hand auf den Schreibtisch.

Keine Reaktion.

Sie zog einen Stuhl heran und setzte sich neben ihn. Um Haltung zu wahren, blätterte sie die Übungshefte durch, räusperte sich und schlug dann aufs Geratewohl irgendeines auf. Darin ging es um Wortbedeutungen im eigentlichen und im übertragenen Sinn und bei einer weiteren Übung um Synonyme und Antonyme. Dann nahm sie sich eine Rechenaufgabe vor. »Ein kleines Mädchen hat von sechsundsiebzig Spielzeugautos fünfzehn verloren und sieben wiedergefunden.«

Sie überlegte kurz.

»Ich weiß zwar nicht, wie viele Autos sie nun hat, aber ich weiß, dass sie besser auf ihre Sachen aufpassen sollte«, kicherte sie gekünstelt.

Nicolas hatte nicht einmal mit der Wimper gezuckt, und Isabelle beschloss, einfach doppelt so viel zu reden, wenn er partout nichts sagen wollte.

»Na gut. Das war wirklich nicht sehr komisch. Dann lass uns hiermit anfangen: Finde drei Beispiele für die Redewendung ›Ausnahmen bestätigen die Regel‹. Verstehst du, worum es da geht?«

»....«

»Das bedeutet, bei jeder Regel kann es eine Ausnahme geben, die aber die Regel als solche nicht infrage stellt. Zum Beispiel gehe ich nie montagabends aus, außer es wird ein Geburtstag oder irgendetwas anderes gefeiert. Das ist die Ausnahme von der Regel.«

Sie überlegte.

»Allerdings ist das kein sehr gutes Beispiel, weil ich manchmal auch montags ausgehe, wenn es im *King* Gratis-Mojitos gibt ... oder eine ›Free Daïquiris Party‹ im *Wiki*. Leuchtet dir das ein?«

Sie hoffte noch immer auf irgendeine Resonanz vonseiten Nicolas', der jedoch wie mumifiziert dasaß. Vielleicht war sie unsichtbar? Sie schnipste mit den Fingern vor seinem Gesicht, woraufhin er ein wenig zurückwich. Sie seufzte und schob das Heft vor ihn hin.

»Hör zu! Ich schlage vor, du machst in den ersten beiden Stunden erst mal allein deine Übungen und in der dritten Stunde korrigiere ich sie.«

Mit einer Geste, von der sie hoffte, dass sie autoritär wirkte, legte sie den Stift auf das Pult.

Sie hatte genug getan, stöpselte sich Kopfhörer in die Ohren und begann, SMS zu schreiben.

09:37 – ISABELLE BERNARD

Alarm! Sitze bis 12:30 Uhr mit dem stummen Kind hier fest, das seine Hausaufgaben machen soll. Erzählt mir ein paar Witze!

09:37 – AMINA BENZEKRI

Tut mir leid. Muss in 3 Minuten im Kreißsaal sein. Hast du nicht Gebärdensprache gelernt?

Amina hatte ihr ein Foto von Woody-Allen mitgeschickt, wo die Hündin stolz wie ein Pfau vor dem Fernseher saß, auf dem der Vorspann von *Match Point* zu sehen war. Kommentar: »Woody-Allen entdeckt Woody Allen.«

09:38 – ALEXANDRE LEMAIRE
Unmöglich. Bin in einem Meeting. Mancher unter uns hat leider wirklich Arbeit.

Isabelle grinste, stellte den Ton von Adeles letztem Album lauter und öffnete trällernd ihre Facebookseite.

09:57 – ALEXANDRE LEMAIRE
Habe einen Witz: Was ist der Unterschied zwischen 6 Minuten Penetration und 6 Minuten Fellatio?

09:57 – ISABELLE BERNARD
Keine Ahnung. Bin nicht sicher, ob ich es wissen will.

09:58 – ALEXANDRE LEMAIRE
Hast du 12 Minuten Zeit? Dann zeig ich's dir.

Isabelle lachte laut.

09:59 – ISABELLE BERNARD
Du bist eklig.

09:59 – ALEXANDRE LEMAIRE
Ich weiß, dass du dich scheckig lachst.

09:59 – ISABELLE BERNARD
Gar nicht wahr.

Tatsächlich lachte Isabelle, über ihr Handy gebeugt, herzlich. Doch dann erinnerte sie sich, dass Nicolas neben ihr saß, und hob den Kopf. Zum ersten Mal sah sie, wie der kleine Junge sie durch seinen Lockenvorhang beobachtete. Doch sobald ihre Blicke sich begegneten, senkte er wieder den Kopf. Er hatte den Stift nicht angerührt, und das Heft vor ihm war noch genauso leer wie zuvor.

»Entschuldige, aber ein Freund hat mir gerade einen blöden Witz geschickt. Vielleicht findest du das ja auch lustig: Was ist der Unterschied zwischen zwölf …«

Ihr Telefon vibrierte erneut.

10:02 – ALEXANDRE LEMAIRE

Erzähl den Witz bloß nicht dem Kleinen. Habe nicht die Zeit, dich aus dem Gefängnis zu holen.

10:03 – ISABELLE BERNARD

So verdreht bin ich nun auch wieder nicht.

10:04 – ALEXANDRE LEMAIRE

Lies ihm *Harry Potter* vor. Das wirkt bei den Kleinen immer. Muss Schluss machen, bin wirklich in einem Meeting.
Küsschen, mein Schätzchen.

Isabelle seufzte, stand auf, lief durch den Raum, bewunderte die Aussicht und baute sich dann vor Nicolas auf.

»Du willst deine Aufgaben nicht machen, stimmt's?«

»…«

»Willst du sie nicht machen oder kannst du sie nicht machen?«

»…«

Sie ließ sich wieder auf einen Stuhl fallen und verschränkte die Arme.

»Gut. Ich will ehrlich zu dir sein. Ich habe ebenso wenig Lust, mit dir hier herumzusitzen wie du mit mir. Du musst ja nicht sprechen. Wir hätten uns wahrscheinlich eh nicht viel zu erzählen, und ich habe sehr wohl verstanden, dass du mich nicht leiden kannst. Das Problem ist, für dich wie für mich, dass wir hier täglich drei Stunden festsitzen, und das zwei Wochen lang. Wenn du deine Hausaufgaben nicht machst, dann dreht deine sowieso schon mächtig angespannte Großmutter wahrscheinlich früher oder später völlig durch.«

»…«

»Deshalb mache ich dir einen Vorschlag: Ich diktiere dir die Antworten auf die Fragen, du schreibst. Das machen wir eine halbe Stunde lang, und dann spielen wir *Candy Crush*.«

»…«

»Okay?«

»…«

»Wer nichts sagt, ist einverstanden.«

Isabelle nahm das Übungsheft und begann mit der Aufgabe zu den Synonymen.

»Bei der ersten Aufgabe soll man Synonyme für ›ehrlich‹ finden. Schreib! Loyal … aufrichtig … was gibt es noch? Gar nicht so einfach. Warte, im Netz muss doch was zu finden sein.«

Isabelle tippte etwas in ihr Handy ein.

»Na also! Korrekt, anständig, redlich, ehrbar … Warum schreibst du nicht?«

Nicolas starrte weiterhin ohne jede Reaktion auf das Pult. Isabelle verdrehte die Augen.

»Ich will ja gern die Aufgaben für dich machen, aber ich

kann nicht an deiner Stelle schreiben. Wir dürften wohl kaum die gleiche Handschrift haben.«

»…«

»Du beschwörst die Probleme ja förmlich herauf. Ihre Hoheit Valentina hat recht: Anscheinend hapert es wirklich ein bisschen mit deinem Willen.«

»…«

»Wie du willst, dann spiele ich eben allein *Candy Crush*.«

Immer noch keine Regung. Also setzte sie ihre Drohung in die Tat um. Nach zweieinhalb Stunden hatte sie *Youtube* nach neuen Videos abgegrast, das halbe Internet durchwühlt und sich bestimmt hundert Mal gesagt, dass sie sich zu Tode langweilt und darüber nachgesonnen, woher der Ausdruck wohl stammte und ob es tatsächlich möglich war, aus Langeweile zu sterben. Dann hatte sie zu allen Facebookfotos sämtlicher Kontakte, die sie seit 2007 abgespeichert hatte, ihre Likes gepostet und fünf Sudokus gelöst.

Um elf Uhr achtundzwanzig sprang sie von ihrem Stuhl auf. Nicht eine Minute länger konnte sie das Herumsitzen aushalten.

»Weißt du was? Es war sehr nett bei dir, aber ich kann nicht länger bleiben.«

Mit raschen Schritten ging sie zur Tür.

»Wir telefonieren bei Gelegenheit!«, rief sie, ohne sich noch einmal umzudrehen, lachte dann über diese alberne Floskel und verschwand im Flur.

Ihre Hoheit dreht bald durch

Nicolas wartete, bis Isabelles Schritte im Flur verhallt waren. Dann hob er langsam den Kopf und griff nach der weißen Spielfigur, die sie auf den Schreibtisch gestellt hatte. Er betrachtete sie lange, bevor er aufstand und sie in den Schachspielkasten gleich neben die Springer legte. Er streichelte die Figuren, die nun wieder vollzählig in ihrer rotsamtenen Behausung lagen, und stieß einen tiefen, erleichterten Seufzer aus.

»Na, siehst du. Sie ist doch eigentlich ganz nett«, sagte Sofia, die im Sessel neben dem Fenster saß und hinausschaute.

Er zuckte die Achseln.

»Sie ist verrückt, und sie lacht ganz allein vor sich hin.«

»Ich habe auch nicht gesagt, dass sie nicht vielleicht ein wenig verrückt ist, aber ich finde sie sympathisch. Deinetwegen bekommt sie Schwierigkeiten mit Großmutter.«

Sie nahm eine Zigarettenspitze und ein Feuerzeug aus der Tasche ihres bestickten Kimonos.

»Fang bloß nie mit dem Rauchen an, mein Katerli!«, sagte sie und zündete sich eine Zigarette an. »Das ist schlecht für die Gesundheit.«

»Sie hat Großmutter ›Ihre Hoheit‹ genannt«, murmelte Nicolas und strich sanft über die Läufer seines Schachspiels. *»Ihre Hoheit dreht bald durch …«*, sagte er vor sich hin und imitierte Isabelles Stimme.

Er legte die Hand auf seinen Mund, um den Anflug eines Lächelns zu verbergen.

Dann setzte er sich wieder an den Schreibtisch, rückte seine Brille zurecht, nahm den Stift und schrieb: korrekt, anständig, rechtschaffen, schicklich, treu …

Der Zauber wohnt im Herzen derer, die an ihn glauben

Isabelle schaute nun schon zum zwölften Mal innerhalb von zehn Minuten bei Facebook nach. Die letzte Meldung von Quentin war um dreiundzwanzig Uhr sieben gepostet worden und bei WhatsApp um dreiundzwanzig Uhr achtundzwanzig. Schade, dass er weder ein Twitter- noch ein Instagramkonto besaß. Ein paar mehr Hinweise auf seine Aktivitäten hätten ihr gutgetan. Darüber Vermutungen anzustellen, was ihr Ex wohl in diesen zwanzig Minuten getan haben könnte, die zwischen seinen beiden letzten Posts lagen, würden sie sicher nicht weiterbringen. Hatte er nicht gesagt, eine Trennung sei leichter, wenn man jede Art von Kommunikation abbräche? So sah es im Zeitalter der sozialen Netzwerke also mit der Liebe aus.

Sie legte ihr Telefon aus der Hand. Wahrscheinlich schlief er um diese Zeit. Er war nie der Typ gewesen, der Nächte durchmachte, schon gar nicht montags. Sie hingegen hätte gern die auf ihrem Konto verbliebenen vierundzwanzig Euro und fünfundfünfzig Cents geopfert, um mit Amina auf irgendeiner Caféterrasse etwas trinken zu gehen.

Der Wecker zeigte ein Uhr acht morgens an. Isabelles Zimmer lag direkt unter dem Dach und hatte nach diesem sonnigen Tag die stickige Hitze gespeichert. Auch das Wasser in der Flasche auf ihrem Nachttisch war lauwarm. Seufzend stieß sie mit dem Fuß das Laken ans Bettende, wedelte mit einem T-Shirt über ihrem Gesicht herum und träumte von einer steifen Brise, von Regen und Schnee, von einem Bad in Eiswürfeln oder, noch besser, von einer Kühlkammer …

Sie wälzte sich auf der Matratze hin und her.

In einem Ton, der sämtliche Zuschauer des *Stade de France* bei einem Madonna-Konzert eingeschüchtert hätte, hatte Valentina ihr beim Mittagessen mitgeteilt, dass sie Nicolas' Hausaufgaben kontrolliert habe und dass diese perfekt gewesen seien. War Isabelle etwas entgangen, als sie allzu konzentriert *Candy Crush* gespielt hatte? Der Nachmittag war dann, wie schon am Tag zuvor, damit ausgefüllt gewesen, Nicolas zu überwachen, der im Garten Schach spielte. Genauer gesagt hatte Isabelle Zeitschriften gelesen, literweise diese köstliche hausgemachte Zitronenlimonade getrunken und am Luxuspool gefaulenzt. Währenddessen lag Adriana ausgebreitet wie ein Seestern in der Sonne und »brainstormte« mit sich selbst, um ihr nächstes Video über gesundheitsbewusstes Bräunen vorzubereiten. Zoé spielte derweil im Netz, offensichtlich ohne nennenswerte Erfolge, denn so ziemlich alle zehn Minuten ließ ihr lautstarkes »Scheißdreck« die Grillen vor Schreck verstummen. Colombe indes hatte ihre Yogamatte am See ausgebreitet und sich geschlagene zwei Stunden in den erstaunlichsten Stellungen verknotet, um ihre Chakras zu öffnen.

Wenn Isabelle ehrlich war, so musste sie sich eingestehen, dass es ihr ausgesprochen gut ging, solange Jan Kozlowski noch nicht Bestandteil dieser Märchenlandschaft war. Sie hatte sich öfters mit Colombe de la Fontardière unterhalten und fand, dass sie eigentlich eine ideale Stiefmutter abgeben würde. Sie war so cool wie Bob Marley und hatte anscheinend nicht die Absicht, sich in die Kindererziehung zu mischen. Mit etwas Glück würden Adriana früher oder später die Augen aufgehen und sie würde ihren machiavellistischen Plan aufgeben. Und dann würde Isabelle die Zeit bis zum Ende der Ferien in vollen Zügen genießen können.

Schweißgebadet stand Isabelle auf, um das Fenster zu öffnen. Sie atmete die laue Luft tief ein. Wenn sie nicht ersticken wollte, musste sie auf der Stelle das Zimmer verlassen. Rasch zog sie Minishorts und ein altes T-Shirt an und schlich leise den Flur entlang. Auf Zehenspitzen lief sie die Treppen hinunter. Die unteren Räume waren erheblich kühler. Eine Weile spazierte sie durch die stillen Gänge. Im Haus war alles wunderbar ruhig. Vom Geschrei und Gezänk des Tages schien nur noch ein fernes, von der Dunkelheit gedämpftes Echo nachzuhallen.

Sie wanderte ziellos von Raum zu Raum und landete in einer kleinen Bibliothek, von deren Existenz sie nichts geahnt hatte. Vorsichtig schloss sie die Tür hinter sich und machte Licht an. Dann fuhr sie mit der Hand über die Platte des Mahagonischreibtischs, auf dem ein gerahmtes Bild stand. Sie betrachtete das Schwarz-Weiß-Foto der verstorbenen Sofia Valentini. Das lange dunkle Haar umfloss ihr Madonnengesicht mit den dunkel geschminkten Lippen des Filmstars. Auf dem Brustbild konnte man Sofias schmale Taille sehen, noch betont durch den breiten Gürtel mit Drachenschnalle. Irgendetwas an dieser Aufnahme kam Isabelle ungemein vertraut vor, nur was?

Sie machte sich daran, die Buchtitel auf den Regalen zu studieren, auf der Suche nach einem Roman, der ihr die schlaflosen Nächte verkürzen konnte, und entdeckte zwischen zwei Wälzern *Harry Potter und der Stein der Weisen,* den ersten Band der Serie. Ihr fiel Alexandres Ratschlag wieder ein und, mehr aus Neugier als aus echtem Interesse, nahm sie das Buch aus dem Regal. Sie war nie eine große Leseratte gewesen.

Noch immer fehlte ihr die rechte Lust, wieder in die Sauna ihres Schlafzimmers hinaufzusteigen. Also machte sie es sich auf dem Ledersessel vor dem Schreibtisch bequem, legte ihre nackten Füße auf den Tisch und schlug die erste Seite auf. Ihr Blick fiel auf ein paar mit Kuli geschriebene Zeilen:

23. September, Tremezzina
Ein kleines Geschenk für dich, Adriana-bellissima,
damit du dich, auch wenn du mal groß bist, immer daran erinnerst, dass der Zauber im Herzen derer wohnt, die an ihn glauben.
Deine Mama

Erschrocken über ihre Indiskretion, blätterte Isabelle schnell weiter. Und da sie nichts Besseres zu tun hatte, begann sie zu lesen.

Es geschah, was bei allen halbwegs normalen Menschen geschieht, die zum ersten Mal in die Lektüre von *Harry Potter* eintauchen: Die Welt versank nach und nach in einem Zauberland, bis Isabelle die Wirklichkeit um sie herum ganz und gar vergessen hatte. Vier bewaffnete Männer hätten als Saurier verkleidet durch den Kamin in den Raum eindringen können, sie hätte sie nicht bemerkt. Das war auch der Grund, weshalb der Mann, der nun tatsächlich die Bibliothek betrat, drei Mal »Guten Abend« sagen musste, bevor Isabelle endlich den Kopf hob, nicht ohne die Störung mit ärgerlich zusammengezogenen Brauen zu quittieren.

Jan Kozlowski sah dem Jan Kozlowski auf den Fotos verdammt ähnlich (was nicht weiter verwunderlich war). Aber er hatte keinerlei Ähnlichkeit mehr mit dem Mann, den sie in Erinnerung hatte. Ihre einzige Begegnung an dem Tag, an dem er sie für die Hauptrolle in *Zufall* abgelehnt hatte, lag über zehn Jahre zurück.

Er war groß und, bis auf ein paar silberne Strähnen an den Schläfen, dunkelhaarig. Der Kontrast zwischen seinem dunklen Dreitagebart, dem schwarzen Haar und den hellen Augen war frappierend und ließ sie an einen Piraten denken, der gerade in seinen Schlupfwinkel zurückkehrte. Manche Männer – sie dachte an George Clooney oder Sean Connery – wurden wie guter Käse mit zunehmendem Alter immer attraktiver. Jan Kozlowski gehörte zweifelsohne dazu. Vor Schreck über sein plötzliches Auftauchen war sie wie versteinert, und sofort fielen ihr ein paar skandalöse Anekdoten aus dem Leben des jungen Witwers unmittelbar nach dem Tod seiner Frau ein, die sie in den von Adriana gesammelten Artikeln gelesen hatte.

»Ich störe doch hoffentlich nicht?«

Er hatte die Frage halb amüsiert, halb ironisch gestellt, und als Isabelle einen Blick in den Spiegel über dem Kamin warf, ahnte sie auch, warum. Irgendetwas an ihrem Spiegelbild erinnerte stark an eine Kuh in Shorts, die sich in einer Hängematte aalt. Sie sprang auf und kickte dabei versehentlich das gerahmte Foto zu Boden, wo das melancholische Konterfei Sofias nun unter Glasscherben begraben lag.

»Oh … Das tut mir schrecklich leid!«

Er runzelte die Stirn, während Isabelle die Scherben einsammelte.

»Lassen Sie nur. Sie schneiden sich noch«, sagte er und fügte ziemlich barsch hinzu: »Wer sind Sie überhaupt?«

»Isabelle Bern… Mademoiselle Derarsch.«

Isabelle mochte eine schlechte Schauspielerin sein, aber sie war trotz allem immer noch Komödiantin. Und so richtete sie sich nach der ersten Verwirrung kerzengerade auf und nahm die Haltung der mustergültigen englischen Nanny ein, auch wenn ihr sonderbarer Aufzug dabei nicht gerade überzeugend wirkte.

Wie die Augen seiner Tochter schillerten auch Jan Kozlowskis Augen in Grün- und Blautönen. Ein paar Sekunden lang musterte er Isabelle schweigend vom Scheitel bis zur Sohle. Vor ein paar Jahren hätte sie ihn anziehend gefunden, doch jetzt, mit zweiunddreißig Jahren, erkannte sie an der Art, wie er sie anschaute, nämlich als stelle er sie sich nackt in seinem Bett vor, dass er zu den zwielichtigen Verführern gehörte, denen man besser aus dem Weg ging. In dem vergeblichen Versuch, ihre Beine ein wenig mehr zu bedecken, zog sie an ihren Shorts.

»Sind wir uns nicht schon mal irgendwo begegnet?«

Die Frage verstörte Isabelle. Sie war noch nicht einmal zwanzig gewesen, als sie den Regisseur zum ersten und letzten Mal getroffen hatte. Seit Beginn dieser ganzen Komödie hatte sie nicht eine Sekunde daran gedacht, dass er sie nach all den Jahren wiedererkennen könnte.

»Nein, ich glaube nicht«, log sie mit fester Stimme. »Entschuldigen Sie bitte, aber ich konnte nicht schlafen, deshalb bin ich in die Bibliothek gekommen, um …«

»Das ist mein Büro!«, unterbrach er sie.

»Ach ja? Gut, dann eben Ihr Büro … Jedenfalls gehe ich dann mal wieder schlafen. Gute Nacht.«

Ihre Hand lag bereits auf der Türklinke, als er sie nochmals zurückrief.

»Mademoiselle?«

Sie drehte sich erschrocken um.

»Ja?«

Er reichte ihr den Roman, den sie in der Eile vergessen hatte.

»Ihr Buch.«

Sie nahm es und war so durcheinander, dass sie vergaß, sich zu bedanken. Als sie gerade die Tür hinter sich schließen wollte, sagte er: »Falls Sie jemand fragt … Sie haben mich nicht gesehen, okay?«

Eine Win-win-Situation

Nach ihrer üblichen Predigt über Nicolas' Mangel an gutem Willen, der ihr zufolge nur mit dem eines Postbeamten im August vergleichbar sei, schloss Valentina die Tür hinter sich. Nachdem sie den Raum verlassen hatte, sah Isabelle sich Nicolas' Hausaufgaben vom Vortag an. Die ersten fünf Seiten des Übungshefts waren ausgefüllt, und alle Antworten waren sorgfältig und fast gerade auf die vorgedruckten Linien geschrieben.

Während sie las, gab sie keinen Ton von sich. Und solange sie nicht sprach, störte sie Nicolas nicht. Er war müde. Das Geräusch des Porsches, der in der Nacht über den Kies gefahren war, und eine klappende Tür hatten ihn geweckt. Danach war alles wieder still gewesen. Nicolas hatte lange gegen den Schlaf angekämpft, für den Fall, dass sein Vater ihm Gute Nacht sagen wollte. Aber er war nicht gekommen. Wären Adriana und Zoé, die sonst nie vor zehn Uhr aufstanden, nicht bereits um Punkt acht zum Frühstück erschienen, so hätte er geglaubt, das Knirschen auf dem Kies nur geträumt zu haben. Seine Schwestern hatten geschwiegen, aber immer wieder zur Terrassentür geschaut, was bewies, dass auch sie auf ihn warteten.

»Nicolas?«

Nicolas schreckte hoch. Er spürte Isabelles Blick auf seinem Nacken.

»Hast du das alles allein gelöst? »Willst du heute deine Aufgaben machen, solange ich da bin?«

Er wollte vor allem, dass sie ging, denn sonst würde seine Mutter nicht kommen. Das Beste wäre ein stillschweigender Pakt. Er würde seine Hausaufgaben machen, und dafür ließ sie ihn in Ruhe. Eine Win-win-Situation.

Isabelle stand auf. Ging sie jetzt endlich? Sie blieb vor seinem Bett stehen und ließ sich dann mit ausgebreiteten Armen rücklings in die Kissen fallen, genauso, wie auch er es oft tat. Er unterdrückte einen enttäuschten Seufzer und dachte an Nanou, die sich so etwas nie erlauben würde. Aber war das gut oder nicht? Isabelle hatte die Augen geschlossen und atmete tief durch.

»Weißt du was? Du kannst mich treten, mir Sonnenmilch auf meine Kleidung schmieren und mich hassen, so viel du willst, ich gehe nicht weg. Denn leider habe ich keine Villa am Comer See und keine Gratisferien in Italien. Ich kann mir nicht einmal die Miete für ein schuhkartongroßes Apartment in Paris leisten. Das Einzige, was die Geduld deiner Großmutter noch unterschreitet, ist mein Kontostand. Und deshalb müssen wir wohl oder übel miteinander auskommen.«

Sie zeigte ihm das Buch und fuhr fort: »Ich mache dir einen Vorschlag: Ich lese, und als Gegenleistung machst du in den nächsten zwei Wochen jeden Tag deine Hausaufgaben, mit oder ohne die Hilfe der Person, die dir auch gestern geholfen hat. Mir ist das egal, solange die Übungen gemacht sind. Wenn auch nur ein Hauch von Liebenswürdigkeit in dir steckt, dann bist du damit einverstanden, ich stecke nämlich knietief in der Scheiße und brauche mein Gehalt extrem dringend. Okay?«

Sie erwartete keine Antwort von ihm, und er hatte auch

nicht vor, auf ihre Worte zu reagieren. Jedenfalls war auch sie, genau wie er, zu dem Schluss gekommen, dass ein Pakt notwendig war.

Sie schlug das Buch auf und begann mit lauter Stimme zu lesen.

Er konnte seine Überraschung nicht verbergen. Wieso las sie nicht leise wie alle anderen Leute? Er biss die Zähne aufeinander und stierte mit gesenktem Kopf auf seinen Schreibtisch. Wie gestern versuchte er, sich auf den Tintenfleck im Holz zu konzentrieren, und stellte sich vor, dass sein Kopf unter Wasser war oder, noch besser, eine dicke Glaswand ihn von Isabelle trennte, die jedes ihrer Worte abhielt, sodass er sich wieder in seinen Kokon des Schweigens zurückziehen konnte. Doch ihre Stimme, hell und voller Begeisterung, durchdrang all seine Barrieren, und es war fast, als würde sie singen. Sosehr er sich auch anstrengte, er konnte sich nicht entziehen. Immer wieder veränderte Isabelle ihren Tonfall und sogar den Akzent und erweckte so alle Figuren des Buchs zum Leben. Eine magische Welt nahm vom Kinderzimmer Besitz, breitete sich sogar über dem Teppich und über den Wänden mit den Postern von Superhelden aus. Sie las nicht, sie spielte die Szenen, sie lebte sie. Er musste sich geschlagen geben. Immer noch reglos begann er, der Geschichte zu lauschen.

Isabelle hatte um Viertel nach neun zu lesen begonnen. Als sie aufhörte, war es auf Nicolas' Spiderman-Armbanduhr halb zwölf. Ihm kam es vor, als wären gerade einmal zehn Minuten verstrichen.

Mit einem zufriedenen Seufzer klappte sie das Buch zu.

»Nicht übel, was?«

Dann verschwand sie wie immer im Flur und murmelte

im Gehen noch: »Mach ja deine Aufgaben! Lass mich nicht hängen!«

Gut. Nicolas redete ohnehin nicht. Aber diesmal war er regelrecht sprachlos.

Das Foto einer Ratte mit einem Palmwedel auf dem Kopf

Zu Nicolas' großer Überraschung wiederholte sich die Szene in den nächsten Tagen auf genau die gleiche Weise. Mittlerweile wusste er gar nicht mehr, was er von der neuen Kinderfrau halten sollte. Manchmal fragte er sich, ob sie nicht doch einen Sprung in der Schüssel hatte. Vor allem gestern, als sie ihm stolz das Foto einer Ratte mit einem Palmwedel auf dem Kopf gezeigt und gesagt hatte: »Kuck mal. Das ist Woody-Allen!«

Doch die Abenteuer von Harry Potter waren zu spannend, um sich über derlei Dinge den Kopf zu zerbrechen, und auf einmal waren auch die Hausaufgaben gar nicht mehr so unerträglich.

Als Isabelle am dritten Tag nach der Vorlesestunde noch völlig beschwingt aufstand, fiel ihr plötzlich etwas ein.

»Fast hätte ich's vergessen. Das hier habe ich dir mitgebracht.«

Sie zog ein zweimal gefaltetes Blatt Papier aus ihrer Jeanstasche und legte es auf den Schreibtisch, bevor sie aus dem Raum schwebte.

Nach ein paar Minuten faltete er das zerknitterte Blatt vorsichtig auseinander und untersuchte es. Die Zeichnungen darauf zeigten Hände, die verschiedene Figuren darstellten, und darunter stand jeweils ein Buchstabe.

»Was ist denn das? Das sieht aus wie ein Schattenspiel«, flüsterte er perplex.

Sofia warf einen Blick auf das Blatt und lächelte.

»Das ist das Alphabet in Gebärdensprache. Sieh mal, wenn du eine Faust machst und den Daumen hebst, bedeutet das ›A‹.«

Warum wollten nur alle, dass er sprach? Wut stieg in ihm auf. Er zerknüllte den Zettel, formte eine kompakte Kugel und warf sie ärgerlich gegen die Tür, hinter der Isabelle verschwunden war.

Dann verkroch er sich auf sein Bett und verbarg den Kopf in den Armen. Seine Mutter seufzte. Sie erhob sich aus dem Sessel, zog den Kimono enger um ihre nackten Beine und hob die Papierkugel auf, die sie in die Schreibtischschublade legte.

»Nun hör schon auf, dich selbst zu bemitleiden, mein Katerli! Komm deine Hausaufgaben machen!«

Man hat eh nie das richtige Alter

Missmutig quetschten sich Isabelle, Nicolas, Zoé und Adriana ins Auto. Es war alles andere als vorherzusehen gewesen, dass Adriana plötzlich den Wunsch äußern würde, die Kathedrale von Como zu besichtigen, worauf Valentina natürlich hocherfreut eingegangen war. Alle anderen wurden gleich mit auf den Ausflug geschickt.

Isabelle unterdrückte ein Gähnen. Vier Tage waren vergangen, seit sie Jan Kozlowski getroffen hatte. Und heute war sie, mitten in der Nacht, von gedämpftem Gelächter geweckt worden. Sie hatte seine tiefe Stimme und die Stimme von Colombe erkannt. Und das direkt unter den offenen Fenstern von Isabelles Zimmer. Es folgte ein Platschen, als die beiden in den Pool sprangen. Ihr Geflüster und andere ziemlich eindeutige Geräusche bewegten Isabelle dazu, trotz der Hitze die Fenster zu schließen. Das war der Grund, weshalb sie schlecht geschlafen hatte. Am Morgen war Jan Kozlowski wieder verschwunden und Colombe ebenfalls.

Niemand sprach darüber, aber alle schienen zu wissen, dass Jan anwesend war. Selbst Valentina blickte ziemlich häufig und wie gehetzt zur Tür, als könne er jeden Augenblick auftauchen.

Als Tony gerade abfahren wollte, kam Valentina aus dem Haus gelaufen und klopfte an die Scheibe. Isabelle ließ das

Fenster herunter, und die Großmutter steckte ihr einen Hunderteuroschein zu.

»Sagen Sie den Kindern, sie sollen in der Kirche eine Kerze für ihre Mutter anzünden.«

»Fahren wir jetzt endlich oder sollen wir hier Wurzeln schlagen?«, maulte Adriana.

Zwei Stunden steckten sie im Stau fest, in denen sich Zoé in einer Tour über die blödsinnigen Ideen ihrer Schwester aufregte, während Adriana genervt war, weil sie sich wahrhaftig keine Begleitung ausgebeten hatte.

Endlich in Como angelangt, vereinbarten sie mit Tony einen Treffpunkt und stiegen dann rasch die mit Kopfstein gepflasterte Fußgängergasse zur Kathedrale hinauf, um so schnell wie möglich in ihr Inneres zu gelangen. Nicht etwa weil sie auf Erleuchtung hofften, sondern auf ein wenig Frische oder notfalls auf ein Weihwasserbecken, in das sie ihre Köpfe tauchen konnten.

Isabelle kniff die Augen zusammen, um die schmucklose Kathedrale in der Sonne besser sehen zu können.

Zoé und Nicolas traten gleich in die Kirche, während Adriana Isabelle zur Seite zog.

»Ich habe eine Verabredung«, flüsterte sie. »Wir treffen uns in einer Stunde wieder.«

Isabelle war nicht weiter überrascht. Adriana hatte beileibe nicht das Profil der leidenschaftlichen Anhängerin von mittelalterlicher Architektur. Das junge Mädchen wandte sich mit einer hastigen Kehrtwendung zum Gehen. Isabelle sah bewundernd zu, wie Adrianas langes blondes Haar dabei graziös mitschwang und sich dann gleich wieder akkurat über ihre bloßen Schultern legte. Sie trug ein beinah sittsames rosa Kleid und silberne Sandaletten mit Keilabsatz, die ihre karamellfarbenen Beine noch länger wirken ließen. Für einen Kirchenbesuch war ihr Outfit ohnehin nicht ganz das richtige.

Um sich Mut zu machen, atmete Isabelle kräftig durch und drückte die schwere Tür auf, die hinter ihr mit lautem Knall ins Schloss fiel. Sie erschrak. Gigantische hohe graue Säulen mit gemeißelten Reliefs trugen das gotische Deckengewölbe, bei dessen Anblick Isabelle schwindelig wurde. Durch die oberen Kirchenfenster ergoss sich weißliches Licht auf die leeren Bänke. Isabelle hasste den Geruch von Weihrauch und das beängstigende Echo ihrer Schritte unter den Gewölben. Kirchen waren für sie gleichbedeutend mit schlechten Nachrichten. Mit sehr schlechten Nachrichten sogar. Nachrichten von der Art, von denen man sich nie wieder ganz erholte.

Zoé und Nicolas saßen in der dritten Reihe. Sie lehnten aneinander und teilten den Kopfhörer, der an Zoés Smartphone angeschlossen war. Sein Kopf ruhte auf der Schulter seiner Schwester, und seine dunkelblonden Korkenzieherlocken vermischten sich mit Zoés kurzen Haaren. Isabelles Angstzustand verflüchtigte sich langsam. Sie hatte nie Geschwister gehabt, und ihr wurde ein wenig sonderbar zumute, als sie die beiden so einträchtig nebeneinandersitzen sah.

Sie wusste genau, was sie dachten, denn es war ihr früher genauso gegangen: Sie warteten darauf, endlich erwachsen zu sein. Oder darauf, dass irgendein Erwachsener eingreifen und ihnen helfen würde. Sie wollten endlich selbst entscheiden dürfen, ob sie alte Kirchen besichtigen oder lieber anderen, weitaus interessanteren Aktivitäten nachgehen wollten, wie mit lautem Gebrüll in den Pool zu springen oder sich am laufenden Band Nutellaschnitten reinzustopfen.

Auf einmal fühlte Isabelle sich bedrückt, denn ihr wurde bewusst, dass es nur eines gab, was noch trauriger war, als nicht mit einem Nutellabrot ins Wasser springen und dabei »Free Willy« schreien zu dürfen. Viel trauriger war es, wenn einem nicht einmal mehr der Sinn nach solchen Verrücktheiten stand. Wenn man, statt einfach zu springen, ängstlich über die Leiter in den Pool hinunterkletterte. Denn spätestens dann fing man an, sich um alles und jedes Sorgen zu machen. Man fürchtete sich vor Palmöl und den Kalorien im Nutella und vergaß darüber das Schicksal des armen Willy.

Und davon einmal abgesehen, hatte man ohnehin nie das richtige Alter. Solange man Kind war, war man für alles zu jung, um sich dann für den Rest des Lebens für alles zu alt zu fühlen. Isabelle verspürte Wut auf Jan Kozlowski, der seine Kinder vernachlässigte und ihnen durch seine Abwesenheit nicht nur die Ferien, sondern auch das vermieste, was die schönste Zeit ihres Lebens sein sollte: ihre Kindheit.

Sie hatte sich direkt hinter die Geschwister gesetzt und seufzte. Vielleicht sollte sie ihnen klarmachen, dass man in einer Kirche keinen Hardrock auf dem iPhone hören durfte. Ob sie ihnen anhand einer Broschüre die Konstruktion der Kathedrale Santa Maria Assunta von Como erklären sollte? Die Kirche war mit einer herrlichen Rosette und Kuppeln aus angelaufenem Zink ausgestattet, und ihr Bau hatte vierhundert Jahre gedauert. Sie war die letzte gotische Kathedrale, die in Italien errichtet worden war. In Wirklichkeit war es allen dreien völlig egal, ob die Kathedrale von Como gotisch, Neopunk oder sonst was war.

»Es ist hier doch ganz schön langweilig«, sagte Isabelle urplötzlich. »Wollen wir nicht lieber ein Eis essen gehen?«

Das Paradies der tiefgefrorenen Kalorien

Die Eisdiele Lariana im historischen Zentrum von Como lag nur ein paar Gehminuten durch die engen Fußgängergassen entfernt. Sie standen eine gute Viertelstunde Schlange, bevor sie den engen Laden betreten konnten, wo sich hinter der Glastheke die Eisbehälter aufreihten. Da gab es die Klassiker, Vanille, Schokolade, Joghurt, Pistazie, Mango, Himbeere und so weiter. Dann die originelleren Sorten wie Kinderschokolade, Spekulatius, Nutella, Primavera-Erdbeere, und schließlich die Mischungen: Schoko-Minze, Stracciatella, Schoko mit Nuss oder Vanille-Cookie und sogar hausgemachtes Eis am Stiel mit Schokoladenüberzug: schwarz, weiß oder Vollmilch mit Nuss- oder Mandelsplitter oder Smarties. Es duftete nach frisch gebackenen Waffeln. Ein Diabetiker wäre auf der Stelle tot umgefallen, hätte er sich in dieses Paradies der tiefgefrorenen Kalorien verirrt.

»Was wollt ihr haben?«, fragte Isabelle.

Zoés Lust, unfreundlich zu sein, und der verlockende Ruf der Eiscremesorten schienen sich einen erbitterten Zweikampf zu liefern, doch endlich traf sie betont gleichgültig ihre Wahl: »Schokolade, Mango, Pistazie … und Zitrone in einem Becher!«

»Und du, Nicolas?«

Der kleine Junge klebte förmlich an der Glasscheibe vor

den Eisbehältern und konnte sich nicht sattsehen. An seinem Gesichtsausdruck ließ sich ablesen, dass er hin- und hergerissen war zwischen schierer Ekstase und der Qual der Wahl. Am liebsten hätte er alle Sorten probiert, aber das Leben war nun einmal ungerecht, und es gab keine Eisdielen, in denen Waffeltüten mit achtzehn Kugeln angeboten wurden. Was nebenbei bemerkt aus ökonomischer Sicht absurd war, denn welche geistig normal konstituierte Person konnte einem derartigen Angebot widerstehen?

»Karamell?«, schlug Isabelle vor. »Nougat?«

Nicolas' Augen schossen hin und her, als beobachte er ein Tennismatch im Zeitraffer.

»Ich nehme schon mal Vanille und Stracciatella«, sagte Isabelle, um Zeit zu gewinnen, »Ach, und noch Mango … und Schokolade. In einer Waffel!«

»*Si signora*«, antwortete das junge Mädchen mit den langen rötlichen Haaren und grub bereits in den Eisbehältern.

Isabelle nahm ihr Eis entgegen. Die Bedienung wartete immer noch auf Nicolas' Bestellung. In der Warteschlange hinter ihnen kam Ungeduld auf.

»Was darf es für dich sein, junger Mann?«, fragte die Verkäuferin auf Italienisch.

Nicolas trat einen Schritt zurück, und sein Blick wanderte zwischen Eisbehältern und Boden hin und her. Sie wiederholte ihre Frage auf Englisch. Unter dem freundlichen Blick der jungen Frau schien Nicolas' Kopf erst recht zwischen seinen Schultern zu versinken. Die Klimaanlage pumpte so gut sie konnte, doch ihr Kampf gegen die Elemente war verlorene Liebesmüh, denn die Hitze drang unbarmherzig durch die offene Tür, und die schwitzenden Kunden wurden immer unruhiger.

»Zeig' mit dem Finger, was du haben möchtest«, schlug Zoé sanft vor.

»Schokolade?«, fragte die Verkäuferin mit einem zuvorkommenden Lächeln. »Alle mögen Schokolade.«

Nicolas ging noch einen Schritt zurück und stand nun an der Wand.

»Sucht er sich nun etwas aus oder nicht?«

»Ist ja schon gut, so eilig haben wir es auch wieder nicht.«

»Lassen Sie es gut sein«, sagte Zoé zur Bedienung. »Wir teilen uns mein Eis.«

»Hat der Kleine seine Zunge verschluckt?«

Nicolas hielt sich die Ohren zu, rannte aus dem Laden und rempelte auf seinem Weg die Kunden an. Zoé lief hinter ihm her und warf Isabelle einen wütenden Blick zu: »Bravo, Duarsch!«

Die Verkäuferin ging zur Kasse und Isabelle griff, reichlich verwirrt, auf der Suche nach ihrem Portemonnaie in die Tasche. Statt des Portemonnaies fühlte sic ein Stück Papier zwischen den Fingern.

»Verdammt! Die Kerze!«

Mit gerunzelter Stirn betrachtete sie den Hunderteuroschein, den ihr Valentina zugesteckt und den sie völlig vergessen hatte. Plötzlich musste sie an die sechs Francs denken, für die sie sich, als sie noch klein gewesen war, ein Eis kaufen durfte, wenn sie eine gute Note nach Hause gebracht hatte. Die Erinnerung an den Frust, den sie damals verspürte, weil sie nie genügend Geld hatte, um vor Ende des Sommers alle Eissorten zu probieren, war noch lebendig. Und schon hatte sie eine glänzende Idee.

Sie lächelte der Eisverkäuferin zu.

»Ich möchte alle Sorten.«

Die rothaarige junge Frau riss die Augen auf und bat Isabelle, ihren Satz noch einmal zu sagen, denn sie fürchtete, etwas falsch verstanden zu haben. Ihr Französisch war recht wacklig.

»Ich möchte alle Sorten«, wiederholte Isabelle. »Alle, ohne Ausnahme!«

Die Bedienung griff sich einen ganzen Stapel Pappbecher und stellte sie nebeneinander auf die Theke. Währenddessen warf Isabelle den Kunden in der Warteschlange ein Lächeln zu, das ganz Nordkorea hätte entwaffnen können.

Ein paar Minuten später beglich sie mit Valentinas Geldschein die höchste Eisrechnung ihres Lebens. Es war doch einerlei, ob sie nun Kerzen oder Eis kaufte. Beides war zum Schmelzen verdammt.

Zoé und Nicolas saßen auf den Stufen vor der Eisdiele und teilten sich Zoés Eiscreme. Als sie Isabelle mit der »Eis-Orgie« auf einem Plastiktablett herauskommen sahen, erstarrten sie.

»Hallihallo! Schluss mit der lästigen Aussucherei, ich habe einfach alle Sorten genommen.«

Zoé machte den Mund auf, zweifellos um irgendeine Gemeinheit von sich zu geben, machte ihn jedoch gleich wieder zu, und Isabelle schien, dass sie ein Lächeln unterdrückte.

»Das war ein Schnäppchen. Für achtzehn Kugeln gab es vier gratis dazu.«

Schon machte sich Nicolas über die Kugeln her, als sei er knapp einer Hungersnot entkommen, und probierte mit schokoladenverschmiertem Mund strahlend alle Geschmacksrichtungen durch. In Zoé tobten sichtlich innere Kämpfe. Durfte sie, ein würdevoller Anarcho-Geek mit Gruftitendenz, sich mit der Gier eines Junggesellen, der das letzte verfügbare Mädel bei Tinder trifft, auf das verführerische Eis stürzen? Ja, sie durfte, und endlich hob sie ihren Löffel und kostete von allen Sorten. Isabelle grinste und machte sich nun ihrerseits über die Becher her.

Rom wurde nicht an einem Tag erbaut, und eine solche Eismenge war nicht in zehn Minuten bewältigt. Konzentriert verrichteten sie ihre Schwerstarbeit, bis ein Paar silberne Sandaletten mit Keilabsatz vor ihnen auftauchten und sich der bedrohliche Schatten von Adriana über sie legte.

»Was macht ihr denn hier? Ich suche euch schon seit einer Stunde.«

Alle drei hoben gleichzeitig den Kopf.

»Es ist bereits siebzehn Uhr, und außerdem habt ihr Schwachköpfe euch einen Sonnenbrand eingefangen! Tony wartet außerhalb der Fußgängerzone auf uns und hat mich schon drei Mal angerufen.«

Zoé verdrehte die Augen und stand auf.

»Bleib mal locker! Sonst bist du immer diejenige, auf die alle warten müssen.«

»Du hast recht. Friss du nur schön dein Eis, Dickerchen, du hast ja noch nicht genug Cellulitis.«

Bevor Isabelle eingreifen konnte, hatte Zoé ihrer Schwester schon eine schallende Ohrfeige verpasst. Adriana stolperte einen Schritt zurück und presste sich die Hand auf die linke Wange. Einen Moment lang herrschte Grabesstille, dann machte die ältere der beiden Schwestern auf dem Absatz kehrt.

»Ich geh schon mal zum Auto. Ihr könnt ja hier sitzen bleiben wie die Penner.«

»Na, kommt, lasst uns gehen! Wir haben genug Eis gegessen.«

Schweigend trotteten auch sie zum Treffpunkt zurück.

Adriana saß bereits mit verschränkten Armen und zusammengekniffenen Lippen vorn im Wagen. Ihr Gesicht war zur Hälfte von einer riesigen Sonnenbrille verdeckt.

»Tut mir leid, Tony, wir haben gar nicht gemerkt, wie schnell die Zeit vergangen ist.«

Tony öffnete den hinteren Wagenschlag.

»Macht nichts. Ich hatte sowieso etwas zu erledigen«, sagte er.

Adriana kaute nervös an ihren Nägeln und blickte in kurzen Abständen auf ihr iPhone. Dann nahm sie die Brille ab und begutachtete im kleinen Spiegel der Sonnenblende ausgiebig ihre gerötete Wange, bevor sie sich triumphierend umdrehte.

»Ich habe einen riesigen Abdruck im Gesicht, du Psychopathin! Da wirst du ganz schön Ärger kriegen!«

Zoé wollte etwas erwidern, doch statt ihre Schwester anzuschnauzen, senkte sie angesichts der dunkelroten Stelle auf Adrianas rechter Wange den Kopf.

Im Auto war wieder Stille eingekehrt, als es im Schneckentempo in der endlosen Blechschlange dahinkroch. Adriana und Zoé waren eingeschlafen, und auch Isabelles Lider wurden schwer. Dieses Auto war einfach zu komfortabel, um erfolgreich gegen den Schlaf anzukämpfen. Vielleicht schlief Tony hinter seinem Steuer und seiner Sonnenbrille auch schon.

Identitätsdiebstahl und versuchte Entführung

Zwei Stunden Stau später öffnete Tony die Autotüren und alle stiegen aus. Auf Adrianas Wange war der Abdruck der Ohrfeige blau angelaufen.

»Du bist echt krank«, sagte sie zu ihrer Schwester. »Ich sollte dich anzeigen!«

Zoé wurde blass.

»Es tut mir wirklich leid«, flüsterte sie zerknirscht und lief ins Haus.

Adriana, die keine Entschuldigung erwartet hatte, war sichtlich verwirrt.

Auch wenn sie sich vorgenommen hatte, den Mund zu halten, konnte Isabelle sich die Frage nicht verkneifen: »Kannst du mir mal erklären, wie es kommt, dass deine rechte Wange knallrot ist, obwohl Zoé dich auf die linke geschlagen hat? Abgesehen davon war die Backpfeife nicht ganz unverdient.«

»Was redest du da?«

»Die Wahrheit. Bleibt herauszufinden, wer dich sonst noch geschlagen hat … Es sei denn, du warst es selbst, um Zoé anzuschwärzen.«

»Du lügst!«

»Du weißt ganz genau, dass das nicht der Fall ist«, erwiderte Isabelle erstaunlich ruhig.

»Ihr habt euch alle gegen mich verschworen!«

»Blödsinn! Ist dir eigentlich klar, was du Zoé da antust? Das ist wirklich das Letzte! Wer hat dich so zugerichtet, Adriana?«

Die letzte Frage hatte sie in einem eher versöhnlichen Ton gestellt, aber Adriana trat auf dem kiesbedeckten Hof wütend einen Schritt zurück.

»Wie du schon gesagt hast: Ich habe mir selbst eine geknallt, um meine Schwester anzuschwärzen.«

»Ich kann mir nicht vorstellen, dass du so dumm bist, dir eine Ohrfeige auf die falsche Wange zu verpassen.«

Adriana lachte bitter und verschränkte die Arme.

»Da du offenbar nicht begreifst, was hier Sache ist, frische ich mal kurz dein Gedächtnis auf. Anscheinend ist dir der eigentliche Grund deines Hierseins entfallen. Und der ist bestimmt nicht, die Supernanny zu spielen!«

Isabelle verdrehte die Augen.

»Es ist ja nicht meine Schuld, dass dein Vater nicht da ist. Mit diesem kleinen Detail hättest du rechnen müssen, als du deinen bösen kleinen Plan ausgeheckt hast.«

»Halte mich doch nicht für bescheuert! Ich bin nicht dazu da, dir Urlaub zu spendieren.«

Isabelle musste sich zusammenreißen. Es hatte keinen Sinn, mit Adriana zu streiten.

»Hör zu!«, sagte sie ruhig. »Wenn dein Plan ins Wasser fällt, dann will ich dein Geld nicht. Davon abgesehen, bezahlt mich deine Großmutter.«

Adriana brach in ein bösartiges, falsches Gelächter aus, das klang, als wollte sie ihre Angst überspielen.

»Und du glaubst, dass du so einfach davonkommst? Du hast wirklich nichts geschnallt … Dir bleibt gar keine andere Wahl! Wenn Colombe in einer Woche noch da ist, zeige ich dich wegen Identitätsdiebstahl und versuchter Entführung an.«

»Ich habe unseren E-Mail-Austausch und die Akte, die du über deine eigene Familie angelegt hast. Da wird deiner albernen Anzeige niemand glauben.«

Adriana sah Isabelle kalt in die Augen: »Du hast nichts, Isabelle. Du hast gar nichts! Und ich wiederhole noch mal: Du hast keine andere Wahl!«

Rauchen ist ungesund

Ohne dass ihn jemand bemerkt hätte, hatte Nicolas die ganze Szene beobachtet. Nachdem Isabelle im Haus verschwunden war, hatte Adriana sich wutschnaubend in den Garten verzogen. Nicolas lief hinter ihr her. Sie setzte sich auf eine halb verfallene, moosbewachsene alte Treppe, an der die Boote angelegt hatten, bevor die neue Anlegestelle gebaut worden war. Dort, hinter den Büschen, konnte man Adriana vom Haus aus nicht sehen.

Zusammengekauert saß sie da und verbarg ihren Kopf zwischen den Knien. Ihr ganzer Körper zuckte, und sie schluchzte. Noch nie hatte Nicolas seine Schwester so weinen sehen. Als hätten sich über Jahre Tränen aufgestaut, die jetzt wie bei einem Dammbruch aus ihr herausbrachen.

Nun geschah etwas Sonderbares. Ohne dass er sie hatte kommen sehen, war plötzlich Sofia da. Sie saß neben Adriana auf der Treppe, und mit feuchten Augen hatte sie ihrer Tochter einen Arm um die Schultern gelegt. Nicolas runzelte die Stirn. Wie kam es, dass seine Mutter nie etwas anderes trug als diesen alten Kimono? Im Haus mochte das ja angehen, aber draußen?

Adriana schien die Anwesenheit ihrer Mutter gar nicht bemerkt zu haben, doch ihr lautes Schluchzen beruhigte sich, bis nur noch Tränen, vermischt mit verlaufener Wimperntusche, geräuschlos über ihr Gesicht kullerten. Mutter und Tochter zogen ein Päckchen Marlboro Lights aus der Tasche. Sie bewegten sich auf die gleiche Weise, hatten die gleiche Art, die Zigarette in den Mundwinkel zu klemmen, die linke Hand als Windschutz vor das Feuerzeug zu halten und den Kopf zu neigen. Mit dem einzigen Unterschied, dass Adriana so sehr zitterte, dass sie drei Mal ansetzen musste.

»Das ist schlecht für die Gesundheit«, sagte Sofia und stieß eine Rauchwolke aus.

Adriana reagierte nicht, so als habe sie nichts gehört.

Sie rauchte mit nach hinten gebogenem Kopf weiter und erinnerte an die Stars aus den alten Schwarz-Weiß-Filmen.

Die letzten Sonnenstrahlen tauchten das klare Seewasser in rötliches Licht. Adriana saß nun allein auf den Stufen. Nicolas näherte sich, aber sie drehte sich nicht um. Er setzte sich neben sie, hob ihren Arm an und kuschelte sich an sie, dann schlang er seinen eigenen Arm um sie und drückte sie ganz fest, so wie er es früher getan hatte. Wie an dem Tag, an dem ihre Mutter von ihnen gegangen war. Adriana entspannte sich und ließ ihren Kopf gegen seinen sinken. In der Ferne hörten sie eine Glocke zum Abendessen läuten und gleichzeitig den lauten Motor eines anfahrenden Bootes.

»Rauchen ist ungesund«, flüsterte Nicolas.

Sie schaute ihn an, als erwache sie aus einem Traum, in dem sie ihn hatte sprechen hören. Sie drückte sich noch enger an ihn.

»Tut mir leid«, sagte sie mit heiserer Stimme.

Dann drückte sie ihre Zigarette im Moos aus und wedelte mit der Hand, um den Rauch zu vertreiben.

»Es tut mir leid«, sagte sie noch einmal.

Doch diesmal meinte sie nicht die Zigarette.

So blieben die beiden eng umschlungen sitzen, bis Himmel und See gleichermaßen feuerrot leuchteten und die Sonne hinter den Bergen versank. So lange, bis Adrianas Tränen versiegt waren und Nicolas an der Schulter seiner großen Schwester eingeschlafen war.

Scheiße, Scheiße und nochmals Scheiße

Nach dem Festmahl aus Eiskugeln bekamen sie beim Abendessen natürlich keinen Bissen mehr herunter. Als Isabelle in ihr Zimmer kam, lief sie Tony direkt in die Arme, der gerade den Raum verließ.

»Ich habe bei Ihnen Staub gesaugt«, erklärte er, »und die Bettwäsche gewechselt.«

»Oh danke«, sagte sie erstaunt.

Sie schloss die Tür hinter sich. *Du hast keine Wahl.*

Sie lehnte sich gegen die Tür und schloss die Augen. Sie hatte immer geglaubt, Adriana habe die ganze Sache allein organisiert und diese ganze Verführungsgeschichte wäre nur ein alberner Streich, den sich ein pubertierendes Mädchen ausgedacht hatte. Eine Geschichte, aus der sie jederzeit aussteigen konnte. Der Gedanke, dass noch jemand anders eingeweiht sein konnte, war ihr bisher überhaupt nicht gekommen. Jemand, der einem siebzehnjährigen Mädchen derartig ins Gesicht schlug … Und wer war diese Frau, mit der Adriana in Bellagio gestritten hatte?

Isabelle holte ihren Koffer vom Schrank herunter, öffnete die Deckeltasche, und trotz der Hitze lief es ihr eiskalt über den Rücken. Die Akte mit sämtlichen Informationen über die Familie, die Adriana ihr überlassen hatte, war verschwunden.

Sie schaltete ihren Laptop ein, rief ihre E-Mails auf und suchte nach dem Mailaustausch mit Adriana. Nichts. Von ihrer Korrespondenz mit Adriana war keine Spur mehr. Sie durchsuchte ihr Handy nach den SMS. Auch die waren verschwunden.

Scheiße, Scheiße und nochmals Scheiße!

Sie warf ihr Handy auf das Bett. Sollte aus irgendeinem Grund irgendjemand der Familie Kozlowski verraten, dass der Name Isabelle Derarsch nicht ihr richtiger Name war und dass sie niemals das Norland College besucht hatte, so hatte sie jetzt keinen einzigen Beweis mehr dafür, dass diese ganze Komödie auf Adrianas Mist gewachsen war.

Sie setzte sich aufs Bett und kaute an ihrem Daumennagel. Dann öffnete sie Skype und rief Alexandre und Amina gleichzeitig für eine Telefonkonferenz an.

Amina erschien als Erste. Sie machte sich ausgehfertig und tuschte sich im Großformat vor der Kamera die Wimpern.

»Na, wie sieht es bei dir aus, Schätzchen? Kannst du schon Italienisch?«

Im Hintergrund bellte Woody-Allen freudig erregt, als sie Isabelles Stimme hörte, und ihre Schnauze erschien auf dem Bildschirm. Amina hatte Woody-Allens Fellbüschel so geflochten, dass er auf ihrem verbeulten Kopf emporragte wie ein Staubwedel in der Mauser.

»Oh, du zauberhaftes Wesen, du fehlst mir so, mein Liebling …«, rief Isabelle.

»Danke, du fehlst mir auch«, erwiderte Amina, als richte sich das Kompliment an sie. »Was ist los? Du scheinst ja nicht gerade in Bestform zu sein.«

»Ich sitze schwer in der Scheiße.«

In diesem Augenblick tauchte auch Alexandre auf, der von seinen Kindern umringt bei Tisch saß. In seinem Haar und auf dem weißen Hemd, dessen Ärmel er hochgekrempelt hatte, klebte Karottenpüree.

»Hallo, Mädels! Wer sitzt in der Scheiße? Papa Alex eilt sofort zu Hilfe.«

»Scheiße«, rief der zweieinhalbjährige Theo begeistert und schleuderte einen Löffel Karottenbrei in Richtung Kamera.

»Vorsicht, mein Häschen! Papas iPad ist empfindlich«, sagte Alex und wischte den Brei vom Bildschirm. »Und Scheiße sagt man nicht.«

»Scheiße«, wiederholte freudestrahlend Leopoldine, die auf Alexandres linker Seite saß, und schlug die Hände vors Gesicht, als hätte sie den besten Witz ihres Lebens gehört.

»Mann, der steht dir gut, dieser Brei. Ich mache gleich mal ein Foto, um deine Galerie bei Tinder zu erweitern.«

»Bloß nicht! Damit locke ich nur Verrückte in den Wechseljahren an, die mir ein Kind unterjubeln wollen, so wie du deinem Stan. Ich lasse mir übrigens demnächst die Eileiter abbinden, damit so was gar nicht erst passieren kann.«

Amina holte ihren Lippenstift hervor und trug eine großzügige Schicht auf.

»Ich weiß ja, dass du dich momentan eher als Mutter fühlst, aber bitte deinen lieber Arzt nicht, dir die Eileiter abzubinden, das könnte missverstanden werden.«

Sie brachen in schallendes Gelächter aus, während die Kinder verständnislos um sich schauten.

»Papa Huhn auf der Leiter?«, fragte Leopoldine, darüber erstaunt, dass ihr diese Besonderheit ihres Vaters nicht schon früher aufgefallen war.

Isabelle seufzte.

»Ich wiederhole! Ich sitze ganz tief in der Tinte! Leute, könnt ihr mir zwischen zwei faulen Witzen vielleicht mal zuhören?«

Alexandre und Amina schauten schuldbewusst drein.

Leise erzählte Isabelle von dem Streit mit Adriana und dem Verschwinden aller Papiere, E-Mails und SMS.

»Bitte, Alex, sag jetzt nicht, dass du mich gewarnt hast.«

»Ich habe dich gewarnt.«

»Wir müssen herausfinden, wem das Verbrechen nützt«, schlug Amina vor und stülpte die Hülse über ihren Lippenstift. »Erstens: Wer hatte in den letzten Tagen Zugang zu deinem Zimmer?«

»Jeder, der will… Ich kann es nicht abschließen. Tony, der Butler, macht den Haushalt und kommt hier regelmäßig zum Staubsaugen.«

»Aha, er tut so, als würde er Staub saugen«, sagte Amina und legte die Betonung auf ›tut so‹. Dabei setzte sie ein Gesicht auf wie Sherlock Holmes beim Aufstellen einer Hypothese, die den Fall mit Sicherheit lösen würde.

»Vielleicht hat ihr Freund sie geschlagen? Das kommt leider öfter vor, als man denkt«, meldete sich Alexandre zu Wort. »Wenn das der Fall ist, musst du die Polizei alarmieren.«

Isabelle schüttelte den Kopf.

»Das glaube ich nicht. Aber es ist schon sonderbar… Sie scheint vor jemandem Angst zu haben, und ich bin sicher, es hat etwas mit ihrem Vater zu tun. Vielleicht jemand, der ein Interesse daran hat, dass Jan Kozlowski nicht heiratet.«

Theo erbrach sich direkt vor der Kamera.

»Scheiße!«, rief Alex.

»Scheiße!«, wiederholte Leopoldine.

Um ihren Frohsinn unter Beweis zu stellen, patschte sie erst mit der rechten, dann mit der linken Hand in die noch gefüllte Breischüssel.

»Himmeldonnerwetter! So eine Sauerei! Ich ruf euch später zurück!«, zeterte Alexandre.

»Tschüss, Alex«, sagten beide Frauen im Chor.

»Sauerei«, bekräftigte Leopoldine.

Alexandre verschwand vom Bildschirm.

»Ich weiß wirklich nicht, was ich machen soll«, jammerte Isabelle.

»Kannst du Adriana nicht einfach bei ihrem Vater verpfeifen?«

»Mir glaubt doch kein Mensch! Sie hat alle Beweise beseitigt.«

»Dann fürchte ich, dass du tatsächlich keine andere Wahl hast, Schätzchen. Am besten, du knutscht mit dem Typen herum, sorgst dafür, dass es Zeugen gibt, und bringst diese dumme Geschichte so schnell wie möglich hinter dich.«

»Ich mag aber nicht.«

»Willst du lieber in Untersuchungshaft sitzen?«

»Quentin fehlt mir so sehr, außerdem ... Okay, mir ist klar, dass ich Jan hassen müsste, weil er meine Karriere vermasselt hat, aber Colombe ist nett. Ich mag ihr das nicht antun.«

»Ach was, der Zweck heiligt die Mittel. Wenn wirklich jemand dahintersteckt, der es fertigbringt, ein siebzehnjähriges Mädchen so zuzurichten, nur um an sein Ziel zu kommen, solltest du lieber keine Skrupel haben.«

Isabelle ließ sich matt auf ihre Kopfkissen fallen.

»Du hättest mir nie dazu raten sollen.«

»Ach, Süße«, sagte Amina mit verbindlichem Lächeln, »ich bin seit fünf Jahren mit einem verheirateten Mann zusammen und schiebe ihm gerade ein Kind unter. Jeder, der ein bisschen Grips hat, kann daraus folgern, dass meine Ratschläge nicht viel taugen.«

»Da hast du verdammt recht«, grummelte Isabelle. »Und, bist du nun schwanger oder nicht?«

»Nein, noch nicht, aber das kommt schon noch. Stan schluckt täglich mit seinem Kaffee um zehn Uhr dreißig einen Medikamentencocktail, der die Qualität seiner Spermien verbessert, und ich nehme hochwirksame Hormone.«

»Und er hat keine Ahnung?«

Amina brach in Gelächter aus.

»Natürlich nicht! Der Zweck heiligt die Mittel, sagte ich ja bereits.«

»Na gut, und sonst? Wolltest du nicht im August Urlaub nehmen und deine Mutter in Casablanca besuchen?«

»Och, ich bleibe lieber in Paris und miste meine Wohnung aus. Stan ist dann mit seiner Frau in Aix und kommt vielleicht für ein Wochenende zurück.«

Isabelle tat diese Antwort weh, denn sie kannte Amina gut genug, um den traurigen Unterton herauszuhören, den sie mit ihrer lustigen Ausdrucksweise zu überspielen versuchte.

»Im August bin ich wieder zurück. Dann können wir vielleicht ein Wochenende bei Alex' Eltern in Biarritz verbringen.«

»Mit den Kindern? Ausgerechnet du schlägst so was vor? Dein Job als Kindermädchen hat dir wohl den Kopf verdreht! Schätzchen, ich muss los! Abendessen mit Stan. Seine Frau ist bis nächsten Sonntag zur Kur, und mit all den Hormonen … Na, ich brauche dir wohl nicht zu sagen, wie es um meine Libido bestellt ist.«

»Na dann, tschüss«, sagte Isabelle und konnte ein Lächeln über Aminas unfassbare Leichtigkeit nicht unterdrücken.

»Kopf hoch! Ehrlich, ich glaube, dir bleibt keine andere Wahl. Du hast dich da reingeritten, nun musst du da auch irgendwie wieder raus.«

Amina warf ihr eine Kusshand zu, dann verschwand ihr Gesicht vom Bildschirm.

Der Tag neigte sich dem Ende entgegen, und Isabelle erschauerte im Dämmerlicht. Sie legte eine Hand auf ihren Bauch und verzog schmerzerfüllt das Gesicht. Sie hatte zwar so gut wie nichts zu Abend gegessen, aber die Liter Eiscreme lagen ihr schwer im Magen. Wie gern würde sie sich jetzt in Quentins Arme verkriechen und ihm von ihrem Tag erzählen. Beim Thema Eis hätte er laut gelacht, sich aber wegen ihres Disputs mit Adriana Sorgen gemacht. Er hätte sie getröstet und bestimmt eine Lösung gefunden.

21:07 – ISABELLE BERNARD
Alex, kannst du mal nachschauen, ob Quentin bei Tinder angemeldet ist?

21:10 – ALEXANDRE LEMAIRE
Ja klar, ich kann mich ja als Frau anmelden … Nein, natürlich nicht!

21:14 – ISABELLE BERNARD
Bitte …!

21:15 – ALEXANDRE LEMAIRE
Werde endlich erwachsen! Küsschen.

Jeder trauert auf seine Weise

Isabelle wurde von Hitzewellen geplagt, und ihr wurde immer übler. Man isst nicht ungestraft achtzehn Kugeln Eis. Sie riss die Fenster auf, um frische Luft hereinzulassen, als sie den Wagen von Jan Kozlowski vorfahren sah. Kaum hatte er drei Schritte auf dem kiesbelegten Hof zurückgelegt, als die Eingangstür aufging und Valentina auf die Freitreppe trat.

»Jan, wo waren Sie denn? Sie haben Ihre Kinder seit Beginn der Ferien nicht ein Mal gesehen.«

Isabelle versteckte sich hinter der Gardine.

»Ich habe für ein neues Drehbuch recherchiert und arbeite viel.«

»Wir sind hier nicht in einem Hotel. Selbst Colombe verbringt mehr Zeit mit Ihren Kindern als Sie. Wenn Sofia noch lebte …«

Valentina konnte ihren Satz nicht zu Ende bringen. Schroff fiel er ihr ins Wort.

»Sie ist aber nicht mehr da. Das ist nun mal so. Und wenn sie noch da wäre, würde sie Ihnen sagen, dass Sie sich um Ihre eigenen Angelegenheiten kümmern sollten.«

Es folgte Stille. Ihre vom gleißenden Licht der Einfahrt verzerrten Schatten standen sich gegenüber. Zwar hatte Isabelle keine rechte Zuneigung zu Valentina entwickelt, aber die gebrochene Stimme der alten Frau, die nun wieder das Wort ergriff, schnitt ihr ins Herz.

»Es sind Ihre Kinder! Und sie haben ihre Mutter verloren.«

Mit raschen Schritten ging Jan Kozlowski ins Haus und setzte ihrer Unterhaltung auf diese Weise ein Ende. Mit behäbiger Langsamkeit ließ sich Valentina auf einer Stufe der Freitreppe nieder und schlug die Hände vors Gesicht. Die automatische Beleuchtung der Einfahrt erlosch schließlich, und Isabelle kehrte nachdenklich in ihr Bett zurück. Jeder trauert auf seine Weise, das wusste sie am besten. Deshalb konnte sie Jan nicht verurteilen.

Die grünen Leuchtziffern ihres Weckers zeigten ein Uhr vierunddreißig, als jemand an ihre Tür klopfte. Sie lag nackt auf ihrem Bett wie ein Seestern auf einem Felsen und rührte sich nicht.

»Mademoiselle Derarsch!«

Sie wachte halb auf.

»Mademoiselle Derarsch, sind Sie da?«, rief Valentina Valentini mit verzweifelter Stimme und hämmerte gegen die Tür.

Isabelle sprang aus dem Bett und rannte zur Tür, um sie zu öffnen, besann sich jedoch, denn Valentina wäre wohl kaum begeistert gewesen, sie splitternackt zu sehen.

»Mademoiselle Derarsch, ich komme jetzt in Ihr Zimmer.«

Isabelles Blick fiel auf den eigenartigen Poncho an der Wand, dessen Herkunft ihr Tony am Tag ihrer Ankunft erklärt hatte. Die Tür wurde aufgerissen.

Valentina Valentini verschlug es beim Anblick Isabelles und ihrer Kluft einen Augenblick lang die Sprache. Der Aztekenponcho aus dicker Wolle reichte ihr kaum über den Po, und zu allem Überfluss hatte Isabelle ihn verkehrt herum übergeworfen.

»Mir war kalt«, verteidigte sich Isabelle, um einen Angriff oder eine unfreundliche Bemerkung schon im Vorfeld zu unterbinden.

»Mademoiselle Derarsch, sind Sie taub? Nicolas und Zoé geht es nicht gut!«

Valentina trug ein hochelegantes Negligé aus bestickter Seide, darunter ein passendes Nachthemd, das den Blick auf ihre üppigen Formen ein wenig zu offen freigab.

»Folgen Sie mir«, befahl sie und wandte sich zum Gehen.

Isabelle musste sie wohl oder übel begleiten.

»Könnten Sie mir vielleicht erklären, Mademoiselle Derarsch«, fragte Valentina eindringlich, als sie die Treppen hinabstiegen, »wie es kommt, dass ein Besuch in der Kathedrale bei Nicolas und Zoé eine Magenverstimmung hervorrufen konnte?«

»Ausgesprochen gute Frage«, murmelte Isabelle. »Ich habe nicht die leiseste Ahnung.«

»Haben Sie ihnen Süßigkeiten gegeben?«

»Aber nein!«, rief Isabelle. »Wir haben nur gebetet und mit dem Priester über unser Seelenheil gesprochen.«

Valentina warf ihr einen misstrauischen Blick zu.

»Und wie erklären Sie sich, dass die Kinder nicht in der Lage sind, mir auch nur das Geringste über die Kathedrale zu erzählen?«

Als sie in den Kinderzimmern ankamen, sagte sich Isabelle, dass man nicht zwölf Jahre Medizin studiert zu haben brauchte, um sofort zu sehen, dass sich die beiden gehörig den Magen verdorben hatten. Zoé hatte Nicolas bereits duschen lassen und das Bett ihres kleinen Bruders abgezogen. Die Wäsche bildete auf dem Boden einen ekelerregenden Haufen.

»Sie kümmern sich um Zoés Laken, ich mich um die von Nicolas!«, kommandierte Valentina.

Beim Anblick der schmutzigen Wäsche war Isabelle schlagartig hellwach. Sie wollte ja gern helfen, aber was zu viel war, war zu viel. Fieberhaft suchte sie nach einer plausiblen Ausrede. Was konnte sie vorschützen? Eine Allergie? Ein Trauma? Eine plötzliche Lähmung? Irgendetwas musste sie sich einfallen lassen. Schließlich wandte sie sich an Valentina und sagte in vertraulichem Ton: »Ich weiß nicht, ob ich mit Ihnen darüber sprechen kann, aber ich frage mich, ob die Kinder nicht heimlich trinken.«

Vor Schreck verabschiedete sich Valentinas legendäre Eleganz. Zoé, der mal wieder die Haare zu Berge standen, reichte Nicolas gerade einen frischen Schlafanzug. Sie biss sich auf die Lippen, um nicht laut zu lachen.

»Was? … Was genau sollen die Kinder denn heimlich trinken?«, stammelte Valentina.

Isabelle kam die Erkenntnis, dass sie vielleicht etwas danebengegriffen hatte, aber nun war es passiert, und sie musste weiterspielen.

»Alkohol! Das sieht mir doch verdammt nach einer Alkoholvergiftung aus. Glauben Sie mir. Zum Glück habe ich ein Supermittel gegen Kater. Ich brauche nur ein wenig Olivenöl, ein Ei, Tomatensaft und einen Schuss Cognac …«

Zoé, Nicolas und Valentina erstarrten und schauten Isabelle entsetzt an.

»Keine Bange. Ich bin gleich wieder da.«

Rasch verstellte Valentina ihr den Weg und verschränkte die Arme. Trotz ihres Negligés und ihres langen weißen Haars, das Isabelle zum ersten Mal offen sah, strahlte Valentina noch immer eine natürliche, aber ein wenig angsteinflößende Autorität aus.

»Mademoiselle Derarsch!«, sagte sie mit einer Stimme, die glatt eine Fata Morgana in der Sahara hätte einfrieren können: »Sie haben doch wohl nicht die Absicht, sich aus dem Staub zu machen?«

Zoé rannte wieder ins Bad, und durch die offene Tür drangen wenig appetitliche Geräusche zu ihnen. Nicolas zog seinen Pyjama allein an.

»Aber nein, ganz und gar nicht, Madame«, antwortete Isabelle Unschuld heuchelnd, »ich wollte doch nur helfen …«

Die Großmutter näherte ihr Gesicht dem von Isabelle bis auf wenige Zentimeter.

»Mademoiselle Derarsch! Sie kümmern sich jetzt um die Kinder und wechseln ihre Bettwäsche, und zwar aus dem einfachen Grund, weil ich Sie dafür bezahle. Meine Geduld hat ihre Grenzen, und die haben Sie jetzt erreicht. Wenn Sie sich nicht auf der Stelle an die Arbeit machen, rufe ich Ihre Schule an und verlange, dass man Ihr Diplom annulliert. Ist das klar?«

»Sie haben Eis gegessen, das möglicherweise nicht in Ordnung war«, unterbrach sie Adriana.

Sie war gerade im Flur aufgetaucht, ungeschminkt und mit einem sehr schlichten Nachthemd bekleidet. Isabelle wäre über ihre Verteidigung gerührt gewesen, hätte sie nicht den eigentlichen Grund für ihr plötzliches Einschreiten gekannt. Adriana durfte nicht riskieren, dass ihre Großmutter im Norland College anrief und nach Isabelle Derarsch fragte.

Valentinas Doppelkinn begann vor Zorn zu vibrieren.

»Sehen Sie denn nicht, dass Zoé ohnehin schon Gewichtsprobleme hat? Finden Sie es etwa klug, sie zu mästen, wie man es mit den kleinen Amerikanern macht?«

In diesem Moment kam Zoé aus dem Bad und tat so, als hätte sie nichts gehört, aber Isabelle sah, wie sie bei Valentinas Worten den Blick senkte. War Isabelle bis jetzt ruhig geblieben, so brachte sie Valentinas letzte Bemerkung zur Weißglut: »Die einzige Person, die hier ein Gewichtsproblem hat, sind Sie, und Ihnen habe ich meines Wissens kein Eis spendiert!«

Es folgte eine peinliche Stille, die Zoé durchbrach: »Es ist nicht die Schuld von Mademoiselle Derarsch. Wir haben uns ein Eis gewünscht.«

»Und ich habe es bezahlt«, fügte Adriana hinzu.

Valentina musterte ihre Enkeltöchter eine Weile, erstaunt über den ungewohnten Zusammenhalt. Sie standen beide vor Isabelle wie eine Schutzwand. Die ungleichen Schwestern, die eine blond, die andere rabenschwarz gefärbt. Als hätten sie alles darangesetzt, um jegliche Familienähnlichkeit zu verwischen. Valentina dachte an die beiden kleinen Mädchen, als sie noch dunkelblond waren und so innig verbunden wie eineiige Zwillinge. Wenn ein verdorbener Magen die beiden einander näherbrachte, dann war die ganze Angelegenheit vielleicht doch nicht so schlimm.

»Offenbar verstehen Sie, andere dafür zu gewinnen, Sie gemeinsam zu verteidigen. Aber ich möchte Sie dennoch darauf hinweisen, dass … Ihr Poncho Ihren Allerwertesten kaum bedeckt. Ich vermute, mit nacktem Hinterteil zu schlafen, gehört zu den wenig konventionellen Methoden des Norland College.«

Mit diesen Worten zog sie ihr Negligé fester zu und rauschte würdevoll hinaus.

Mit einem Blick in den Spiegel musste Isabelle feststellen, dass Valentina recht hatte. Adriana und Zoé lachten sich fast schlapp, als sie Isabelles beschämten Gesichtsausdruck sahen. Doch schon bald wurden sie wieder todernst und schienen bedrückt darüber, sich derart gehen lassen zu haben, dass man ihnen so etwas wie Komplizenschaft unterstellen konnte.

»Na dann, gute Nacht, ihr Loser«, sagte Adriana.

Nicolas schloss leise seine Zimmertür hinter sich. Zoé nahm den Wäschehaufen, rollte ihn zusammen und legte ihn in eine Ecke. Sie war leichenblass. Bei Isabelle meldete sich das schlechte Gewissen. Zoé hatte zuerst ihrem kleinen Bruder geholfen, und jetzt kümmerte sie sich allein um die Wäsche.

»Ich helfe dir beim Bettenmachen«, schlug sie vor. »Nur um die schmutzigen Laken würde ich mich nicht so gern kümmern.« Schweigend holte das junge Mädchen eine Jogginghose aus ihrem Schrank und reichte sie Isabelle, und schweigend bezogen sie gemeinsam das Bett neu.

Zoé trank einen Schluck Wasser aus dem Glas, das sie im Bad gefüllt hatte, und stellte es auf den Nachttisch.

»Gute Nacht! Ich bringe dir die Hose morgen zurück«, sagte Isabelle.

»Mademoiselle Derarsch?«

Isabelle war schon fast draußen.

»Ja?«

»Danke.«

So ist das Leben

Jeden Tag wiederholte sich das gleiche Ritual. Isabelle legte sich auf Nicolas' Bett und las aus *Harry Potter* vor. Gelegentlich kam Sofia dazu, setzte sich auf den Sessel am Fenster und hörte ebenfalls zu. Nicolas war darüber erstaunt, denn normalerweise kam sie nur dann zu ihm, wenn er allein war. Er wollte sie danach fragen, doch sie legte mit geheimnisvoller Miene den Finger auf den Mund, und er verstand, dass die Gegenwart seiner Mutter geheim bleiben musste. Isabelle, ganz in die Geschichte vertieft, bekam von alldem gar nichts mit.

Nicolas saß an seinem Schreibtisch und wandte ihr den Rücken zu, wenn sie vorlas. Dennoch vergaß er über der Geschichte, dass er nicht mehr sprechen konnte, dass sein Vater nicht da war und dass seine Schwestern einander hassten. Während dieser paar Stunden bestand seine Welt nur noch aus Isabelles Stimme und dieser total verrückten Geschichte eines kleinen Waisenjungen, der ganz allein auf der Welt war und, ohne es zu ahnen, der größte Zauberer seiner Generation werden sollte.

Isabelle hatte mit der heutigen Lesung begonnen. Die Sonne spielte mit den goldenen Stickereien auf Sofias Kimono, und die friedliche Atmosphäre war erfüllt von magischen Geschöpfen. Mit einem zufriedenen Seufzer legte

Nicolas seinen Kopf in die Armbeuge und stützte das Kinn auf die hölzerne Pultplatte. Vielleicht besaß auch er magische Kräfte. Und vielleicht würde auch ihn eines Tages ein Riese abholen und nach Hogwarts bringen. Er überdachte das Für und Wider dieser Idee und verwarf sie bedauernd. Nieten wie er kamen nicht nach Hogwarts.

Er hob verwundert den Kopf, weil Isabelle plötzlich zu lesen aufgehört hatte. Dabei stellte er fest, dass er nicht mehr am Pult, sondern plötzlich mitten auf dem Teppich saß, auf halbem Weg zwischen dem Schreibtisch, von wo er sonst immer zuhörte, und dem Bett, auf dem Isabelle wie ein ausgebreitetes Strandtuch lag. Er konnte sich nicht entsinnen, von seinem Stuhl aufgestanden zu sein. Sofia lächelte ihm von ihrem Sessel aus zu. Im hellen Morgenlicht wirkte sie seltsam durchscheinend.

Seit Langem erlebte Nicolas jeden Blickwechsel wie einen Einbruch in seine innere Gedankenwelt, einen hinterhältigen Trick, ihn zu zwingen, das auszudrücken, was er für sich behalten wollte.

Eine der Übungen, die ihm der Psychologe aufgegeben hatte, war, jemanden in die Augen zu schauen und langsam bis drei zu zählen, aber er hatte es gar nicht erst versucht. Doch als sich nun sein und Isabelles Blick begegneten, brachte er die Übung von Doktor Renoir doch zur Anwendung.

Vier Sekunden!

Eins: Er stellte fest, dass ihre dunklen Augen mit goldenen Pailletten gesprenkelt waren.

Zwei: Wenn sie nicht lächelte, erinnerte ihn irgendetwas in ihrem Gesicht an seine Mutter.

Drei: In ihren Zügen spiegelten sich weder Mitleid noch Gleichgültigkeit wider, die beiden Gefühle, die er sonst immer auf den Gesichtern von Erwachsenen lesen konnte.

Vier: Er war sich plötzlich sicher, dass sie sein Schweigen, seine Leere und das Gefühl, es fehle etwas, vollends verstand, denn er meinte, in ihrem Gesicht die gleiche Problematik lesen zu können. Diese stille, vier Sekunden dauernde Kommunikation war deutlicher gewesen als hundert gesprochene Worte.

Sie murmelte: »Weißt du, so ist das Leben.«

Kaum merklich nickte er und setzte sich in den Schneidersitz, an diesem neutralen und sicheren Ort, den der Teppich darstellte, legte die Hände auf die Knie und wartete.

Isabelle las weiter.

Er zählte ängstlich die Seiten, wollte einerseits wissen, wie die Geschichte weiterging, anderseits mussten sie mit den verbleibenden Kapiteln sparsam umgehen.

Als sie schließlich den Roman zuklappte, schaute er sie fragend an und hielt ihrem Blick zum zweiten Mal stand.

»Sieben«, antwortete sie auf seine stumme Frage. »Es gibt sieben Bände.«

Er wartete, bis sie ging und ihre Schritte im Flur verhallt waren. Mit dem Finger zeichnete er währenddessen die Arabesken auf dem Teppich nach und zählte bis dreiunddreißig. Dann stand er auf und öffnete die Schreibtischschublade. Ganz hinten lag die Papierkugel mit dem Alphabet der Gebärdensprache. Wieder und wieder strich er das Blatt mit der flachen Hand sorgfältig glatt.

Ein echtes Talent für die Vogelstrauß-Politik

Nach der Geschichte mit dem Eis rief Valentina Nanou an und flehte, sie möge zurückkommen. Sie bot ihr das doppelte Gehalt, Krücken hin oder her. Aber offenbar war das Krankenhaus damit ganz und gar nicht einverstanden, und die Ärzte blieben hart. Sosehr sie es auch gewollt hätte, Nathalie Lambert durfte nicht auf Reisen gehen.

Also verlangte Valentina, dass sie zumindest mit Isabelle sprach. Es folgte eine Unterhaltung, die eher lächerlich war als konstruktiv, denn Nanou erklärte Isabelle lang und breit und von vorne bis hinten die von Mick Jagger und dem Herzogspaar von Cambridge umständlich aufgesetzten Empfehlungen. Valentina stand daneben und machte ein Gesicht, das ungefähr so freundlich wirkte wie ein Gefängnisgitter in Alcatraz. Dann erklärte Nanou, Geduld, Autorität und Reife seien bei den Kozlowski-Kindern unabdingbar, worauf Isabelle, von dieser endlosen Standpauke gelangweilt, antwortete: »Geduld, Reife und Autorität sind genau meine Eigenschaften. Vielen Dank für die guten Ratschläge und auf Wiederhören!«

Die folgenden drei Tage verliefen ohne Zwischenfälle. Jan war seit der Auseinandersetzung mit seiner Schwiegermutter noch abwesender als zuvor. Er hatte sich mit Colombe in einem Hotel in der Nähe eingenistet, damit er in

Ruhe arbeiten konnte. Zwischen Adriana und Zoé war es nur noch selten zum Streit gekommen, und es gab keine atomaren Kettenreaktionen mehr, was wahrscheinlich daran lag, dass Adriana hatte einsehen müssen, dass ihr Verführungsplan zum Scheitern verurteilt war, solange die Hauptperson nicht zugegen war. Weshalb sie die meiste Zeit in ihrem Zimmer verbrachte.

Isabelles Tage standen ganz im Zeichen zweier hauptsächlicher Beschäftigungen. Am Vormittag las sie Nicolas aus dem Buch über Harry Potter vor und nachmittags wachte sie am Pool über den kleinen Jungen.

Besonders erstaunte sie die Tatsache, dass Nicolas jetzt immer auf dem Teppich saß, was sie als enormen Fortschritt und zudem als äußerst zuträglich für ihre Tarnung wertete, auch wenn der Geheimauftrag gerade in der Luft hing.

Nicolas hatte sogar eine Partie Schach mit ihr gespielt und natürlich haushoch gewonnen.

Dank ihrer beider Grundkenntnisse in Gebärdensprache begannen sie mühsam zu kommunizieren. In ihren Gesprächen ging es in erster Linie um Harry Potter, Hermine und Ron, aber Isabelle freute sich, mit jemandem, und sei es auch nur ein siebenjähriges Kind, ihre Begeisterung für die Abenteuer des jungen Zauberers teilen zu können.

Am Nachmittag aalte sie sich am Pool in der Sonne. Wenn es Zeit wurde für den Aperitif, ließ sie sich mit Schinken und Burrata mit Pesto verwöhnen. Manchmal meinte sie, in ihrem Innern eine kleine Stimme zu hören, die ihr zuraunte, dass sie sich Illusionen hingab und dass das nur die Ruhe vor dem großen Sturm war. Jan dürfte sicher bald wiederauftauchen, und dann würde ihre Lage erheblich komplizierter werden. Isabelle ertränkte die kleine Stimme in Spritz Orange. Warum sollte sie sich heute um etwas sorgen, was erst morgen, ja vielleicht sogar nie eintreten würde?

Isabelle besaß echtes Talent für die Vogelstrauß-Politik.

Bilinguale Taubstumme

Wie jeden Morgen begann Isabelle, aus den Abenteuern Harry Potters vorzulesen. Nach ein paar Seiten räusperte sich Nicolas. Sie hob den Kopf. Stolz begann er, in Gebärdensprache ein paar Worte zu formen. Mit den Händen zu sprechen, war wie eine Geheimsprache, die nur Eingeweihte verstehen konnten. Der Zettel mit dem Alphabet wies immer noch Knitterspuren auf, aber er hatte ihn über seinem Bett an der Wand befestigt, und jeden Abend wiederholte er mit seiner Mutter jeden einzelnen der sechsundzwanzig Buchstaben. Einmal von A bis Z und wieder zurück von Z bis A. Das konnte er sogar ohne Brille.

Isabelle hob eine Augenbraue, erstaunt über seine unglaublichen Fortschritte.

»Warte, ich bin keine bilinguale Taubstumme.«

Sie zückte ihr Smartphone und behalf sich mit dem Alphabet der Gebärdensprache im Netz.

»Verdammt, das wird eine saftige Telefonrechnung! Schieß los, ich höre dir zu … Na gut, ich sehe dir zu.«

Er erklärte ihr recht umständlich, er sei zu dem Schluss gekommen, dass Harry seine Zauberkraft dem Tod seiner Mutter verdanke, die starb, als er noch ein Baby war. Isabelle runzelte die Stirn und nahm seinen Gedankengang sehr ernst.

»Richtig. Genau genommen hat Voldemort, nachdem er Harrys Eltern getötet hatte und anschließend auch Harry umbringen wollte, ihm stattdessen noch mehr Zauberkraft verliehen.«

Der kleine Junge nickte langsam und antwortete: *Harry ist wie du.*

»Nein, nicht wie ich, sondern wie du, sieh mal …«

Sie wollte seine Hände nehmen, um sie in die richtige Position zu bringen und ihm den Unterschied zwischen den Zeichen für »ich« und für »du« nochmals zu zeigen, doch kaum berührte sie ihn, wich er hastig zurück und wiederholte: *Nein, wie du.*

Er wies mit dem Finger auf Isabelle, um jeden Zweifel auszuschließen.

Isabelle schluckte, als hätte sie eine Riesenpille heruntergewürgt.

»Warum sagst du das?«

Sie hatte jedes Zeichen sorgfältig geformt und sich dabei Zeit gelassen, als fürchte sie seine Antwort.

Nicolas biss sich auf die Lippen und fragte sich, ob er vielleicht Unsinn gesagt hatte.

Mit leicht zitternden Händen antwortete er: *Meine Mama hat gesagt, dass deine Mama gestorben ist, als du noch klein warst.*

Sie starrte ihn an, ohne zu antworten, und er konnte hören, wie ihr Atem plötzlich schneller ging. Er errötete und sprach weiter, indem er jede Gebärde sorgfältig ausführte.

Und auch dein Papa. Das Auto ist verbrannt.

Sie war wie versteinert und starrte ins Leere. Er hatte diese Unterhaltung nur aus einem Grund vorbereitet: Er wollte sie trösten. Doch nun fragte er sich, ob sich seine Mutter nicht vielleicht geirrt hatte. Sicherheitshalber fügte er vorsichtig und liebenswürdig hinzu: *Es ist so ähnlich wie bei Harry. Deshalb hast du auch ein bisschen Zauberkräfte.*

Nach ein paar Sekunden wurde Isabelle weiß wie ein Laken und ihr brach der Schweiß aus. Ihr Mund verzog sich zu einem Plastiklächeln, als wäre sie eine Barbiepuppe. Steif wie ein Roboter ging sie aus dem Zimmer und ließ Nicolas mit *Harry Potter* allein.

Ein Stromausfall lässt manchmal Funken sprühen

Einundzwanzig Uhr drei. Zum dritten Mal ließ Isabelle Quentins Telefonnummer auf dem Display erscheinen, zögerte aber, ihn tatsächlich anzurufen. Sie konnte vorschützen, ihm Neuigkeiten von Woody-Allen berichten zu wollen, und ihn beiläufig fragen, wie es ihm ging. Nur so, um seine Stimme zu hören. Doch sie schloss die App wieder und legte ihr Handy weg. Quentin verdiente ein glückliches Leben mit einer zuverlässigen, vernünftigen Frau und lauter Kindern, die das Treppengeländer ihres Hauses in Saint-Germain-en-Laye herunterrutschten, statt seine Zeit mit einer Idiotin zu verplempern, die nicht in der Lage war, sich um etwas anderes zu kümmern als um ihre eigene Person und eine Mischung aus einem Punk und einem Chihuahua.

Sie hätte sich damals besser gleich aus dem Staub machen sollen, nachdem Quentin und sie in einem Fahrstuhl stecken geblieben waren. Quentin trug damals einen Anzug und war elegant, sie war verheult. Er war vergnügt und beschwingt wegen seines Erfolgs – er hatte einem Kunden zu einer Anstellung verholfen –, sie hingegen war bei einem Casting durchgefallen, damals noch Grund genug, um in Tränen aufgelöst einem Wildfremden in die Arme zu sinken. In Liebesdingen fühlte sie sich eher zu anarchistischen, erfolglosen Künstlern hingezogen, er passte besser zu jungen Mädchen aus gutem Hause mit Superdiplomen. Aber ein Stromausfall lässt eben manchmal Funken sprühen. Während der zehn Minuten in dem kleinen Fahrstuhl im zehnten Pariser Arrondissement hatte Quentin angesichts der verheulten Isabelle sein Weltbild umgekrempelt, und Isabelle hatte dank seines Humors und seiner Liebenswürdigkeit all ihre Vorurteile über Bord geworfen.

Als er ihr ein Taschentuch reichte, schnäuzte sie sich lautstark und beklagte sich über die schlechte Welt, das traurige Leben und die bösartigen Menschen. Von der Filmwelt hatte er keine Ahnung, aber er beteuerte, dass nur dumme Menschen nie ihre Meinung änderten. Vielleicht überdachte der Produzent seine Entscheidung noch einmal. Sie konnte behaupten, was sie wollte, er war mit allem einverstanden. Er sah sie mit diesem Beschützerblick an, der sie später immer wieder beruhigen sollte, wenn sie seelisch in Aufruhr geriet. Als sich der Aufzug wieder in Bewegung setzte, fragte er sie, ob sie nicht einen Kaffee mit ihm trinken wolle.

Später bat sie ihn um seine Visitenkarte, falls sie sich mal beruflich neu orientieren wolle.

Seit dieser Begebenheit malte sich Isabelle hin und wieder aus, was geschehen wäre, wenn …

Wenn sie nicht am Tag zuvor ihren Agenten im Supermarkt getroffen hätte …

Wenn der Agent ihr keinen Termin vorgeschlagen hätte …

Wenn sie vor Quentin nicht derartig losgeheult hätte …

Wenn der Fahrstuhl keine Panne gehabt hätte …

Früher hatte sie sich eingeredet, die Begegnung mit Quentin sei Schicksal gewesen. Heute sagte sie sich, dass sie statt des Fahrstuhls lieber gleich die Treppe genommen hätte, wenn sie geahnt hätte, dass ihre Beziehung wegen eines Verlobungsrings enden würde.

Isabelle trocknete ihre Tränen. Sie musste sich jetzt irgendwie ablenken. Sie stand auf, zog Jeansshorts an und überlegte es sich dann anders. In ihrem Schrank hingen die Kleider, die Adriana ausgesucht hatte, damit sie ihren Vater verführte. Sie fuhr unentschlossen mit dem Finger über die farbigen Stoffe, und ohne lange zu überlegen, zog sie die Shorts aus und schlüpfte in ein rotes Kleid mit weißen Punkten. Obwohl sie am liebsten Turnschuhe trug, wählte sie dazu rote Sandaletten mit hohen Absätzen.

Vor dem venezianischen Spiegel tupfte sie die verlaufene Wimperntusche ein wenig ab, die ihr das Aussehen eines deprimierten Cockerspaniels verliehen, und übrig blieben schwarz umrandete »smokey eyes«, die einer Sophia Loren alle Ehre gemacht hätten.

Sie öffnete die Tür und lauschte, bevor sie leise, auf Zehenspitzen, die Treppe hinunterschlich. Wie sie gehofft hatte, brannte in der Küche noch Licht. Sie hörte Stimmen. Ohne lange zu fackeln, klopfte sie an, und augenblicklich verstummten die Stimmen. Sie drückte die Klinke herunter und steckte den Kopf durch die Tür. Tony saß am Küchentisch, im Hintergrund rauschte die Geschirrspülmaschine. Der Butler war sehr blass. Ihm gegenüber saß ein Mann, gegen den Tony trotz seines Aussehens eines Mafioso im Sonntagsstaat absolut harmlos wirkte. Der Schädel des Unbekannten war glatt rasiert. Er steckte in einem hautengen schwarzen T-Shirt, und seine Bodybuilderarme waren vom Handgelenk bis zu den Schultern von wie Fischschuppen aneinanderliegenden Totenköpfen bedeckt. In dem Augenblick, in dem Isabelle die Küche betrat, trank er ein ganzes Glas Amaretto in einem Zug leer, als wäre es Sprudelwasser.

Verlegen lächelnd murmelte Isabelle: »*Buona sera.*«

Sie starrten sie an, ohne zu antworten. Tony schenkte

dem Gast nochmals ein. Als sie die Flasche an das Glas stoßen hörte, bemerkte Isabelle, dass Tonys Hände leicht zitterten.

»Kann ich Ihnen helfen, Signorina Issabella?«, fragte er dann.

Das grelle Licht in der Küche ließ die Narbe auf seiner Wange noch plastischer wirken, und sie bereute, hergekommen zu sein.

»Äh ... Ich wollte Sie fragen«, begann sie zögernd, »ob Sie ein Lokal hier in der Nähe kennen, wo man was trinken kann.«

Tony und der Unbekannte tauschten einen Blick, den sie nicht deuten konnte.

»Die Bar des Grand Hotel Tremezzo«, sagte der Butler. »Mit dem Auto eine Viertelstunde von hier.«

Er flüsterte seinem Komplizen, der offenbar Enzo hieß, etwas auf Italienisch zu.

»Oh, kann man nicht zu Fuß hingehen?«

Enzo trommelte ungeduldig mit den Fingern auf die Tischplatte.

»Nein, aber Sie können den Personalwagen nehmen«, antwortete Tony.

»Ich habe keinen Führerschein ... Aber macht nichts«, sagte sie und fühlte sich immer unbehaglicher. »Dann gehe ich eben wieder schlafen.«

Tonys finsterer Gesichtsausdruck wurde ein wenig sanfter.

»Nehmen Sie den Motorroller, das ist wie Fahrradfahren.«

»Keine gute Idee! Ich bin sieben Mal durch die Fahrprüfung gefallen, ich glaube nicht, dass ein Motorroller ...«

»Gehen wir«, unterbrach sie der Butler und hörte ihr

schon gar nicht mehr zu. Isabelle wagte nicht zu widersprechen und folgte ihm durch den Dienstboteneingang.

In der Garage der Villa Principessa standen weder Rasenmäher noch alte staubbedeckte Kartons herum. Der ganze Raum war so sauber wie ein Operationssaal. Drei mit Schutzplanen zugedeckte Autos standen akkurat aufgereiht neben einem freien Parkplatz.

»Die muss ich noch zur Inspektion bringen«, sagte Tony wie zu sich selbst. Im hinteren Teil der Garage standen Fahrräder und ein niedlicher oranger Motorroller. Isabelle beäugte das Gefährt misstrauisch, während der Butler ihr kurz den Weg nach Tremezzina beschrieb und ihr den Schlüssel in die Hand drückte.

Dann räusperte er sich: »Signorina Issabella, es wäre mir lieb, wenn Enzos Besuch unter uns bleiben könnte.«

»Natürlich. Und mir wäre es lieb, wenn Sie meinen nächtlichen Ausflug für sich behalten könnten.«

Er nickte, ohne auf ihr kumpelhaftes Augenzwinkern zu reagieren, und ging eilig in die Küche zurück. Isabelle folgte ihm mit dem Blick und fand, dass er seine breiten Schultern, im Gegensatz zu sonst, ein wenig hängen ließ. Noch ein Bewohner der Villa Principessa mit ungeahnten Geheimnissen!

Vespa Orange versus Porsche Panamera

Der weiße Helm vermochte Isabelles Haar nur unzureichend zu bändigen, und es flatterte im Fahrtwind, obwohl der Motorroller eher langsam fuhr. Die laue Brise strich über ihre Beine und blähte ihr Baumwollkleid so auf, dass es ihre Oberschenkel hochglitt.

Auf dieser engen, mit Pinien gesäumten Straße, die am Comer See entlangführte, fühlte Isabelle sich endlich frei. Die Abendsonne tauchte die Welt in warme Orangetöne.

Sie hatte schon immer extrem wenig Talent bewiesen, was ihre Fahrkünste beim Autofahren anbelangte. Zwei Mal war sie durch die theoretische Prüfung gefallen und sieben Mal durch die praktische, bis sie das Projekt Führerschein ganz aufgegeben hatte. Außerdem lebte sie in Paris, wo ihr sämtliche öffentlichen Verkehrsmittel zur Verfügung standen, und sie besaß auch gar nicht die nötigen finanziellen Mittel, um häufiger die Stadt zu verlassen, sodass sie nicht weiter unter dem fehlenden Führerschein litt. Gerne behauptete sie auch, dass ihr Umweltbewusstsein sie davon abhalte, sich einen fahrbaren Untersatz anzuschaffen. In Wirklichkeit konnte sie Autofahren nicht ausstehen. Vor vielen Jahren hatte sie einen schlimmen Unfall überlebt, und schnelles Fahren löste bei ihr Panik aus.

Mit lautem Motorengeheul näherte sich hinter ihr rasant ein Auto, und sie schlingerte, fand aber rasch ihr Gleichgewicht wieder. Sie fuhr langsam, die Strecke war ausgesprochen kurvenreich. In ihrem Rückspiegel tauchte ein metallicgrauer Porsche Panamera auf. Die Straße war zu eng, als dass der Wagen sie hätte überholen können, und Isabelle, deren Herz nun schneller pochte, kam schlicht nicht auf die Idee, am Wegrand zu halten und dem Auto Platz zu machen. Sie blieb also mitten auf der Fahrbahn, während der Fahrer des Rennwagens versuchte, ihr mit der Lichthupe klarzumachen, dass er vorbeiwollte.

Als der Motorroller die Hauptstraße zum Ort Tremezzina erreichte, hing der Porsche an einer roten Ampel fest, und der Fahrer rief Isabelle etwas auf Italienisch zu, das sie auch wegen des Motorenkrachs nicht verstand. Sie ging davon aus, dass es etwas Beleidigendes war, streckte einen Stinkefinger hoch und fuhr über die rote Ampel, erleichtert, ihren Verfolger endlich abgehängt zu haben.

Mit knatterndem Motor kam sie vor dem Grand Hotel Tremezzo an und bremste scharf vor der doppelten Freitreppe, nahm den Helm ab und schüttelte den Kopf, um ihre Frisur in Form zu bringen, mit dem Effekt, dass sie eher einer Verrückten glich, die sich aus einer psychiatrischen Klinik davongestohlen hatte. Hastig band sie ihr Haar zu einem Pferdeschwanz zusammen.

Ein Wagenmeister in Uniform kam etwas konsterniert, aber freundlich lächelnd auf sie zu. Eine junge Frau mit einem fast schon skandalös hochgezogenen Rock auf einem schrillorangen Motorroller und eine solche Vollbremsung sah man in dieser vornehmen Umgebung nicht alle Tage. Isabelle reichte dem Hotelangestellten den winzigen Schlüssel der Vespa, der an einem Hotdoganhänger baumelte, mit einer Geste, als handelte es sich um den Schlüssel eines Sammlerferraris.

»*Grazie mille*«, sagte sie mit strahlendem Lächeln.

Der Wagenmeister hielt den Lenker des Gefährts und schaute ihr träumerisch nach, wie sie mit ihren braun gebrannten Beinen leichtfüßig die Treppe hinaufschwebte. Den silbergrauen Porsche, der auch gerade vor dem Hoteleingang eintraf, sah er zunächst gar nicht. Der Fahrer blickte mit verhaltenem Lächeln Isabelle nach, die auf den oberen Stufen verschwand, und bemerkte amüsiert, welchen Eindruck sie auf den Hotelangestellten gemacht hatte. Dann ließ er seinen Motor aufheulen, um auf sich aufmerksam zu machen, und der Wagenmeister wandte sich ihm ein wenig beschämt zu.

»*Mi scusi, benvenuto,* Signor Kozlowski«, sagte er und nahm den Wagenschlüssel entgegen.

Was ich werden will, wenn ich groß bin

Isabelle betrat die Hotelhalle und bewunderte die mächtigen Marmorsäulen, welche die Decke mit reicher Stuckatur trugen. Sie blickte mit offenem Mund um sich, wie ein Kind, das zum ersten Mal Disneyland besucht. Die gigantische Halle öffnete sich auf der Rückseite zum See, und durch die breite Fensterfront konnte man die Lichtreflexe auf dem Wasser spielen sehen.

Eine junge Dame im schwarzen Kostüm brachte Isabelle zu einem kleinen Tisch an einer schmiedeeisernen Brüstung voller blühender Geranien am Rand der Terrasse. Unter ihr lag der hell erleuchtete Hotelpool wie eine türkisfarbene Leuchtboje. Ein Kellner zündete die Kerze wieder an, die der Wind gerade ausgepustet hatte, und gab ihr die Menükarte, einen ziemlichen Wälzer, so dick wie ein Roman.

Für jemanden, der in einer ähnlichen Finanzlage war wie Isabelle, stellte die Ausgabe von sechzehn Euro für einen Cocktail, den sie ganz allein trinken würde, in der Regel eine ebenso lächerliche Verschwendung dar wie die Anschaffung von Wettkampfskiern kurz vor einem Urlaub in Guadeloupe. Sie aber gehörte zu den seltenen Menschen, die Geld keinen richtigen Wert beimessen konnten. Mit achtzehn hatte sie eine große Summe aus einer Lebensversicherung geerbt und in wenigen Jahren auf den Kopf gehauen. Damals zahlte sie die gesamte Miete für eine Wohnung, die sie mit Amina teilte, lud ständig alle ein und verlieh freigiebig Geld, das sie nie wiedersah. Als sie später Gagen bekam, gab sie ihr Geld weiterhin unbeschwert aus und übernahm großzügig die Rechnungen in Restaurants.

Als sich ihre Finanzlage veränderte, fiel sie aus allen Wolken. Sie verstand nicht, weshalb sie auf einmal die meisten ihrer Freunde verloren hatte, und hatte nicht den geringsten Schimmer, warum sie nirgends mehr eingeladen wurde. Tatsächlich waren die sogenannten Freunde keineswegs gewillt, auch mal für sie zu bezahlen. Isabelle hatte nie mit dem Pfennig gerechnet und schon gar nicht mit der Möglichkeit, dass andere völlig anders tickten als sie. Nur wenige verstanden, dass Isabelle Geld, auch das der anderen, als Gemeingut betrachtete. Für sie hatte es nur dann einen Wert, wenn man sich damit gemeinsam einen netten Abend machen konnte.

Jedenfalls war nun niemand da, der ihren Cocktail in der Bar des Grand Hotel an ihrer Stelle bezahlen würde, und sie musste sich wohl oder übel Gedanken darüber machen, woher ihre nächsten Einkünfte kommen sollten. Sie hatte noch gar nicht überschlagen, wie viel sie in diesen beiden Wochen insgesamt verdienen würde. Für sie war nur wichtig gewesen, dass sie mit dem Betrag, den Adriana ihr versprochen hatte, Quentin ihren Anteil an der Jahresmiete erstatten konnte. Zum ersten Mal rechnete sie nach und stellte fest, dass Valentina ihr für zwei Wochen mehr bezahlte, als sie monatlich bei McDonald's verdiente, und das bei freier Kost und Logis.

Warum also geizen und das Billigste auf der Karte aussuchen? Voller Enthusiasmus hob sie den Arm und winkte dem Kellner.

»Una Piña Colada e un Bellini, per favore!«

Der junge Kellner nahm ihre Bestellung auf und ging. Isabelle seufzte vor Zufriedenheit. So fühlte es sich also an, reich zu sein. Ein paar Minuten später standen ihre beiden Cocktails auf dem Tisch.

Vergnügt lächelnd nahm Isabelle einen kräftigen Schluck aus jedem Glas und schaute sich etwas wehmütig die Fotos von Woody-Allen an, die ihr Amina täglich schickte.

»Bestellen Sie immer zwei Cocktails auf einmal?«

Überrascht sah sie zu dem Mann auf, der sie soeben angesprochen hatte. Vor ihr stand Jan Kozlowski, die Hände in den Taschen seines perfekt sitzenden schwarzen Smokings vergraben. Frisch rasiert und in Galakleidung hatte er nichts mehr von einem Piraten.

»Darf ich?«, fragte er und wies auf den freien Stuhl Isabelle gegenüber.

Ohne auf eine Antwort zu warten, setzte er sich. Isabelle lächelte verkrampft.

»Entschuldigen Sie, aber ich hatte nicht erwartet, Sie hier anzutreffen.«

»Ich auch nicht«, erwiderte Jan mit einem ironischen Funkeln in den blauen Augen.

»Nicolas ist schon im Bett, und ich brauchte mal einen Tapetenwechsel …«

»Es braucht Ihnen nicht unangenehm zu sein. Die Abende gehören Ihnen.«

Sie nickte eifrig. Nanou hatte ihr ausdrücklich gesagt, sie dürfe nur am Samstagabend freinehmen, aber wenn Jan davon nichts wusste, so würde sie ihm diese Abmachung bestimmt nicht auf die Nase binden.

»Bringen Sie mir bitte das Gleiche«, sagte er zum Kellner, der gerade wiedergekommen war, um seine Bestellung aufzunehmen, »und einen Aschenbecher. Machen Sie doch bitte die Terrassentür auf, damit wir die Klaviermusik hören können!«

»*Si,* Signor Kozlowski.«

»Aber vielleicht friert der Klavierspieler«, gab Isabelle zu bedenken, die über sein autoritäres Auftreten ein wenig erschrocken war.

Er zündete sich in aller Ruhe eine Zigarette an, bevor er amüsiert antwortete: »Wir haben fünfundzwanzig Grad.«

Isabelle kaute nervös auf ihrem Strohhalm herum und suchte verzweifelt nach einem Gesprächsstoff.

»Man sieht Sie kaum noch in der Villa. Ich habe mich schon gefragt, ob Sie nach Frankreich zurückgefahren sind.«

»Ich schlafe lieber im Hotel. Mit den Kindern kann ich mich nicht auf die Arbeit konzentrieren.«

Ein stummes Kind und zwei Teenies, die ständig an ihren Smartphones hängen! Klar, die machen natürlich einen Wahnsinnskrach.

»Gehen Sie immer im Smoking aus?«, fragte sie neugierig.

»Ich war bei der Preisverleihung eines Kurzfilmfestivals. Stinklangweilig. Colombe ist dortgeblieben. Im Gegensatz zu mir fühlt sie sich bei solchen Veranstaltungen sehr wohl.«

Sie schwiegen. Angespannt flößte sich Isabelle nochmals zwei große Schlucke von ihren Cocktails ein, um etwas lockerer zu werden. Jan rauchte und blickte geistesabwesend auf den See.

»Es ist wirklich schön hier«, sagte sie.

Er schien sie nicht zu hören.

»Sie sind ja nicht gerade gesprächig«, befand Isabelle und kicherte gekünstelt.

Er drehte den Kopf zu ihr, und die Intensität seiner stahlblauen Augen ließ sie den Blick senken.

»Und Sie, Sie haben Angst vor der Stille.«

»Überhaupt nicht! Warum sagen Sie das?«

»Das ist mir schon bei unserer ersten Begegnung aufgefallen. Sobald es eine Pause gab, mussten Sie losreden.«

»Sie haben mich mitten in der Nacht überrascht«, verteidigte sich Isabelle.

Seine Art, sie zu mustern, als könne er in ihr lesen wie in einem offenen Buch, machte sie noch nervöser. Er legte den Kopf auf die Seite.

»Ich spreche nicht von neulich Abend, ich spreche von unserer ersten Begegnung, als Sie für *Zufall* vorgesprochen haben.«

Er hatte ganz ruhig gesprochen. Isabelle hätte gern etwas erwidert, aber sie brachte keinen Ton heraus. Nie im Leben hätte sie gedacht, dass Jan Kozlowski sich an diese einzige Begegnung erinnern würde. Erstaunt stellte sie dabei fest, dass sie weder Rachegefühle noch Wut empfand. Als wäre der Mann, der ihr gegenübersaß, nicht derselbe, der sie vor fünfzehn Jahren für die Rolle abgelehnt hatte.

»Sie haben seitdem Ihren Namen gewechselt, wie mir scheint, nicht wahr?«

Isabelle wurde knallrot und verfluchte insgeheim Adriana.

»Nein, ich habe damals ein Pseudonym benutzt. Sie können sich ja vorstellen, dass ›Derarsch‹ für eine Schauspielerin nicht gerade glamourös klingt …«

»Stimmt. Also Schauspielerin und Aushilfskindermädchen. Haben Sie noch andere Berufe?«

Isabelle zuckte die Achseln. War sie überhaupt Schauspielerin?

»Empfangshostess, Kassiererin bei McDonald's, Kuchenverkäuferin am Strand, Zimmermädchen. Meine Kompetenzen sind weitgefächert.«

»Vielleicht irre ich mich, aber ich habe den Eindruck, dass Sie nicht so recht wissen, was Sie werden wollen, wenn Sie groß sind.«

Trotz allem musste Isabelle über seine Ausdrucksweise lächeln. Er schien dieses Zusammentreffen ganz dem Zufall zuzuschreiben und aufrichtiges Interesse an ihr zu haben. Deshalb antwortete sie nach kurzer Überlegung wahrheitsgemäß: »Was ich werden will, wenn ich groß bin? Ich wäre gern … Ich weiß nicht … Jemand anderes, glaube ich.«

Er nickte mit einem kaum wahrnehmbaren Lächeln auf den Lippen, als hätte sie soeben genau das geantwortet, was er erwartet hatte. Er trank sein Glas in einem Zug aus und winkte den Kellner herbei.

Isabelle entspannte sich. Er würde um die Rechnung bitten und sie endlich in Ruhe lassen.

Endlich!

»Bitte das Gleiche noch einmal«, sagte er auf Italienisch.

Mist …

Sie sind nicht mein Typ

Inwischen hatte sich die Terrasse gelichtet, und das Klavier war verstummt. Jan und Isabelle waren an ihrem Tisch sitzen geblieben. In Isabelles Kopf drehte sich alles, und zwar heftig. Aber sie war glücklich darüber, diese Cocktails in Jans Gesellschaft getrunken zu haben. Sie sprachen über das Kino, die Schwierigkeiten des Schauspielerberufs, über Autorenfilme und amerikanische Blockbuster. Mit Banalitäten und etwas vagen Themen verplauderten sie den Abend, ohne sich auf brisanteres Terrain vorzuwagen. Doch dann überraschte Jan Isabelle, als er plötzlich auf seine Kinder zu sprechen kam.

»Wie es scheint, machen Sie ihre Sache ganz gut, sagt Colombe. Aber ich habe den Eindruck, dass meine Schwiegermutter nicht gerade vor Freude in die Luft gesprungen ist, als sie hörte, dass Sie Nicolas drei Stunden am Tag aus *Harry Potter* vorlesen.«

Isabelle verschluckte sich fast an ihrem fünften Bellini.

»Das gibt's doch nicht! Sie weiß es?«

Jan nickte und grinste. Isabelle stellte fest, dass von den fünf Cocktails wohl viereinhalb zu viel gewesen waren. Nicht gerade die besten Voraussetzungen, um ein ernstes Gespräch mit ihrem eigentlichen Arbeitgeber zu führen. Aber davon einmal abgesehen, war es ideal, um ihn zu verführen. Nur hatte sie noch nicht den leisesten Angriff unternommen.

Konzentrier dich!

»Auf alle Fälle scheinen Sie für Kinder ein Händchen zu haben«, sagte er wie zu sich selbst. »Haben Sie Geschwister?«

In Isabelles Kopf begann in großen Lettern das Wort »GEFAHR« aufzublinken.

Wechsele das Thema!

»Nein.«

»Tatsächlich! Und hat es Ihnen gefallen, Einzelkind zu sein?«

Erstaunlich, denn als ich Sie mit Nicolas gesehen habe, dachte ich wirklich, dass Sie einen kleinen Bruder haben müssen.«

Sie schüttelte den Kopf. Und schwieg. Doch dann sprudelten die Worte aus ihr heraus, vielleicht, um dieses Verhör und auch diesen Abend schnellstmöglich hinter sich zu bringen.

»Meine Eltern sind bei einem Autounfall ums Leben gekommen, als ich acht Jahre alt war.«

Es folgte eine peinliche Stille. Diese Reaktion kannte sie schon, es war immer die gleiche. Was danach folgte, da ließen sich ihre Gesprächspartner in zwei Gruppen einteilen: die Voyeure, die genaue Einzelheiten wissen wollten, die sie ungern preisgab, und die Ängstlichen, die mir nichts dir nichts das Thema wechselten und plötzlich vom Wetter oder der letzten Staffel von Let's dance redeten. Jan schwieg.

»Deshalb verstehe ich Nicolas«, fügte sie hinzu.

Das hatte sie noch nie zuvor gedacht und schon gar nicht ausgesprochen, doch plötzlich erschien es ihr sonnenklar. Es konnte gar nicht anders sein. Nicolas und Isabelle waren sich deshalb so nahegekommen, weil sie beide wussten, dass Schweigen die einzig mögliche und einzig logische Antwort auf die Unfähigkeit ist, das Unaussprechliche auszudrücken. Jan wandte nicht verlegen den Blick ab, sondern sah sie mit aufrichtiger Anteilnahme und Trauer an.

»Es tut mir leid, ich wollte nicht indiskret sein.«

Sie nippte nochmals an der Champagner-Himbeermischung, aber das Getränk hatte an Geschmack verloren. Also konzentrierte sich Isabelle auf das Geräusch des Wassers, das gegen ein Boot plätscherte. Plötzlich war ihr kühl. Und ebenso plötzlich tauchte ein Bild aus ihrer Erinnerung auf, und sie schloss für ein paar Sekunden die Augen.

Es waren ihre letzten gemeinsamen Ferien gewesen. Sie hatten ein kleines Segelboot gemietet, und ihr Vater brachte ihr bei, es zu manövrieren. Sie saß auf seinen Knien, hielt das Steuerruder fest und fühlte sich, als könne sie die ganze Welt lenken. Ihre Mutter lag vorn an Deck und ließ sich von der Sonne bräunen, während ihr Vater erfundene Segelkommandos ausrief, und sie brüllten vor Lachen. *Takelage über Bord! Ankerwinde hissen! Ree geradeaus!* Die kleine Isabelle hielt so krampfhaft das Steuerruder fest, als hinge ihr Leben davon ab. Der salzige, feuchte Wind hatte ihr Haar verklebt, und die Rettungsweste war viel zu groß und kratzte an ihrem Kinn. Doch trotz dieser kleinen Unannehmlichkeiten plapperte sie begeistert die absurden, aber magischen Befehle ihres Vaters nach, die nur sie drei kannten. Sie konnte damals nicht ahnen, dass sie nie wieder einen so perfekten Tag erleben würde.

Ja. Sie war glücklich, ein Einzelkind gewesen zu sein. Glücklich, dass sie wenigstens diese viel zu kurzen acht Jahre allein mit ihren Eltern hatte verbringen können. Jede Erinnerung gehörte ihr ganz allein. Vor allem aber musste niemand außer ihr diese unendliche Leere ertragen, die sie in ihrem Innern fühlte und die sie immer noch des Nachts aufschrecken ließ und sie in der Finsternis zu verschlucken drohte. Einzelkind zu sein, war ein unverhofftes Glück gewesen. Das Einzige, was damals wirklich ihr gehörte. Sie öffnete wieder die Augen und stellte fest, dass sie sich von ihren Gedanken hatte davontragen lassen.

»Das ist lange her«, sagte sie schnell. »Und ich hatte Glück, denn ich bin nur neun Monate vom Jugendamt untergebracht worden. Dann haben mich mein Onkel und meine Tante zu sich genommen.«

»Warum erst nach neun Monaten?«

Sein Gesichtsausdruck und seine Stimme waren geradezu zärtlich geworden.

»Sie wollten keine Kinder und hofften auf eine Lösung, die sie nicht zwang, sich um meine Erziehung zu kümmern.«

»Schwierige Kindheit!«, folgerte Jan.

Isabelle beugte sich vor und suchte nach den richtigen Worten.

»Nein, nicht wirklich. Ich bin nie geschlagen worden und habe nie Hunger gelitten. Meine Kindheit war eigentlich ziemlich normal für jemanden, der seine Eltern verloren hat. Nur …«, sie seufzte, »meine Kindheit war irgendwie … fantasielos. Meine Pflegeeltern waren überhaupt nicht motiviert, ein Kind großzuziehen. Sie haben sich auch nie darum bemüht, mich offiziell zu adoptieren, sie haben mich eher wie eine Erwachsene im Kleinformat behandelt.«

Jan betrachtete sie mit einem Gesichtsausdruck, den sie nicht einzuordnen wusste, und nach einer Pause verspürte sie das dringende Bedürfnis, weiterzusprechen.

»Bei uns gab es zum Beispiel nie einen Weihnachtsbaum, weil das als Verschwendung galt. Und ich bekam immer nur ›nützliche‹ Geschenke. Das Wichtigste war ein gutes Preis-Leistungs-Verhältnis, warme und praktische Kleidung mit gutem Preis-Leistungs-Verhältnis, Schulranzen mit einem guten Peis-Leistungs-Verhältnis, Schulbücher, einen Kopfkissenbezug, natürlich in Weiß, aber mit einem guten Preis-Leistungs-Verhältnis. Einmal hat mir der Weihnachtsmann Kleiderbügel gebracht … Wenigstens ein Mal, nur ein einziges Mal hätte ich gern etwas völlig Nutzloses bekommen, irgendein dummes Spiel, eine Puppenküche aus Plastik, ein kleines Spielzeugauto oder einfach ein blödes Kinderüberraschungsei!«

Sie hatte mit solcher Inbrunst gesprochen, dass eines der wenigen Paare, die noch auf der Terrasse saßen, sein Gespräch unterbrach und Isabelle erstaunt ansah.

Ihre braunen Augen waren noch dunkler geworden. Jan lächelte.

»Wenn ich es recht sehe, hatten Sie überhaupt keine Kindheit. Sie sind an dem Tag, an dem Ihre Eltern umkamen, erwachsen geworden.«

Bevor sie ihm beipflichten konnte, überfiel sie plötzlich ihr schlechtes Gewissen. Sie lehnte sich zurück.

»Es war nicht ihre Schuld. Sie waren eben nicht meine leiblichen Eltern, sie waren mir nichts schuldig. Ich kann von Glück sagen, dass sie mich überhaupt aufgenommen haben. Bei Ihnen ist das etwas ganz anderes. Sie haben überhaupt keine Entschuldigung dafür, dass Sie sich nicht um Ihre Kinder kümmern.«

Kaum hatte sie ihre Ansicht herausposaunt, bedauerte sie ihre Worte auch schon.

Wie kommst du dazu, dich einmischen?

Schlagartig veränderte sich Jans Gesichtsausdruck, und mit einem Mal wirkte er verschlossen. Er rief den Kellner und verlangte die Rechnung.

»Es tut mir leid …«, begann Isabelle.

»Wir haben zu viel getrunken«, sagte er knapp. »Es ist Zeit heimzufahren.«

Isabelle nickte und versuchte vergeblich, sich zu erheben. In ihrem Kopf drehte sich alles.

»Sie haben recht. Ich werde den Wagenmeister bitten, den Motorroller zu holen.«

»Es kommt überhaupt nicht infrage, dass Sie in diesem Zustand auf dieses komische orange Gefährt steigen. Ich fahre Sie nach Hause.«

»Nach all den Martinis, die Sie getrunken haben, kann ich auch nicht in Ihr Auto steigen.«

»Sie müssen aber zurück«, entgegnete Jan und legte seine Kreditkarte auf die Rechnung.

»Ich lade Sie ein«, erklärte Isabelle. »Es hat gutgetan, mit Ihnen zu reden, und ausnahmsweise habe ich mal Geld, was übrigens Ihnen zu verdanken ist.«

»Kommt nicht infrage. Ich bezahle …«, begann Jan. Weiter kam er nicht, denn Isabelle hatte Jans Karte in einen Geranientopf geworfen und ihre eigene auf die Rechnung gelegt.

»Bestimmt werden Sie nie von Frauen eingeladen. Freuen Sie sich einfach darüber!«

Einen Augenblick lang war er wie erstarrt, dann stand er auf, um seine Karte aus dem Blumentopf zu fischen.

»Sie sind ja wirklich betrunken. Lassen Sie mich wenigstens meine Martinis bezahlen.«

»Versuchen Sie es ruhig! Dann können Sie Ihrer Karte im Pool hinterhertauchen.«

Isabelle betrachtete nachdenklich die erleuchtete Hotelfassade und wandte sich dann mit einem Ruck an Jan: »Wissen Sie was? Wir nehmen uns hier einfach ein Hotelzimmer.«

Der Kellner, der Französisch verstand, reichte ihnen mit

stoischer Miene das Tablett mit dem PIN-Pad. Zwei Mal musste Isabelle ansetzen, um den richtigen Code einzugeben. Jan beobachtete sie mit leicht spöttischem Lächeln.

»Das Angebot ist verlockend«, sagte er, »aber ich glaube nicht, dass Colombe Ihren Vorschlag gutheißen würde.«

»Ich meinte natürlich … jeder ein Zimmer, nicht zusammen, nicht um …«

»Ach ja? Laden Sie öfter Männer ein, mit Ihnen ins Hotel zu gehen, so ganz ohne Hintergedanken?«

Keine Sekunde hatte Isabelle daran gedacht, dass sich ihr die Gelegenheit bot, die ganze Komödie rasch zu Ende zu bringen. Mit etwas Nachdruck hätte sie Jan wahrscheinlich verführen können. Adrianas Drohungen und den wahren Grund für ihren Aufenthalt in Italien hatte sie irgendwann zwischen dem dritten und dem vierten Cocktail völlig vergessen.

»Nun machen Sie mal halblang! An so etwas bin ich gar nicht interessiert. Sie sind überhaupt nicht mein Typ, und abgesehen davon hasse ich Künstler!«

Isabelles offensichtliche Ehrlichkeit brachte ihn zum Lachen.

»Sagen Sie, wer ist denn Ihr Typ?«

»Mein Typ ist, mein Typ ist …«

Mein Typ ist Quentin.

Isabelle hörte auf zu lächeln, und Jan legte sein spöttisches Gehabe ab.

»Das sollte ein Witz sein. Aber sie haben recht, von uns beiden ist keiner mehr in der Lage zu fahren.«

Er wandte sich an den Kellner: »Haben Sie noch zwei Zimmer frei?«

»Ich erkundige mich, *Monsieur*«, antwortete dieser auf Französisch mit seinem tief grollenden italienischen Akzent.

Isabelle runzelte die Stirn, denn ihr fiel gerade ein entscheidendes Detail ein.

»Woher wissen Sie, dass der Motorroller orange ist?«

»Weil ich das Glück hatte, drei Viertel des Weges hinter Ihnen herfahren zu dürfen. Da Sie mit zwanzig Stundenkilometern dahingekrochen sind, konnte ich in den Kurven seelenruhig die Farbe Ihrer Unterhose bewundern, ebenso die Ihres Motorrollers, der übrigens nicht Ihnen, sondern Valentina gehört.«

»Ach, Sie waren das, der mich an der Ampel beschimpft hat.«

»Ich habe Sie nicht beschimpft, ich wollte Sie nur darauf aufmerksam machen, dass Ihr Rücklicht nicht funktioniert. Zum Dank haben Sie mir den Stinkefinger gezeigt.«

Isabelle wurde zunächst knallrot, dann leichenblass.

»Sie waren das? Werfen Sie mich jetzt raus?«

»Das überlege ich mir noch«, sagte Jan schelmisch.

Der Kellner kam auf die nun menschenleere Terrasse zurück.

»Wir haben leider nur noch ein Zimmer, Signor Kozlowski, und zu meinem Bedauern geht es nicht auf den See, sondern auf den Park hinaus.«

»Macht nichts. Ich nehme es.«

Noch bevor Isabelle protestieren konnte, gab Jan ihr die Kreditkarte zurück.

»Ich zahle, und versuchen Sie gar nicht erst, mir zu widersprechen, sonst landet Ihre Karte nebst Ihrer Person im See.«

Eine Schachtel Aspirin und Ohropax

Isabelle ließ sich auf das Bett fallen und schmiegte ihr Gesicht in das dicke Federbett. Jan öffnete die Minibar und holte eine Flasche Wasser heraus. Er hatte das Zimmer eigentlich nur für sie genommen, aber Isabelle wollte unter keinen Umständen, dass er in seinem Zustand Auto fuhr. Sie hatte dem Wagenmeister die Porscheschlüssel aus der Hand gerissen, ihn der unterlassenen Hilfeleistung gegenüber einer Person in Gefahr bezichtigt und gedroht, den Schlüssel in den Springbrunnen zu werfen, wenn Jan nicht im Hotel bliebe. Schließlich hatte er sich geschlagen gegeben.

Er füllte zwei Gläser mit Wasser, trank seins in einem Zuge aus und stellte das zweite auf den Nachttisch.

»Kein Durst«, ließ sich Isabelle aus den Tiefen des Deckbetts vernehmen.

»Trinken Sie! Sonst wird es Ihnen morgen leidtun.«

Er schnappte sich ein zusätzliches Kopfkissen und Deckbett aus dem Schrank und legte das Bettzeug auf das Sofa.

»Ich schlafe auf dem Sofa. Schließlich bin ich der Eindringling in Ihrem Zimmer«, protestierte Isabelle.

Sie erhob sich, ging schnurstracks zum Sofa, ließ sich mit der Eleganz eines Seeelefanten daraufplumpsen und rollte sich im Federbett ein.

»Das ist doch lächerlich. Nehmen Sie das Bett!«

»Rrrrr, ich schlafe schon …«

Jan musterte Isabelles dunklen Schopf, der aus der Decke hervorlugte wie der Krabbenschwanz aus einer Frühlingsrolle.

»Kommt es auch mal vor, dass Sie Ihren Willen nicht durchsetzen?«

Ohne sie zu fragen, hob er sie hoch. Isabelle schlug wütend die Augen auf.

»Was machen Sie da? Lassen Sie mich runter, oder ich zeige Sie wegen sexueller Belästigung an.«

Da sie in die Decke eingerollt war, konnte sie sich nicht wehren, und Jan konnte sie mühelos ins Bett tragen.

»Jetzt trinken Sie endlich das Wasser und schlafen Sie! Es ist drei Uhr morgens, vertrauen Sie auf meine Erfahrung. Wir brauchen eine Menge Energie, um meiner Schwiegermutter morgen gegenüberzutreten.« Sekunden später schnarchte Isabelle bereits. Jan rief die Rezeption an und bat um eine Schachtel Aspirin und Ohropax. Als das Gewünschte etwa zehn Minuten später gebracht wurde, stieg Jan schnell aus der Dusche und öffnete, nur ein Handtuch um die Hüften geschlungen, die Tür. Das Zimmermädchen ließ einen bewundernden Blick über seinen nackten Oberkörper wandern. Er schloss die Tür wieder, betrachtete seine sportliche Figur im Spiegel und murmelte: »Nicht ihr Typ, soso …«

Ich muss meine redaktionelle Linie neu definieren

Isabelle öffnete erst ein Auge, dann das zweite, Tschernobyl im Magen, Hiroshima im Hirn. Ihr ungläubiger Blick wanderte über den Stuck an der Decke und die Samtgardinen und blieb am eleganten Sofa hängen, auf dem Jan schlief. Die Bettdecke war zu Boden geglitten, und er lag, nur mit Boxershorts bekleidet, auf dem Rücken.

»Verdammt«, murmelte Isabelle. »Mist, Mist, Mist!«

Sie schluckte zwei Aspirin und trank das Glas Wasser aus, das Jan ihr auf den Nachttisch gestellt hatte. Dann schlich sie auf Zehenspitzen hinaus, schnappte sich auf dem Weg ihre Schuhe und die Handtasche, verließ das Hotelzimmer und zog ganz leise die Tür hinter sich zu. Mit etwas Glück würde er beim Aufwachen denken, dass er alles nur geträumt hatte.

Gegen sieben Uhr erreichte sie die Villa Principessa und hoffte, dass niemand etwas von ihrem Ausflug mitbekommen hatte. Ihr fürchterlicher Kater allerdings hatte ihre Überlebensreflexe ernstlich angekratzt, und es fehlte ihr an Geistesgegenwart, hinter die nächste Zypresse zu springen, als sie Adriana im Trainingsanzug direkt auf sich zulaufen sah.

Als Adriana auf Isabelles Höhe ankam, während diese gerade den Motorroller über den Kies schob, nahm sie den Kopfhörer ab und lief auf der Stelle.

»Hi«, sagte sie übellaunig.

Isabelle betrachtete verwundert den mit Swarovski-Strasssteinen quer über dem Busen des jungen Mädchen aufgebrachten Satz: ›I'm your sex slave‹.

»Neues T-Shirt?«

»Yes, ich bin gerade dabei, meine redaktionelle Linie neu zu definieren. Ich will in Zukunft mehr über den neuen Feminismus machen. Wo warst du denn?«

»Ich habe mit deinem Vater im Hotel geschlafen.«

Wieder einmal hatte sie vor dem Reden nicht nachgedacht, zu müde, um eine plausible Lüge zu erfinden. Aus Adrianas Gesicht verschwand jede Spur von schlechter Laune. Sie brach in Gelächter aus und fiel Isabelle um den Hals.

»Super! Du bist ganz große Klasse! Ich wusste doch, dass du es schaffen würdest.«

Sie entfernte das Gummiband, das Isabelles Locken zusammenhielt, und die war zu überrascht, um sich zu wehren.

»Mit offenen Haaren siehst du ihr ähnlicher.«

Bei diesen Worten setzte sie den Kopfhörer wieder auf und rannte, jetzt mit einem strahlenden Lächeln auf den Lippen, weiter.

Isabelle sah ihr nach und fragte sich, was wohl an dieser Situation das Absurdeste war: dass sie ein siebzehnjähriges Mädchen glauben ließ, sie habe mit deren Vater geschlafen? Dass diese sich darüber ein Loch in den Bauch freute? Oder Isabelles dämlicher Stolz wegen Adrianas Lob?

Mein Kopf fühlt sich an wie ein Fußball nach einem Erstligaspiel

Nicolas betrachtete Isabelle mit gemischten Gefühlen. Nachdem sie zehn Minuten aus *Harry Potter* vorgelesen hatte, waren ihr die Augen zugefallen, und sie hatte sich an die Stirn gefasst, sich aufs Bett fallen lassen und gesagt: »Mein Kopf fühlt sich an wie ein Fußball nach einem Erstligaspiel.«

Seitdem schnarchte sie.

Was umso unangenehmer war, als sie gerade mitten in einem spannenden Kapitel im zweiten Band waren, und wenn es so weiterging, würden sie bis zum Ende der Ferien nie mit dem Buch fertig werden. Widerwillig schlich Nicolas auf Zehenspitzen zum Bett und drückte ihr den Zeigefinger in die Schulter. Sie muckste nicht. Vielleicht war sie krank?

»Ihr fehlt nichts«, sagte Sofia ein wenig verstimmt, »sie hat wahrscheinlich die ganze Nacht Cocktails getrunken.«

»Kannst du mir nicht *Harry Potter* vorlesen?«

»Du kannst doch selber lesen, mein Katerli. Ich habe Halsschmerzen.«

Er zuckte die Achseln. Im Lesen war er in seiner Klasse der Schlechteste. Aber sein Notendurchschnitt konnte ohnehin nicht unterboten werden.

»Weißt du was, ich setze mich gemütlich in den Sessel hier und höre dir zu.«

»Ich lese zu langsam.«

»Ich habe es nicht eilig, mein Katerli.«

Sie setzte sich in den großen Sessel am Fenster, schlug die Beine übereinander, zog den verrutschten Seidenmantel wieder über ihre Schenkel und wartete.

Er seufzte und kletterte so vorsichtig wie möglich auf sein Bett, um Isabelle nicht zu wecken, deren Atmung nun leise summte wie eine geräuscharme Geschirrspülmaschine. Er fühlte sich wohl, und er fand es angenehm, keine Stimmen zu hören. So konnte er sich einkuscheln und die Welt um sich herum vergessen.

Er begann zu lesen, aber so leise, dass er seine eigenen Worte kaum hörte, fast als würde er nur die Lippen bewegen. Natürlich konnte er nicht so gut lesen wie Isabelle. Seine Stimme war ein eintöniges Murmeln, der Rhythmus ein wenig abgehackt, wenn er über ein Wort stolperte, aber wenigstens würde er erfahren, wie die Geschichte weiterging.

Ohne dass er es bemerkt hatte, waren ihm plötzlich die Augen zugefallen, und er wurde wach, weil er das Gefühl hatte, jemand wäre ins Zimmer gekommen. Isabelle schlief immer noch tief und fest. Er stellte fest, dass er im Schlaf seine Hand in Isabelles geschoben hatte, und er zog sie so hastig zurück, als habe er sie versehentlich auf eine heiße Herdplatte gelegt.

Der Sessel vor dem Fenster war leer. Er rückte seine Brille gerade und seine Augen durchsuchten den Raum misstrauisch nach einem Indiz. Sein Blick fiel auf den Nachttisch, und er runzelte die Stirn. Er hatte sich nicht geirrt. Jemand war im Zimmer gewesen. Neben der Nachttischlampe lag ein Kinderüberraschungsei.

Kinderüberraschung

Heute war wirklich alles sonderbar. Zunächst hatte Nicolas ihr mit Flüsterstimme *Harry Potter* vorgelesen, dann hatte er sich zu ihr ins Bett gelegt und ihre Hand genommen, und trotz ihrer Müdigkeit, trotz ihres Katers und gegen alle Erwartungen war sie doch zutiefst gerührt gewesen.

Den Nachmittag hatte Jan Kozlowski in der Villa verbracht und bei jedem seiner Kinder ein Kinderüberraschungsei hinterlassen, ein Beweis, dass er die Unterhaltung vom Vorabend nicht vergessen hatte.

Seine Großzügigkeit stieß auf unterschiedlichste Reaktionen. Nicolas hatte sein Ei in der Nachttischschublade verstaut. Zoé hingegen sagte jedem, ob er es wissen wollte oder nicht, dass, wenn ihr Vater meine, vier Jahre Abwesenheit mit einem Schokoladenei entschädigen zu können, er total auf dem Holzweg sei. Allerdings wolle sie die Aufrichtigkeit seiner Geste ernsthaft erwägen, wäre er bereit, ihr im Gegenzug eine Playstation 4 zu schenken. Adriana hatte dummerweise gerade eine milchproduktfreie Diät begonnen, um ihren veganen Fans ihren guten Willen zu beweisen, denn ein paar Extremisten hatten als Antwort auf ihre Facebookfotos von üppigen italienischen Aufschnittplatten übelkeitserregende Videos über Schweine im Schlachthof gepostet. Also hatte sie für ihren Vlog ein kurzes Video mit dem Titel »Kinder-(Schlechte)-Überraschung« gedreht, in dem sie erzählte, dass sie zwar über die Geste ihres Vaters gerührt sei, er aber damit sicher einen egoistischen Plan verfolge, weshalb er sich jede Annäherung von vornherein abschminken könne, denn sie würde ihm die vier Jahre Abwesenheit bestimmt nicht verzeihen. *Namaste.*

Am Ende des Filmchens klärte sie ihre Followers noch auf, dass sie besagtes Überraschungsei einem Behinderten geschenkt habe, da der Verzehr derartiger Süßigkeiten sich nicht mit ihren neuen veganen Prinzipien vereinbaren ließ. Ihre freigiebige Geste wurde innerhalb eines Tages mit gut achtzigtausend Aufrufen ihrer Webseite und mehreren Hundert bewundernden Kommentaren quittiert. (Sie hatte ihr Ei Nicolas geschenkt.)

Jan ließ sich zwar nicht bei den Mahlzeiten blicken, aber er war da. Doch obwohl die Kinder den ganzen Nachmittag aus irgendeinem fadenscheinigen Grund vor Jans Bürotür herumlungerten – auch wenn ihnen, wie sie betonten, seine Anwesenheit »völlig egal« war –, kam er nicht aus seinem Arbeitszimmer heraus.

Colombe war unterdessen in ihrem Zimmer geblieben, zweifellos um ihre versäumten Meditationsübungen nachzuholen. Isabelle fragte sich, inwieweit ihr dringendes Bedürfnis, sich zu sammeln, wohl mit der Tatsache im Zusammenhang stand, dass Jan in der letzten Nacht nicht bei ihr geschlafen hatte.

Beim Mittagessen beobachtete Valentina Valentini Isabelle unentwegt und voller Misstrauen, tadelte sie aber nicht und enthielt sich jeden Kommentars. Von allem, was sich in den letzten vierundzwanzig Stunden ereignet hatte, war ihr Schweigen bei Weitem das Beunruhigendste.

Und so hatte Isabelle nur darauf gewartet, dass dieser Tag endlich zu Ende ging, und sich am Abend mit unendlich schweren Beinen zu ihrem Zimmer hinaufgeschleppt. Die Mauern schienen die Hitze des Tages aufgesaugt zu haben wie ein Schwamm das schmutzige Abwaschwasser. Sie sehnte sich nur noch nach einer kalten Dusche und einer Woche Erholung.

Als sie endlich vor ihrer Tür stand, fand sie dort ein in orange-weißes Papier verpacktes Kinderüberraschungsei und einen Brief vor. Das hätte sie sich ja denken können. Sie hob beides auf, schloss erst die Zimmertür hinter sich und las dann den Brief.

Für eine junge Frau, die ohne Fantasie großgezogen wurde, haben Sie im Erwachsenenalter jedes Manko diesbezüglich erfolgreich aufgeholt. Ich denke, ein »blödes Kinderüberraschungsei« ist genau das richtige Geschenk als Dank für Ihren Einsatz bei Nicolas und für Ihre etwas brutale, aber erfrischende Ehrlichkeit. J.

Sie legte das Ei und den Brief auf den Nachttisch und setzte sich auf das Bett. Sie hatte einen netten Abend verbracht, sogar den nettesten seit Ewigkeiten. Sie schüttelte den Kopf, zerknüllte den Brief und warf ihn in den Papierkorb. Vielleicht hätte sie die Lage ausnutzen und Jan verführen sollen, um endlich diese alberne Geheimniskrämerei hinter sich zu bringen. War er etwa nicht, obwohl er verlobt war, gerade dabei, sie ein wenig anzubaggern? Schnell verscheuchte sie diesen Gedanken und schleppte sich ins Badezimmer, wo sie beinahe auf einem am Boden liegenden Handtuch ausrutschte.

Als sie sich die Zähne putzen wollte, fiel ihr Blick auf die offene Zahnpastatube. Während ihrer Kindheit hatte man sie so oft ermahnt, sie zuzuschrauben, dass sie es nun aus Prinzip nicht mehr tat. Ein dummer Akt der Auflehnung gegen Onkel und Tante. Völlig sinnlos, hatte Quentin zur Genüge wiederholt, denn die beiden, die jetzt in einem Altersheim lebten, interessierten sich vermutlich ebenso wenig für eine nicht zugeschraubte Zahnpastatube wie für den letzten Schnee in Rajasthan, ob Isabelle nun nach zweiunddreißig Jahren endlich gelernt hatte, die Tube zuzuschrauben oder nicht.

Mit einem Mal stieg Wehmut in ihr auf. Quentin hängte die Handtücher auf, kümmerte sich um Steuern und Rechnungen. Quentin war erwachsen, was sie wahrscheinlich nie werden würde. Er übernahm alle Verantwortung. Seit er nicht mehr da war, ging in Isabelles Leben alles drunter und drüber.

Du bist keine zwölf mehr.

Im Spiegel sah sie sich mit trauriger Miene die Zähne putzen. Die Zahnpasta lief ihr übers Kinn, was jedoch die Schuldgefühle, die sich nun in ihrem Gesicht zeigten, nicht verbergen konnte. Was hatte sie Quentin als Gegenleistung geboten?

Sie spülte sich den Mund aus und ging ins Zimmer zurück. Auf ihrem Handy fand sie eine Nachricht über ein verpasstes FaceTime-Gespräch und eine SMS von Alexandre vor.

22:07 – ALEXANDRE LEMAIRE

Ruf mich bitte an! Wichtig!

Obwohl ihre Hände noch nass waren, rief sie Alexandre sofort zurück.

»Wie geht es, Isa?«

»Gut, und dir? Was ist los?«

»Nichts. Warum?«

»Nach deiner SMS zu urteilen, ist was Schlimmes passiert.«

»Das war nur ein Trick, um endlich mal wieder was von dir zu hören. Seit du offenbar deine Berufung als Kindermädchen erkannt hast, könnten deine Freunde abkratzen, das würde dich nicht die Bohne interessieren.«

»Tut mir leid, Alex! Ich bin eine Null, aber hier läuft gerade alles immer mehr aus dem Ruder.«

Isabelle erzählte ihm von den letzten italienischen Abenteuern. Dabei ging sie ins Bad zurück und begann – das Telefon zwischen Ohr und Schulter geklemmt – ihre Augenbrauen zu zupfen. Hin und wieder stieß sie einen Schmerzensschrei aus, während sie ihm berichtete, dass sie Nicolas nähergekommen war, und dann erzählte sie auch von Jan und von Adrianas sonderbarem Verhalten, die ihrer Meinung nach von irgendjemandem manipuliert wurde.

Alexandre war seit ihrer letzten Unterhaltung zu dem Schluss gekommen, dass Adriana einen Fight Club gegründet haben musste, weil sie ihre überschüssigen Aggressionen mit ihrem florierenden Business nicht mehr ausreichend kanalisieren konnte. Diese Hypothese fand Isabelle zum Totlachen, und ihre Pinzette fiel leise klimpernd zu Boden. Sie ging in die Hocke, um sie aufzuheben und stieß mit der Schulter ihren Kulturbeutel vom Waschbeckenrand.

»Verdammt! Jetzt liegt mein ganzer Krempel auf dem Boden.«

Sie seufzte, und während sie alles wieder aufzulesen begann, hörte sie, wie sich Alexandre räusperte.

»Gut, Isabelle, es gibt zwei wichtige Dinge, über die ich mit dir sprechen muss … Isabelle?«

Sie antwortete nicht. Sie kauerte auf dem Boden und starrte entsetzt auf die Fliesen.

»Isa, bist du noch da? Es sollte eigentlich eine Überraschung werden. Amina und ich haben Flüge gebucht, um dich besuchen …«

»Der wievielte ist heute?«, unterbrach ihn Isabelle tonlos.

»Donnerstag, der vierzehnte Juli. Warum?«

»Tut mir leid, ich muss Schluss machen.«

»Was? Nein! Wir müssen darüber sprechen, es ist nämlich …«

Sie hängte ein und ließ sich auf den Boden gleiten. Das Ticken der Badezimmeruhr hämmerte in ihren Ohren. Sie blieb wie versteinert inmitten ihrer nagelneuen Tampons sitzen, die auf den schwarz-weißen Fliesen überall hingerollt waren. Drei Mal von Neuem zählte sie an ihren zitternden Fingern die Tage ab.

Donnerstag, der vierzehnte Juli.

Ihre Regel hatte sich jetzt schon um exakt sieben Tage verspätet.

Die weisen Ratschläge von DocGigineco

Die Nacht war bereits hereingebrochen, als sich Isabelle mit starrem Blick endlich von den Badezimmerfliesen erhob. Sie stakste wie C-3PO aus *Star Wars* zum Schrank, in dem ihr Computer lag. Sie nahm doch die Pille! Man hat keine verspätete Regel, wenn man die Pille nimmt. Das ist medizinisch, mathematisch und biologisch unmöglich.

Scheiße!

Sie schaltete den Computer ein, und die Seite von Google erschien, beruhigend, logisch, bereit, für alles eine Erklärung zu finden.

Sie gab ein:

Verspätete Regel trotz …

Die Suchmaschine beendete den Satz an ihrer Stelle. Gute Neuigkeit, dann war sie mit verspäteter Regel trotz Pille nicht allein. Sie klickte. Im Forum doctissimus.fr nahm eine gewisse Chocolili67 die Pille, und dennoch hatte sich ihre Periode um vier Tage verspätet. Sie fragte das Internet, ob es notwendig sei, einen Schwangerschaftstest zu machen, worauf sie bereits mehrere Antworten erhalten hatte. Unter anderem fragte ein DocGigineco, ob Chocolili67 vielleicht ihre Ernährung umgestellt oder ob ihr letzter Verkehr bei Vollmond stattgefunden habe, und wollte allen Ernstes das Sternzeichen ihres Partners wissen. Ein weiterer User meinte, Chocolili67 sei gestresst und ihre Angst, schwanger zu werden, könne der Grund für die verspätete Regel, sogar für eine Scheinschwangerschaft sein. Mehrere Personen fragten, ob Chocolili67 ihre Pille denn regelmäßig eingenommen habe, worauf sie antwortete, es sei schon möglich, dass sie es mal vergessen habe. (Chocolili67 hatte offenbar nicht gerade das Polytechnikum besucht.) DocGigineco meldete sich wieder mit der Hypothese, dass die verspätete Einnahme der Pille weiter keinen Einfluss habe, wenn der Partner Wassermann sei, worauf ein wenig erbauliches Hin und Her von Meinungen folgte, die immer aggressiver wurden. Doch dann kam der knappe Beitrag eines neuen Forummitglieds:

Mamzelle_Sof: Das ist doch wirklich nicht so kompliziert! Wenn du wissen willst, ob du schwanger bist, dann mach verdammt noch mal einen Schwangerschaftstest!!!!

Wie durch ein Wunder waren alle anderen Mitglieder mit diesem Rat einverstanden.

Isabelle konnte sich nicht entsinnen, die Pille vergessen zu haben. Auch wenn sie etwas unorganisiert war, so erinnerte sie ihr Telefon doch täglich an die Einnahme.

Sie hätte jetzt gern Quentins Stimme gehört. Gern? Mehr als das. Sie verzehrte sich geradezu danach. Sie wollte ihn sagen hören, dass doch alles halb so schlimm und eine verspätete Regel eine weitverbreitete Nebenwirkung von zu viel Spritz sei. Dass sie unmöglich schwanger sein könne, weil er doch Wassermann war. Und ihm das nur recht sei, denn nach reiflicher Überlegung sei er zu dem Schluss gekommen, dass er doch lieber keine Kinder haben wolle, und er flehe sie an, wieder nach Hause zu kommen.

Lächerlich.

Quentin wäre jetzt rational, beruhigend und effizient. Er würde Informationen und gescheite Antworten sammeln. Isabelle stellte ihre Frage bei Google noch einmal mit anderen Worten, und auch diesmal lautete der Ratschlag: Mach einen Test.

Ein Beitrag allerdings machte sie stutzig.

Happy-Mamma schrieb: »Ich habe eine halbe Stunde nach der Einnahme der Pille brechen müssen und wurde schwanger.«

Ihr Kommentar war von einem Selfie begleitet, auf dem sie mit einem vergnügten rundlichen Baby zu sehen war, für den Fall, dass jemand an dem Wahrheitsgehalt ihres Beitrags zweifeln sollte.

Eine böse Erinnerung drängte an die Oberfläche. Nach dem Kindergeburtstag bei Alexandre hatte Isabelle sich drei Tage lang mit einer üblen Gastritis herumgeplagt und viel Zeit auf und vor der Toilette verbracht.

Sie formulierte nochmals eine neue Anfrage bei Google:

Ich habe meine Pille erbrochen.

Auch diesmal war die Antwort nicht gerade ermutigend: »Erbricht man die Pille, so ist es durchaus möglich, dass sich die Regel verspätet, was jedoch weder auf das Sternzeichen des Partners noch auf eine Umstellung der Ernährung zurückzuführen ist, sondern mit ziemlich hoher Wahrscheinlichkeit auf eine Schwangerschaft.«

Isabelle schlug die Hände vors Gesicht.

Ich Dussel!

Sie öffnete eine neue E-Mail.

Lieber Quentin,

Zu offiziell.

Hallo Quentin,

Zu familiär. Er könnte glauben, dass sie Witze machte.

Quentin,

Ja, besser sie schrieb so einfach wie möglich, zumindest die Anrede.

Sie verfasste mehrere Versuche. Die lockere Version:

Hallo Quentin!

Du wirst es nie erraten! Stell dir vor, ich bin vielleicht schwanger! Aber mach dir keine Sorgen, meine Periode hat sicher nur ein wenig Verspätung. Bestimmt ist es nur falscher Alarm. Aber ich dachte, es sei angebracht, dich über die Entwicklung deiner Spermien auf dem Laufenden zu halten.

Küsschen

P.S.: Das ist kein Witz, LOL.

Die dramatische Version:

Quentin,

ich muss dich leider von einer katastrophalen Neuigkeit in Kenntnis setzen. Es könnte sein, dass ich schwanger bin. Deshalb ist es nur legitim, wenn ich dich über deinen neuen Status als biologischer Erzeuger informiere.

Die aggressive Version:

Quentin,

das werde dir nie verzeihen! Und unserem Kind auch nicht. Adieu.

Die sachliche Version:

Quentin,

ich bin vielleicht schwanger und mache einen Test. Ich halte dich auf dem Laufenden.

Isabelle las ihre Entwürfe wieder und wieder durch, konnte sich aber nicht entschließen, einen davon zu senden. Sie seufzte und speicherte alles unter »Entwurf« ab.

Morgen war ein neuer Tag, und wie Amina häufig versicherte: »Jede Entscheidung, die man nach einundzwanzig Uhr, nach einem Glas Alkohol oder nach dem Beischlaf trifft, wird man bis in alle Ewigkeit bereuen.« Ein Ratschlag, den Amina, nebenbei bemerkt, selbst nie berücksichtigte, denn sie gab Albert Enzian grundsätzlich nach zweiundzwanzig Uhr und drei Gläsern Wein den Laufpass. Und auch wenn Isabelle und Alexandre davon abrieten, rief sie ihn jedes Mal wieder an. Sie verabredeten sich für den nächsten Tag, damit sie sich mal richtig aussprechen konnten, was im Allgemeinen mit einer wilden Sexsession auf Aminas Schreibtisch endete. Wonach sie jedes Mal schwärmte, Albert Enzian sei die Liebe ihres Lebens, und sich einen neuen Taschenkalender kaufte, um die Termine mit ihm zu notieren, da der alte ihre turbulenten Trennungsabsichten nur selten überlebte.

Isabelle zog sich langsam Stück für Stück aus und ließ ihre Kleidung auf den Boden fallen. Dann betrachtete sie ihren nackten Körper im Badezimmerspiegel und legte vorsichtig eine Hand auf ihren Bauch.

»Unmöglich«, flüsterte sie.

Schließlich schlüpfte sie in ihr Bett und fror trotz der Hitze. Konnte die Natur wirklich so garstig sein?

Ein paar Minuten später vibrierte ihr Handy, als sie gerade an ihre dunkle Zimmerdecke starrte. Ihr Gehirn war so leer wie eine Zara-Boutique nach dem Schlussverkauf.

01:07 – QUENTIN LEFEVRE
Wie geht's?

Ungläubig starrte sie auf das Telefon. Wie konnte es sein, dass Quentin auf einmal mit ihr Kontakt aufnahm, ausgerechnet in dem Augenblick, in dem sie ihn am meisten vermisste?

Die Worte seiner SMS verschwammen vor ihren Augen, bis sie unleserlich wurden. Isabelle umklammerte das Telefon mit beiden Händen so fest, als sei es Quentins warme und beruhigende Hand. Trotz ihrer Tränen versuchte sie zu antworten. Lange überlegte sie, auf welche Art und Weise sie ihm mitteilen konnte, wie sehr sie alles bedauerte, wie unglücklich sie war und wie schwer ihre eigene Schuld an dieser Situation auf ihr lastete. Siebzehn Mal setzte sie an, um etwas Sinnvolles zu schreiben. Heraus kam schließlich:

01:46 – ISABELLE BERNARD
Gut. Und dir?

Fünfzehn Minuten später hatte sie immer noch keine Antwort erhalten. Sie trocknete ihre Tränen. Hatte sie nicht schon Schlimmeres durchgemacht? Es war an der Zeit, sich wie eine Erwachsene zu verhalten. Sie brauchte weder Quentin noch sonst irgendjemanden. Als Nächstes würde sie den weisen Ratschlag von Mamzelle_Sof befolgen und einen Schwangerschaftstest machen. Verdammt!

Kreuzworträtsel

Nicolas verständigte sich mit Isabelle in Gebärdensprache, wenn auch seine marmeladenverklebten Finger die Zeichen etwas ungeschickt ausführten. Sie reichte ihm das Nutellaglas. Valentina vergaß völlig, dass man ihr eine Frage gestellt hatte, und beobachtete die beiden höchst erstaunt. Entweder träumte sie, oder die Psychologiekurse im Norland College waren doch nicht so dämlich, wie sie gedacht hatte.

Valentina war von Haus aus überzeugt, dass die überwältigende Mehrheit der Menschen überhaupt keine Erziehung genossen hatte oder schlicht verrückt war. Nach ihrem eigenen Ermessen war sie wahrscheinlich die einzige Person im ganzen Universum, die über einen gesunden Menschenverstand verfügte. Deshalb fand sie es angebracht, sich zu vergewissern, dass Isabelle keinen Mord an ihrem Enkel plante, weshalb sie die beiden während der ersten Unterrichtsstunden vom Nebenzimmer aus durch das Schlüsselloch überwacht hatte. In einer selten unbequemen Stellung hatte sie vor der Tür gekauert, was angesichts ihres jahrelang mit Mozzarella gefütterten, umfangreichen Bauchs ziemlich beschwerlich war. Und so hatte sie mit Entsetzen Isabelles haarsträubende Lehrmethoden mitverfolgt. Der einzige Grund, weshalb sie ihre Angestellte nicht sofort vor die Tür gesetzt hatte, war der, dass Nicolas, sobald Isabelle das Zimmer verließ, seine Hausaufgaben ordentlich und fehlerfrei machte.

Als Isabelle dann auch noch anfing, ihrem Enkel jeden Tag drei Stunden lang aus diesem albernen Buch vorzulesen, in dem es um briefaustragende Eulen und anderen, reichlich unglaubwürdigen Humbug ging, kehrten ihre Zweifel zurück und sie zog Colombe ins Vertrauen. Doch dann musste sie feststellen, dass Nicolas, der sonst den Blick stets gesenkt hielt, bei dieser Lektüre mit einem Mal hellwach schien. Zwar zögerte sie immer noch, ob sie Isabelle rauswerfen sollte, musste sich aber doch eingestehen, dass *Harry Potter* ihren Enkel zumindest nicht davon abhielt, seine Aufgaben anständig zu erledigen. Und so drückte sie trotz Isabelles extravaganter Methoden beide Augen zu und gab ihre Spionagetätigkeit nach einer Woche auf.

Als sie Nicolas nun wie selbstverständlich mit Isabelle am Frühstückstisch kommunizieren sah, musste Valentina anerkennen, dass diese junge Person dort einen Erfolg verzeichnete, wo sämtliche in Paris aufgesuchten Psychologen versagt hatten: Tatsächlich brachte Isabelle mit Nicolas einen wahrhaftigen Dialog zustande. Da Valentinas Wertvorstellungen mit ständiger Aktion und Effizienz einhergingen, konnte sie ein solches Ergebnis nur gutheißen. Valentina konnte sich unmöglich irren, und zwar aus dem einfachen Grund, weil sie immer recht hatte. Sie gehörte zu den Leuten, die beim Ausfüllen eines Kreuzworträtsels am Ende Wortschöpfungen wie JHMDBAFEXZ in die letzten Kästchen einfügen müssen, weil nichts anderes mehr passt, und die felsenfest davon überzeugt sind, dass der Redaktion ein Fehler unterlaufen ist. Jedenfalls überlegte diese von sich selbst überzeugte Frau nun tatsächlich, ob sie Isabelle nicht vielleicht unterschätzt hatte.

Indessen starrte Isabelle mit bedrückter Miene in ihre Kaffeetasse, hob dann ihr müdes Gesicht und sagte knapp:

»Wenn es möglich ist, würde ich gern heute Morgen eine Stunde freinehmen. Ich muss etwas erledigen.«

»Etwas erledigen?«, fragte Valentina.

»Ja, ich möchte kurz nach Tremezzina fahren und würde nach meiner Besorgung sofort zurückkommen.«

Die Großmutter betrachtete sie und fragte sich einmal mehr, was wohl im Kopf dieser überspannten jungen Person vor sich ging. Sie bemerkte die Augenringe und die trotz Sonnenbräune kränkliche Gesichtsfarbe. Isabelles Unwohlsein musste eine Ursache haben, nur welche?

In diesem Moment löste Isabelle das Gummiband, mit dem sie ihr Haar nachlässig zu einem Pferdeschwanz zusammengebunden hatte. Vor Schreck spie Valentina fast ihren Tee in die Porzellantasse zurück. Für einen kurzen Augenblick, nur so lange, bis Isabelle die auf die Schulter gefallenen Locken wieder zusammengebunden hatte, war Valentina, als sehe sie das melancholische und müde Gesicht von Sofia vor sich. Isabelle warf ihr ein verkrampftes Lächeln zu, und die Ähnlichkeit verschwand.

Valentina war bleich geworden – die Erinnerung an ihre Tochter hatte sie verstört. Dann hörte sie sich selbst schroff sagen: »Fragen Sie Tony!«

Ein Ausdruck von Panik zuckte kurz über Isabelles Gesicht. Sie trank einen Schluck Kaffee, um die Haltung zu wahren.

Hinter ihr tauchte Tony auf, einen Brotkorb mit noch warmen Brioches in der Hand.

»Was soll ich für Sie besorgen, Signorina Issabella?«

»Ach nichts«, stammelte Isabelle und wurde puterrot.

Wieder beschlich Valentina Misstrauen, doch sie konnte ihren Gedanken nicht weiter verfolgen, denn just in diesem Moment verschüttete Nicolas versehentlich seinen Kakao, und Tony ließ den Brotkorb fallen, sodass das ganze Gebäck über den Tisch purzelte. Erschüttert verfolgte Valentina das Geschehen mit den Blicken.

Da betrat plötzlich Jan die Terrasse.

»Guten Morgen«, grüßte er in die Runde und setzte sich ans Tischende. Sofort schwiegen alle betreten, doch er nahm sich Kaffee und schlug seine Zeitung auf, als ob nichts wäre.

Wenige Sekunden später kam auch Colombe und reckte und streckte sich genüsslich. Ihr dunkelblondes Haar rieselte über ihre Schultern, und sie trug ein langes, mit afrikanischen Mustern bedrucktes Kleid.

»Habt ihr gut geschlafen? Ich fühle mich heute richtig energiegeladen.«

Da alle nur gebannt zu Jan starrten, erhielt sie keine Antwort.

Valentina brach schließlich das Schweigen.

»Es ist Zeit für die Hausaufgaben …«, begann sie, hielt aber sofort inne, als sie Nicolas' flehentlichen Blick sah.

Es war das erste Mal seit Beginn der Ferien, dass er sie direkt ansah. Und so konnte sie gar nicht anders und ließ sich erweichen.

»So machen Sie doch in Gottes Namen Ihre Besorgung, Mademoiselle Derarsch. Dann beginnt Nicolas eben ausnahmsweise eine Stunde später mit den Aufgaben und frühstückt mit seinem Vater.«

Isabelle bedankte sich und sprang sofort auf. Jan, der Colombes missbilligenden Blick nicht bemerkte, biss in ein Croissant und sah Isabelle über seine Zeitung hinweg nach.

»Ich bin gleich zurück«, sagte Valentina. »Ich will Tony nur schnell bitten, noch ein paar Brioches zu backen.«

»Aber da sind doch welche«, rief Colombe überrascht

und zeigte auf den Korb mit dem frischen Gebäck, das Tony mit wortreichen Entschuldigungen wegen seiner Tollpatschigkeit soeben auf den Tisch gestellt hatte.

Ohne eine Antwort lief Valentina davon und eilte die Treppe hinauf, so schnell es ihre müden Beine erlaubten, um Zoé und Adriana zu wecken, bevor ihr Vater wieder verschwinden würde. Oben angelangt, musste sie kurz verschnaufen. Zoés Tür stand bereits offen.

»Du solltest aufstehen«, hörte sie Isabelle sagen, »dein Vater ist da.«

Nicht nur dass Isabelle denselben Einfall gehabt hatte wie Valentina, sie war ihr auch noch zuvorgekommen.

»Ach ja? Und was hat er uns heute mitgebracht? Ein Twix?«, murmelte Zoé schläfrig.

»Ich wollte es dir nur sagen …«

»Jetzt, wo du mich geweckt hast, muss ich ja wohl runtergehen. Egal, ich hab sowieso Kohldampf.«

Isabelle war fast schon wieder draußen, und im Gehen sagte sie noch mit einem Grinsen: »Weck deine Schwester. Ich wette, der ist das alles genauso egal wie dir.«

Valentina versteckte sich schnell hinter einem Vorhang und wartete, während Isabelle sich im Flur entfernte. Kurz darauf ging Zoé – noch im Pyjama – zum Flurfenster, um nachzusehen, ob ihr Vater wirklich auf der Terrasse saß.

»Nanu, warum versteckt du dich denn hier?«, fragte sie ihre Großmutter verblüfft, als die ihr plötzlich gegenüberstand.

»Die Fenster sind entsetzlich schmutzig«, erklärte Valentina, um Glaubwürdigkeit ringend, »ich muss dringend Tony bitten, sich darum zu kümmern.«

Zoé starrte verschlafen auf die Scheiben, die so sauber waren, dass man fast hätte meinen können, da wären gar keine.

»Ach wirklich? Ich geh mal frühstücken.«

Valentina sah ihr nach. Zoé versuchte, ihr kurzes Haar mit den Fingern zu bändigen, und ging den Flur ein wenig zu eilig entlang, um gleichgültig zu wirken. Sie blieb stehen, zögerte, drehte sich um, ging wieder ein paar Schritte zurück und hämmerte gegen die Tür ihrer Schwester.

»Los, steh auf, du blöde Hexe! Jemand hat dein Instagram gehackt. Du bist über Nacht ein Pornostar geworden.«

»Was ist das schon wieder für ein Quatsch?!«

Valentina wartete, bis die beiden Mädchen unten waren, ehe auch sie sich wieder auf die Terrasse begab. Niemand sprach am Frühstückstisch, aber zu ihrer Erleichterung saß Jan noch immer dort. Nicolas, Adriana und Zoé beobachteten verträumt ihren Vater wie die Jünger einer Sekte ihren auferstandenen Guru.

»Jan, man tunkt sein Brot nicht in den Kaffee«, sagte Valentina säuerlich. »Sie sind ein schlechtes Vorbild für Ihre Kinder.«

Mit diesen Worten setzte sie sich wieder und fand, dass dieser Tag im Grunde durchaus gut begann. Da fiel ihr Blick auf Colombe, die – ihre Tasse mit grünem Tee in der Hand – Valentina schelmisch zublinzelte.

»Was ist?«, fragte diese gereizt.

»Ich dachte, Sie wollten Brioches holen.«

Nicht jeder hat das Glück, eine Familie zu haben

Isabelle hatte den Schwangerschaftstest in ihrer Handtasche, hatte sich jedoch noch nicht dazu entschließen können, ihn hervorzuholen. Ausreden hatte es dafür jede Menge gegeben: zunächst die Hausaufgaben mit Nicolas, dann das Mittagessen – auch diesmal war Jan dabei gewesen –, es folgten eine Schachpartie und ein Päuschen am Pool. Sie schaute auf ihr Handy … Himmel, es war bereits fast achtzehn Uhr. Sie kostete die Zitronenlimonade, die Tony gebracht hatte, und dachte, dass drei Gläschen Wodka und ein Prozac der Situation erheblich angemessener wären.

Nicolas sprang ohne Unterlass mit lautem Platschen in den Pool.

Adriana ließ sich auf der Sonnenliege neben Isabelle nieder, ein Buch von Simone de Beauvoir in der Hand: *Memoiren einer Tochter aus gutem Hause*. Sie trug einen goldenen Bikini, für den weniger Stoff nötig gewesen war als für ein Taschentuch. Mit zwei Schlucken hatte sie ihr Glas fast geleert und wischte sich mit dem Handrücken den Mund ab.

»Wie weit bist du mit meinem Vater?«

Isabelle blickte von dem Magazin auf, das sie zu lesen vorgab.

»Wie weit ich bin? Gute Frage, also hör zu! Ganz einfach. Da läuft überhaupt nichts.«

Wer echte Probleme hatte, nämlich möglicherweise von einem Typen schwanger zu sein, den man vor einem Monat verlassen hat, für den waren eingebildete Probleme wie das von Adriana schlicht lächerlich.

»Was soll das heißen, überhaupt nichts?«

Adriana bemerkte, dass sie mit einer zu hastigen Bewegung ihre rechte Brustwarze aus dem Bikinioberteil herausbefördert hatte. Unbeirrt rückte sie die winzigen Dreiecke über ihrem Busen zurecht und fuhr fort: »Immerhin ist er wieder nach Hause gekommen, seit ihr miteinander geschlafen habt. Das zeigt, dass er sich von Colombe entfernt und sich uns wieder annähert.«

»Wir haben seit gestern früh nicht mehr miteinander gesprochen.«

Das junge Mädchen setzte die Gucci-Sonnenbrille ab und schaute entsetzt aus der Wäsche.

»Soll das bedeuten, ihr habt gevögelt und seitdem hat sich mein Vater nicht mehr gemeldet?!«

»Du kannst daraus schließen, was du willst!«

»Mist!«

Adriana wirkte aufrichtig bekümmert und schockiert. Isabelle vergaß zu oft, dass das Mädchen erst siebzehn war.

»Was dachtest du denn? Dass er sich unsterblich in mich verliebt und Colombe Hals über Kopf sitzen lässt?«

An Adrianas Gesichtsausdruck konnte man ablesen, dass sie sich, obwohl sie zu früh hatte erwachsen werden müssen und trotz ihres Erfolgs und ihres Zynismus genügend Unschuld bewahrt hatte, um an diese kitschige Liebesgeschichte zu glauben.

»Wir haben noch vierundzwanzig Stunden Zeit. Noch ist nicht alles verloren. Colombe muss nur erfahren, dass er sie betrogen hat, dann geht sie von allein.«

Isabelle betrachtete nachdenklich Nicolas, der mit der gleichen Begeisterung wie jeder andere kleine Junge vergnügt im Pool spielte. Nur dass er nicht sprach.

»Eines verstehe ich nicht, Adriana. Was willst du eigentlich wirklich? Selbst wenn sich dein Vater in nur zwei Wochen in mich verlieben und seine Verlobung lösen würde, was sollte dann passieren? Willst du, dass ich ihn heirate, oder was?«

Adriana lachte ungläubig auf.

»Dich heiraten? Sei mir nicht böse, aber dann ist mir die andere Tussi noch lieber.«

»Was dann? Ich verlasse ihn, und er ist kreuzunglücklich? Würde dich das freuen?«

Adriana antwortete nicht und zuckte die Achseln.

»Du verstehst das nicht. Colombe will alles umkrempeln, sie will, dass ich keine Videos mehr drehe und auf eine Privatschule gehe. Sie will Nicolas in eine Spezialklinik in der Schweiz schicken, um meinen Vater für sich allein zu haben.«

»Wie kommst du denn darauf?«

»Ich weiß es.«

Isabelle wurde wütend.

»Warum, glaubst du, verbringen die beiden ihre Ferien hier? Colombe hat mir selbst gesagt, dass sie diejenige war, die unbedingt wollte, dass er herkommt. Ich frage mich wirklich, wo du diesen ganzen Blödsinn herhast.«

Fast unmerklich kullerte eine dicke Träne unter Adrianas Sonnenbrille hervor.

»Das ist alles nicht meine Schuld. Wenn doch nur meine Mama noch da wäre! Das ist das Einzige, was ich mir wünschen würde.«

»Hör zu, Adriana. Wenn du Hilfe brauchst, wenn dich

irgendjemand bedroht, musst du mit einem Erwachsenen darüber reden. Du magst ja eine Million Fans bei YouTube haben, aber die werden dir mit Sicherheit nicht helfen, deine Probleme zu lösen.«

»Colombe ist das Problem! Sie will unsere Familie zerstören.«

»Unsinn, das hat mit Colombe überhaupt nichts zu tun. Jedes Mal, wenn du mit deiner Schwester redest, kommen nur Gemeinheiten aus deinem Mund. Nicht jeder hat das Glück, eine Familie zu haben, und bevor du andere beschuldigst, solltest du dich vielleicht mal fragen, wie du selbst ein bisschen mehr Harmonie in eure Familie bringen könntest.«

Du redest, als wärst du zweiundsiebzig, du armes Mädchen. Diese ganzen Geschichten steigen dir zu Kopf.

Adriana spielte nervös mit den Fransen ihres Badetuchs. Entgegen Isabelles Erwartung schien das junge Mädchen über ihre Worte nachzudenken, und für den Bruchteil einer Sekunde fragte Isabelle sich, ob sie es tatsächlich geschafft hatte, Adriana zu überzeugen.

Doch dann bettelte Adriana mit fast flehender Stimme förmlich: »Es reicht, wenn du ihn küsst. Nur einmal! Und irgendjemand, ganz egal wer, muss euch dabei überraschen. Bitte!«

Isabelle seufzte. Es war vergebliche Liebesmüh.

»Aber warum, Adriana? Was soll das Ganze?«

»Du küsst ihn, ich werde Zeugin, und du kannst mit dem Geld, das ich dir versprochen habe, nach Hause fahren. Und du wirst nie wieder was von uns hören.«

Plötzlich verstummte sie und runzelte die Stirn.

»Belauschst du uns etwa?«

Isabelle drehte sich um. Hinter ihr stand Nicolas, pitschnass und wie immer schweigend. Das Wasser tropfte auf die warmen Steinfliesen. Wie lange mochte er ihnen schon zugehört haben?

Adriana legte ein trockenes Handtuch um seine Schultern und rubbelte ihn ab.

»Du wirst dich noch erkälten.«

Dann wandte sie sich wieder an Isabelle, und jedes Mitgefühl war aus ihrer Stimme gewichen.

»Tu, was du zu tun hast, sonst zeige ich dich wegen Identitätsdiebstahls und versuchter Entführung an. Glaub nicht, dass ich das nicht fertigbringe!«

Isabelle verschlug es bei Adrianas Tonfall die Sprache. Ihr fiel keine Antwort darauf ein, und Adriana behielt das letzte Wort: »Heute Abend ziehst du das rote Kleid an!«

Es weiß doch jeder, dass sie nur echten Nerz trägt

Mit undurchdringlichem Gesicht stieg Isabelle die Treppe hinunter. Sie hatte nicht einmal Lust gehabt, auf Aminas SMS mit den Fotos von Woody-Allen zu antworten. Ihre Freundin, die inzwischen ganz verrückt war nach dem kleinen Fellknäuel, hatte die Hündin mit nach Disneyland genommen.

Isabelle fuhr sich mit der Hand durchs Haar und bemerkte erst jetzt, dass sie vergessen hatte, es zusammenzubinden. Den Schwangerschaftstest hatte sie immer noch nicht ausgepackt. Ein Teil von ihr erfand Bauchkrämpfe und Migräne, sichere Vorboten der bald einsetzenden Periode und ein sofortiges Dementi einer Schwangerschaft. Die Logik stand zwar auf wackligen Beinen, tat aber gut, und die innere kleine Stimme flüsterte ihr ständig »Es ist unmöglich« zu. Also verweigerte sie sich der Wirklichkeit in der Hoffnung, das Problem würde sich von allein lösen.

»Isabelle!«

Geistesabwesend sah sie zu Jan auf. Er trug eine Jeans und ein blaues Hemd, das seine Augen noch heller als sonst wirken ließ. Er kam rasch die paar Stufen herabgelaufen, die sie voneinander trennten, blieb, die Hand auf dem Geländer, neben ihr stehen und musterte sie verstört. Sein Gesicht mit dem Dreitagebart wirkte verkrampft, und sein Blick verfinsterte sich.

»Was ist das für ein Aufzug?«, fragte er mit schneidender Stimme.

Plötzlich sah sie ihr Bild im Spiegel des Treppenhauses und erschrak.

Um eine weitere Auseinandersetzung mit Adriana zu vermeiden, hatte sie das asymmetrische rote Kleid angezogen, das diese ihr am ersten Tag aufs Bett gelegt hatte. Es war tailliert, und der breite goldene Gürtel hatte eine Schnalle in Drachenform. Das Kleid lag eng an und betonte ihre Hüften. Von dem einzigen Träger fiel ein Volant bis auf die Brust herab. Sie hatte das tiefe Dekolleté gar nicht weiter beachtet. Zu spät begriff Isabelle, was ihr an dem Foto von Sofia Valentini in Jans Arbeitszimmer so vertraut gewesen war. Adriana hatte dieses Kleid nicht zufällig ausgewählt. Es war ein Kleid ihrer Mutter. Im schummerigen Licht des Treppenhauses und von etwas weiter weg,sah sie, mit ihrem offenen Haar und dem furchtsamen Gesichtsausdruck, Sofia Valentini verblüffend ähnlich.

Jan rieb sich nervös das Kinn und betrachtete Isabelle verwirrt von oben bis unten. Dann schien er sich wieder in den Griff zu bekommen.

»Wir haben seit neulich abends gar nicht mehr miteinander gesprochen.«

Isabelle hätte davonlaufen sollen, aber der Gedanke kam ihr gar nicht. Im Gegenteil …

Er sieht heute Abend gar nicht so übel aus.

»Wollten Sie mir denn etwas sagen?«, fragte sie kühl.

Dabei hätte sie ihn durchaus gern wiedergesehen, um ihm für sein geduldiges Zuhören zu danken und um seine tiefe Stimme wieder zu hören. Doch ihre verspätete Regel hatte den Rest der Menschheit aus ihrem Bewusstsein getilgt.

Ihr kühles Auftreten verunsicherte Jan.

»Haben Sie …«

Sein zögerliches Verhalten, das so gar nicht zu seiner ansonsten so selbstsicheren Person passte, erschien ihr unglaublich anziehend.

Das muss die Hormonumstellung durch die ungewollte Schwangerschaft sein.

Bei dem Gedanken wurde sie leichenblass.

»Ja«, unterbrach sie ihn, »vielen Dank für das Überraschungsei.«

Sie wandte sich ab und rannte die Treppe hinunter.

Er blieb wie hypnotisiert stehen und verfolgte mit melancholischem Ausdruck die schwingende Bewegung des roten Kleides.

Tony stellte Tagliatelle mit Pesto auf den Tisch und schenkte Wein ein. Valentina konnte kaum den Blick von Isabelle abwenden, die sich schämte, so gedankenlos im Kleid einer Toten vor deren Mann und deren Mutter aufzutreten, ohne an die möglichen Folgen gedacht zu haben.

»Isabelle«, meldete sich Colombe zu Wort, die von der allgemeinen Verwirrung nichts mitbekommen hatte und deren große Kreolen bei jeder Kopfbewegung fröhlich klimperten, »ich weiß, dass Sie nach einundzwanzig Uhr freihaben, aber würde es Ihnen etwas ausmachen, uns zur *Dolce Vita*-Party zu begleiten? Es ist ja auch Ihr letzter Abend. Jan würde sich sehr freuen, wenn die Kinder mit dabei sein könnten.«

Adriana, Zoé und Nicolas hoben erstaunt die Köpfe.

»Wirklich?«, fragten Adriana und Zoé im Chor und vergaßen ganz, ihre übliche Gleichgültigkeit hervorzukehren.

Jan hob ärgerlich eine Augenbraue. Ganz offensichtlich war es nicht seine Idee gewesen, doch jetzt war es zu spät, die Einladung rückgängig zu machen.

»Ja, natürlich«, murmelte er, »wenn es euch Freude macht …«

»Kein Problem«, sagte Isabelle zerstreut.

Sie bekam keinen Bissen herunter.

»Es freut mich, dass es Ihnen keine Umstände bereitet!«, erwiderte Colombe mit frohsinnigem Lächeln.

Isabelle ließ ihr Besteck fallen.

»Umstände? Wer ist in anderen Umständen?«

Fünf verwunderte Augenpaare richteten sich auf sie, und ein unangenehmes Schweigen machte sich breit.

»Ich sagte, es freut mich, dass es Ihnen keine Umstände macht. Von Schwangeren habe ich nichts gesagt!«, lachte Colombe.

Isabelle starrte sie an, bis sie die Information verdaut hatte.«

»Oh … sehr gut.«

Valentina wickelte die Nudeln geschickt um ihre Gabel.

»Das ist eine gute Gelegenheit für Sie, die Filmwelt kennenzulernen.«

»Die kennt sie schon«, sagte Jan, der am anderen Tischende saß. »Wir haben übrigens festgestellt, dass Isabelle vor mehr als fünfzehn Jahren bei mir vorgesprochen hat!«

Misstrauisch hob Valentina eine Augenbraue.

»Was für ein Zufall!«

»Und sind Sie angenommen worden?«, fragte Colombe.

»Nein«, antwortete Isabelle, »leider ist Anne-Cécile Malaire mir um Haaresbreite zuvorgekommen.«

»Die ist super«, rief Zoé, »sie spielt in dieser coolen Webserie über *Anonymous* mit.«

»Hat sie nicht auch einen Oscar gewonnen?«, fragte Valentina.

»Was, dieses Botoxflittchen?«, entrüstete sich Adriana. »Die zieht eine Riesenshow zur Rettung der Eisbären ab, dabei weiß doch jeder, dass sie nur echten Nerz trägt.«

Isabelle warf Adriana einen dankbaren Blick zu.

»Sagt ausgerechnet die Frau, die sich als große Befreierin der Frauen aufspielt und ein T-Shirt trägt, auf dem ›Sex slave‹ steht!«, warf Zoé ein und verdrehte die Augen.

»Das nennt man Ironie, du zurückgebliebene Knalltüte …«

»Finden Sie diese Schauspielerin nicht auch fantastisch?«, wandte sich Valentina honigsüß an Isabelle.

Isabelle hob den Blick und sah Valentina kühn in die Augen.

»Raten Sie mal! Sie hat mir die Rolle weggeschnappt, mit der ich Karriere hätte machen können, und das einen Tag vor der Vertragsunterzeichnung. Wie hätten Sie sich an meiner Stelle gefühlt?«

Am Tisch war es still geworden. Isabelles plötzlicher Ausbruch hatte die Stimmung gekippt.

»Jeder hat doch in seiner Jugend davon geträumt, Sängerin oder Schauspielerin zu werden«, versuchte Colombe zu beschwichtigen, »aber wie Gandhi sagt, besteht unsere einzige wirkliche Macht in der Gabe, anderen zu helfen. Den Tag mit den Kindern zu verbringen, ist für Sie sicher sehr beglückend, zumal Sie Kinder doch so gernhaben.«

Isabelle verschränkte die Arme und warf Colombe ein ironisches Lächeln zu. Sie war die Lügen und dieses dumme kleine Spiel endgültig leid. Das alles hatte ihr nichts als Probleme gebracht, die sich wie ein Gewitter über ihr zusammenbrauten! Am bittersten aber stieß es ihr auf, dass man sie an ihr Versagen erinnerte.

»Ich hasse Kinder«, spuckte sie mit eisiger Stimme aus, »heben Sie sich Ihre Binsenweisheiten für Ihren Blog auf! Jeder andere Job wäre mir lieber gewesen als dieser hier.«

Colombe kicherte verlegen, und die anderen stimmten mit ein, die, ebenso wie sie, an einen schlechten Scherz glaubten. Nur Nicolas saß wie versteinert da. Er hob den Kopf und sah Isabelle so lange in die Augen, bis diese sich beschämt abwandte. Die Unterhaltung wurde wieder aufgenommen, und ohne dass es, mit Ausnahme von Isabelle, irgendjemand bemerkt hätte, verließ er den Tisch.

»Ich fühle mich nicht gut«, sagte Isabelle und legte ihre Serviette neben den Teller. »Es wird die Hitze sein. Ich… Ich gehe nach oben.«

Peter-Pan-Syndrom

Durch das offene Fenster hörte Isabelle, wie unten das Geschirr abgeräumt wurde und man einander eine »Gute Nacht« wünschte, bis die zirpenden Grillen und der unheimliche und beständige Ruf eines Käuzchens alle anderen Geräusche überdeckten. Isabelle hatte sich aufs Bett geworfen, ohne das Kleid abzulegen. Sie starrte an die Decke. Die Erinnerung an Nicolas' braune Augen hinter den runden Brillengläsern ließ ihr keine Ruhe. Als sie gesagt hatte, dass sie Kinder hasste, waren in seinen Augen Ungläubigkeit, Enttäuschung und Trauer zu lesen gewesen.

Es klopfte leise. Zunächst glaubte sie, sich verhört zu haben. Es klopfte ein zweites Mal, ein wenig beharrlicher diesmal, und Isabelle stand auf, um die Tür zu öffnen. Davor stand Jan mit einer DVD in der Hand.

»Wenn Sie mir einen gemütlichen Abend vor dem Fernseher vorschlagen wollen, kommen Sie im falschen Moment«, brummte Isabelle.

»Nein, ich will mit Ihnen sprechen. Es wird nur ein paar Minuten dauern.«

Isabelle seufzte und machte die Tür ganz auf. Jan trat ein, setzte sich aber nicht, und sie lud ihn auch nicht dazu ein.

»Ich war vor fünfzehn Jahren im Unrecht«, sagte er knapp.

Sie blickte ihn fragend an, sagte aber nichts.

»Im Unrecht, weil ich Ihnen nicht erklärt habe, warum ich Sie nicht für die Rolle der Lola genommen habe. Ich habe nicht darüber nachgedacht, wie sehr Sie das enttäuscht haben muss, und schon gar nicht, welchen Einfluss meine Entscheidung auf Ihre spätere Karriere haben würde.«

»Das ist nicht mehr wichtig. Es ist zu lange her.«

»Doch, es ist wichtig. Als ich mich entschlossen habe, die Regie von *Zufall* selbst zu übernehmen, waren Sie bereits fest eingeplant. Doch am Tag vor der Vertragsunterzeichnung habe ich Anne-Cécile Malaire spielen sehen und fand sie hervorragend. Das ist der Grund, weshalb ich Sie überhaupt habe vorsprechen lassen. Und ich war überrascht zu sehen, wie schlecht Sie waren, obwohl Sie in *Sechzehneinhalb* eine unglaubliche Leistung gezeigt hatten. Wir haben uns ein wenig unterhalten, und da habe ich verstanden.«

Isabelle setzte sich aufs Bett. Ihre Unterhaltung von damals hatte sie in den darauffolgenden Jahren bestimmt tausendmal im Kopf abgespult, aber sie hatte nie herausfinden können, was genau sie um die Rolle gebracht hatte. Heute würden die Erklärungen sie wohl kaum mehr aus der Fassung bringen. Das Einzige, was ihr in diesem Augenblick wirklich Bauchschmerzen bereitete, war Nicolas' Gesichtsausdruck, mit dem er vom Abendbrottisch aufgestanden war.

Jan deutete ihr Schweigen als Aufforderung fortzufahren.

»Isabelle, Sie waren in *Sechzehneinhalb* wirklich überzeugend. Sie spielten keine Rolle, Sie spielten sich selbst. Das ist mir klar geworden, als Sie mir kürzlich Ihre Geschichte erzählt haben. Da ist auf der einen Seite dieses Bedürfnis, das Leben in vollen Zügen auszukosten, und auf der anderen Seite der Wunsch, sich die Kindheit zu bewahren, der man

Sie zu früh entrissen hat. Sie haben das Peter-Pan-Syndrom einer sechzehnjährigen Waise gespielt, als Sie selbst sechzehn waren und Ihre Eltern verloren hatten. Sie wollten ein Kind bleiben.«

»Peter-Pan-Syndrom?«

»Ja, so nennt man es, wenn sich jemand weigert, erwachsen zu werden. Sie können sich ruhig weiter einreden, dass ich für Ihr Unglück verantwortlich bin. Aber genau in diesem Punkt irren Sie sich. Seien Sie mir nicht böse, wenn ich jetzt aufrichtig zu Ihnen bin. Das wahre Unglück Ihres Lebens war *Sechzehneinhalb*, der Film, in dem Sie Außerordentliches geleistet haben, denn von da an glaubten Sie fälschlicherweise, dass Sie das Talent zur Schauspielerin haben.«

Jans Stimme verlor an Vehemenz und wurde sanft. Es war genau diese Sanftheit, derentwegen sie an dem gemeinsamen Abend vor ein paar Tagen Vertrauen zu ihm gefasst hatte.

»Können Sie sich noch entsinnen, was Sie damals geantwortet haben, als ich Sie fragte, warum Sie Schauspielerin werden wollen?«

»Nein.«

Isabelle hätte am liebsten geheult. Ihr ganzes Leben lag vor ihr ausgebreitet, ihre falschen Entscheidungen, ihre Irrtümer und die blödsinnigen Eingebungen, denen sie gefolgt war.

»Sie haben geantwortet, dass Sie jemand anderes sein wollen. Und genau die gleiche Antwort haben Sie mir letztens – fünfzehn Jahre später –, als ich Sie fragte, was Sie werden wollen, wenn Sie erwachsen sind, noch einmal gegeben …«

Sie schwiegen beide. Jan lächelte ihr zu, offenbar zufrieden über seine gelungene Beweisführung. Als gäbe es auch nur irgendetwas in Isabelles Leben, was ein Lächeln verdient hätte.

Plötzlich stieg unbändige Wut in ihr hoch.

»Glauben Sie, Sie haben ein Recht darauf, sich eine Meinung zu meinem Leben zu erlauben, nur weil Sie mich bezahlen? Ich brauche Ihre Analyse nicht. Ich weiß auch selbst, dass ich eine Niete bin. Aber deshalb brauchen Sie mir noch lange keine Predigt zu halten. Sie haben etwas, was ich nie hatte, und was das Wichtigste überhaupt ist. Sie haben eine Familie und Sie lassen sie einfach im Stich! Sie hätten Ihre Kinder lieber vor dem Tor eines Waisenhauses aussetzen sollen, dann hätten sie wenigstens noch die Chance gehabt, ein neues Leben zu beginnen. Doch was machen Sie? Sie strafen sie mit dem Schlimmsten, das man jemandem antun kann. Mit Gleichgültigkeit!«

»Sie machen es sich ein bisschen zu leicht, ich …«

Isabelles Augen hatten sich zugezogen vor Wut, und sie machte einen Schritt auf ihn zu.

»Im Vergleich zu Ihnen verdienen die Eltern von Hänsel und Gretel den Preis von UNICEF für die besten Eltern der Welt. Dabei haben Sie großartige Kinder! Ein Mädel, das mit siebzehn in der Lage ist, mit Millionen Jugendlichen zu kommunizieren, weil sie ihre Sorgen versteht, eine zweite Tochter, die jeden Computer hacken kann und *Call of Duty* zu Ende gebracht hat, und dazu noch einen kleinen Jungen, der Schachpartien gewinnt, obwohl er nur die Läufer zieht. Aber das interessiert Sie ja alles nicht. Ist ja auch viel leichter, andere zu belehren, als mal im eigenen Leben aufzuräumen!«

Sie sahen sich schweigend an. Isabelles Augen schwammen. Jan wollte etwas sagen, aber sie kam ihm zuvor: »Sie haben ja keine Ahnung, was ich für einen zusätzlichen Tag mit meinen Eltern gegeben hätte. Nur einen einzigen Tag mehr! Wenn ich geahnt hätte, wie beschissen das Leben ist, und wie kurzlebig das Glück …«

Dann versagte ihre Stimme.

Sie standen sich gegenüber. Alle Fenster waren weit geöffnet. Zögernd kam Jan einen Schritt näher und wischte mit dem Daumen eine Träne fort, die Isabelle über die Wange rann, und ließ seine Hand sinken. Immer noch herrschte Stille, und ein paar Sekunden lang lauschten sie den zirpenden Grillen in der schwülen Nacht.

Im Widerstreit ihrer Gefühle und als würde eine fremde Kraft sie antreiben, näherte Isabelle sich Jan bis auf wenige Zentimeter. Er sah sie mit seinen eisblauen Augen an und rührte sich nicht. Sie spürte seinen Atem auf ihrem Gesicht, und ohne nachzudenken presste sie plötzlich ihren Mund auf den seinen. War es Wut oder Verlangen? Waren es Rachegelüste? Sicher von allem etwas, aber sie war nicht mehr in der Lage, es mit Sicherheit zu bestimmen. Er war zunächst wie versteinert, doch dann küsste auch er sie. Es war ein Kuss, der ihm ähnlichsah, leidenschaftlich, selbstsicher und draufgängerisch. Seine Lippen waren sanft und doch autoritär. Er zog sie an sich, legte seine Hände in ihren Rücken und ließ sie bis zur Rundung ihrer Hüften gleiten.

Eng umschlungen fielen sie auf das Bett. Mit fiebrigen Händen griff sie unter Jans Hemd, streichelte seine muskulöse Brust und …

Was ist nur in dich gefahren?

Abrupt richtete sie sich auf, als schrecke sie aus einem bösen Traum auf, machte sich unsanft von ihm los und ohrfeigte ihn.

»Raus hier!«

Jan hielt sich die Wange, als müsse er sich vergewissern,

dass er tatsächlich gerade eine schallende Ohrfeige eingesteckt hatte. Erstaunen, Frust und Schuldgefühle spiegelten sich nacheinander in seinem Gesicht wider. Er trat einen Schritt zurück und fuhr sich nervös mit der Hand durchs Haar.

»Es tut mir leid«, flüsterte er. »Sie sehen Sofia so ähnlich, wenn Sie wütend sind. Und dieses Kleid … Woher haben Sie es überhaupt? Wissen Sie, ich liebe Colombe. Ich habe sie noch nie betrogen, ich …«

Er hätte ebenso gut einwenden können, dass Isabelle ihn zuerst geküsst hatte, aber er war zu durcheinander, um zu streiten.

»Gehen Sie!«, sagte sie leise. »Diese Unterhaltung hat nie stattgefunden.«

Er gehorchte. Isabelle blieb mitten im Zimmer stehen. Sie fühlte sich so verloren wie eine Tiefkühltruhe auf einem Eisberg. Sie musste sich dazu zwingen, der Wahrheit ins Gesicht zu sehen: Entweder sie durchlebte mit zweiunddreißig Jahren eine Pubertätskrise, oder die Hormone spielten ihr einen üblen Streich.

Nur nicht den Kopf hängen lassen!

Wie ein Abend im King *mit Gratis-Mojitos*

»Ich bin nicht schwanger«, jubelte Isabelle Nicolas mit der gleichen Begeisterung entgegen, als verkünde sie endlich den heiß ersehnten Weltfrieden.

Mit erstaunt aufgerissenen Augen beobachtete Nicolas ihren kleinen Freudentanz und warf einen Blick auf ihr Handy, das sie ihm hinhielt, damit auch er das Ergebnis des Schwangerschaftstests sehen konnte.

»Ich bin nicht schwanger, ich bin nicht schwanger!«, trällerte sie.

Gute fünf Minuten lang hüpfte sie durch den Raum, bevor sie sich endlich entschloss, weiter aus *Harry Potter* vorzulesen.

Noch nie hatte Nicolas sie so gut gelaunt gesehen. Seit dem gestrigen Abend war Nicolas traurig. Und Isabelles Freudensprünge machten ihn noch trauriger.

Morgen würde er nach Paris zurückfahren und Nanou wiedersehen. In gewisser Weise freute er sich auf sie, doch am liebsten wäre ihm, wenn Isabelle bei ihm bleiben würde.

Isabelle hasste Kinder. Um kein Bedauern aufkommen zu lassen, sagte er sich diesen Satz immer wieder vor. Wenn Isabelle Witze machte, hob sich ihr linker Mundwinkel, als ziehe ihn jemand mit einem unsichtbaren Faden nach oben, und in ihren braunen Augen glitzerten goldene Pailletten.

Gestern Abend hatte sie bestimmt die Wahrheit gesagt. Er war ein Kind, und das bedeutete, dass Isabelle ihn nicht mochte. Und dennoch: Wenn er daran dachte, dass er sie nie wiedersehen würde, war ihm, als stecke ein Luftballon in seinem Hals, den jemand immer weiter aufpumpte.

»Damit sind wir jetzt auch durch …«

Nicolas zwang sich, den Kopf zu heben und ihr in die Augen zu schauen, drei Sekunden lang, bis er den Blick wieder senkte. Sorgfältig formulierte er mit den Fingern: *Kommst du wieder, um mir die anderen Bücher vorzulesen?*

Sie schwieg, und er wagte nicht, sie anzusehen.

»Du brauchst mich nicht mehr.«

Sie schob den Band Nummer drei zu ihm über den Tisch.

Nein.

Er schob ihn wieder zu ihr zurück und ließ den Kopf hängen. Sie seufzte und legte das Buch auf ihren Schoß.

»Nicolas, du kannst lesen. Ich habe dich gehört.«

Ihre Stimme war ruhig und gefasst. Wahrscheinlich hatte sie es eilig, wieder nach Hause zu fahren. Ohne ihn.

Mit zitternden Händen formulierte er: *Du hasst ja eh Kinder. Und ich hasse dich auch.*

Er wartete auf eine Antwort, aber es kam keine. Sie sah ihn nur schweigend an. Ausdruckslos. Versteinert. Er begriff, dass er sich fälschlicherweise eingebildet hatte, sie seien Freunde wie Harry, Ron und Hermine. Er würde allein bleiben, wie immer.

Er griff nach dem blöden Roman auf Isabelles Schoß, in dem ja doch nur Unsinn stand, und warf ihn ihr mit voller Wucht an den Kopf. Dann sollte sie doch endlich abhauen! Er hasste die Erwachsenen. Alle!

Ehe Isabelle ausweichen konnte, landete *Harry Potter* mitten in ihrem Gesicht.

Baff griff sie an ihre rot anlaufende Wange.

Sie erhob sich von dem Bett, auf dem sie gesessen hatte, hob das aufgeschlagene Buch vom Boden auf, glättete sorgsam die Eselsohren und die zerknickten Seiten, klappte es zu und legte es vorsichtig auf den Nachttisch, als handele es sich um einen wertvollen und zerbrechlichen Schatz.

Zum letzten Mal schlug die Tür hinter ihr ins Schloss. Die Stille tat Nicolas weh. Er fühlte sich, als wäre er versehentlich auf eine dünne Eisschicht geraten, die nun unter seinen Schritten barst. Als breche er in das Eis ein und das eisige Wasser verschlucke ihn. Er öffnete den Mund und wollte rufen, aber kein Laut drang aus seiner Kehle. Er konnte die Tränen nicht mehr zurückhalten, und sie überschwemmten sein ganzes Gesicht.

Wo war seine Mutter? Er erstickte schier. Trotz der Kälte, die er noch soeben verspürt hatte, begann er zu schwitzen. Seine Mutter war nicht da. Seine Mutter war nicht mehr da!

Plötzlich ging die Tür wieder auf. Isabelle nahm Nicolas in die Arme und drückte ihn so fest, wie sie nur konnte, schluckte, als weinte auch sie, und redete zusammenhangloses Zeug: Er brauche sie nicht. Niemand brauche sie, außer Woody-Allen. Er könne sprechen, wenn er wollte, ja sogar beim Schachspielen alle Figuren benutzen. Und eines Tages würde er es auch tun. Eines Tages würde er besser sein als Bobby Fischer. Aber noch war er zu klein, um alle Regeln des Schachspiels zu beherrschen. Bestand nicht das ganze Leben aus bescheuerten Regeln? Und plötzlich war es zu spät, man wurde alt und so unausstehlich, dass man selber Regeln erschuf, sogar Spielregeln für Kinder.

Isabelle drückte ihn so fest an sich, dass er eigentlich noch weniger Luft hätte bekommen müssen, aber dennoch durchströmte seinen Körper plötzlich so etwas wie frische Luft.

Er beruhigte sich, das Herzklopfen ließ nach, und endlich atmete er wieder frei. Er wollte nicht, dass sie ging. Seine Hände zitterten zu sehr, um ihr das in der Gebärdensprache mitzuteilen, und da nun gar nichts anderes mehr ging, legte er seinen Mund an ihr Ohr und flüsterte es ihr ganz leise zu.

»Ich will nicht, dass du weggehst.« Er wiederholte es. Drei Mal.

Isabelle machte sich los, hielt sein Gesicht dicht an ihres und schaute mit gerunzelter Stirn in seine tränennassen Augen.

»Es tut mir wirklich leid, aber ich kann nicht bleiben, Nicolas.«

»Weil du mich hasst?«

Er sprach so leise, dass er selbst nicht sicher war, ob er überhaupt gesprochen hatte. Aber als er Isabelles kummervolles Gesicht sah, wusste er, dass sie ihn verstanden hatte.

»Das hat nichts mit dir zu tun. Überhaupt nichts. Auch wenn es stimmt, dass ich keine Kinder mag. Aber du bist anders. Du … Du bist wie ein Geburtstag an einem Montagabend, wie eine Happy Hour im *King* mit Gratis-Mojitos. Du bist wie eine Free-Daiquiris-Party im *Wiki*.«

Sie legte ihre Hände auf die nassen Wangen des kleinen Jungen und ihre Stirn an seine und schaute ihm in die Augen: »Du bist die Ausnahme der Regel.«

Houston, wir haben ein Problem

Es war der letzte Abend dieser Ferien. Und es war der Abend der Preisverleihung, weshalb sich die ganze Familie in Schale geworfen hatte. Adriana trug ein Paar goldene Sandaletten mit Stilettoabsätzen. Das knielange weiße Kleid mit dem zu den Schuhen passenden Gürtel hatte bei Instagram eine wahre Flut an bewundernden Kommentaren ausgelöst. Zoé hingegen zog, wenn auch etwas widerwillig, ein schwarzes Kleid und Lackballerinas an und bürstete ihr Haar zur Seite. Und Nicolas vergaß diesmal auch seine Brille nicht.

Geschlossen betraten sie die Halle der Villa d'Este, und Nicolas tat, als hielte er eine Kamera vor die Augen, hob den Zeigefinger und drückte auf einen imaginären Auslöser. Klick: unsterblich die weißen Marmorsäulen. Unsterblich die frischen Blumensträuße unter den blitzenden Kristalllüstern und unsterblich die dicken Perserteppiche, auf denen man ging wie auf Wolken! Er selbst war nicht sicher, ob er all diesen Marmor, das gleißende Licht und die vielen Menschen in Galakleidung mochte. Das war nicht die Wirklichkeit, denn die war bei Weitem nicht so perfekt wie die vergoldeten Kandelaber der Villa d'Este. Vielleicht war es das, was seine Mutter so geliebt hatte: ein weltfremdes, luxuriöses Paradies.

Isabelle hielt Nicolas' Hand und folgte dem Strom der geladenen Gäste bis zum Konferenzsaal. Die vielen Leute nahmen ihre Plätze ein und unterhielten sich, jeder mit einem Glas in der Hand. Eine Frau, deren hoch komplizierte Frisur an eine Riesenportion hübsch angerichtetes elsässisches Sauerkraut erinnerte, wies darauf hin, dass alle Ansprachen auf Französisch gehalten würden, da der Preis einem französischen Regisseur verliehen werde, aus dessen Karriere das Land Italien nicht wegzudenken sei, was die Preisrichter natürlich nicht kaltgelassen habe.

Jan erhob sich, verbeugte sich, ging zum Podium und begann seine Ansprache. Er erzählte von seinen Filmen und erklärte, warum er so gern in Italien drehte. Mit jedem Wort ließ er Sofia auferstehen, ohne jedoch ihren Namen zu nennen.

Er sei über diese Ehrung sehr gerührt, und jeder im Saal wisse sicher, was ihm dieses Land bedeute. Nach langem Zögern habe er zugesagt, an dieser Veranstaltung teilzunehmen, um sich den Schatten seiner Vergangenheit zu stellen.

Es folgte ein langes Schweigen.

Viel zu lange habe er nur schwerlich akzeptieren können, dass das Leben nach Sofias Tod weitergehen müsse, doch nicht ein Tag verstreiche, ohne dass er an sie denke, und erst kürzlich habe er die Augen geöffnet und gewisse Dinge verstanden, wie etwa die Notwendigkeit, nach vorne zu blicken.

Jan atmete tief durch, und das Blatt in seiner Hand zitterte. Er legte es auf das Rednerpult und hob seine blauen Augen auf die versammelte Menge. Seine legendäre Selbstsicherheit schien ihn verlassen zu haben.

»Sofia hat mich nicht alleingelassen. Sie hat mir drei außergewöhnliche Kinder geschenkt, Adriana, die – wie mir kürzlich eine etwas exzentrische junge Frau mitgeteilt hat –

mit ihren siebzehn Jahren Millionen Jugendliche zu verstehen und zu beraten gelernt hat, meine fünfzehnjährige Zoé, die jeden Computer knacken kann und *Call of Duty* bis zum Ende durchgespielt hat, und schließlich mein kleiner Sohn Nicolas, der Schachpartien gewinnt, selbst wenn er nur mit den Läufern spielt …«

Es wurde gelacht, und alle Blicke richteten sich teilnahmsvoll auf das hochgelobte Kindertrio Kozlowski-Valentini.

»Deshalb ist es heute an der Zeit, für Sofia, die meine Kinder immer glücklich sehen wollte, ein neues Kapitel zu beginnen.«

Isabelle spürte, dass es in ihren Augen verdächtig prickelte, und sie sah die Kinder gerührt an. Adrianas Handy, mit dem sie bis jetzt die Szene gefilmt hatte, lag auf ihrem Schoß, während Zoé Tränen über die Wangen liefen, als hätte sie fünf Kilo Zwiebeln geschnitten. Selbst Valentina schien ein Stäubchen im Auge zu haben. Colombe mit ihrer anspruchsvollen Knotenfrisur lächelte bewegt.

Als Jan sie einlud, zu ihm aufs Podium zu kommen, errötete sie und ging dann strahlend unter Applaus und Blitzlichtern zu ihm.

Jetzt wurde der Kurzfilm *Tivoli Blues* angesagt, der erste Film, bei dem Jan die Regie geführt hatte. Die Lichter gingen aus. Einen Augenblick lang fühlte sich Isabelle von einem warmen Glücksgefühl durchströmt. Alles ging gut aus, wie in der Schlussszene eines amerikanischen Films. Sie hatte sich mit Nicolas ausgesöhnt, vielleicht würde sie ihn hin und wieder besuchen können, und die Kinder schienen mit ihrem Vater Frieden geschlossen zu haben. Auch Colombe würde endlich vor Adriana Gnade finden, da sie doch Teil dieser neuen Harmonie war. Und, das Wichtigste: Isabelle war nicht schwanger. Alles kehrte sich zum Besten in der schönsten aller Welten und *hasta la vista*, bye-bye. Morgen würde sie mit ihren Schecks nach Hause fahren und alles käme wieder ins Lot. Oder fast.

Aller Augen waren nun auf die Leinwand gerichtet, wo ein runder Lichtpunkt erschien. Der Film begann. Allerdings fehlte der Ton.

Ein Zimmer war zu sehen. Ein Zimmer, das, als Isabelle es genauer betrachtete, ihrem eigenen verdächtig ähnlich sah. Isabelle und Jan erschienen auf der Leinwand. Isabelles Lächeln erstarb. Sie stritten sich. Auch ohne den Ton wusste Isabelle nur zu gut, was nun folgen würde. Ihr Glücksgefühl verflüchtigte sich augenblicklich. Sie sprang auf.

»Sofort aufhören!«

Adriana schien ebenso entsetzt wie sie und erhob sich ebenfalls, wobei sie auf ihren goldenen Absätzen leicht schwankte.

»Was ist das für ein Zirkus?«, fragte Jan in barschem Ton.

Zu spät. Auf der Leinwand küssten sich Isabelle und Jan jetzt leidenschaftlich, und die Zuschauer bekamen große Augen. Die ganze Versammlung schien wie hypnotisiert. Wie lange dauerte dieser Kuss?

In Wirklichkeit hatte er gar nicht mal so lange gedauert. Aber in dieser bedrückenden Stille schien die Zeit stehen geblieben, und eine quälende Ewigkeit verging, bevor jemand reagieren konnte. Dieser Jemand war Adriana, die in den hinteren Teil des Saals rannte und den Stecker des Projektors herauszog.

Das Bild verschwand und die Lichter gingen wieder an. Stimmengewirr erhob sich. Noch einmal hob Nicolas seine imaginäre Kamera, strich die Locken zurück und hob vor seiner Brille den Zeigefinger. Klick. Blitzlichter zuckten.

Die Fotografen beschossen jetzt die Familie ohne Unterlass. Man schrie auf Italienisch, Französisch und Englisch durcheinander, verlangte nach Erklärungen. Isabelle starrte wie gebannt auf die nun weiße Leinwand. Colombe, in Tränen aufgelöst, stieß Jan von sich, der ihr etwas zu erklären versuchte, und strebte zum Ausgang.

Gemeinsam flüchtete die Familie zum Auto. Dort angelangt, befiel Isabelle eine grauenhafte Angst. Sie würden sie nicht einsteigen lassen, sie davonjagen wie eine Verräterin, und sie würde einsamer sein denn je. Das geschah ihr nur recht. Doch selbst Colombe war zu aufgewühlt, um sich an ihrer Gegenwart zu stören. Alle sprangen in den Wagen, der sofort startete. Zoé drehte sich zu Isabelle um. Tränen standen in ihren Augen.

»Du Schlampe hast dein Spielchen gut kaschiert.«

Isabelle hätte sich gern verteidigt, aber was konnte sie tun? Adriana die Schuld in die Schuhe schieben? Das Mädchen war siebzehn Jahre alt, hatte einen ständig abwesenden Vater und keine Mutter mehr. Welche Entschuldigung hatte Isabelle? Dieses Fiasko war auch ihr Werk. Sie hatte Jan geküsst. Sie war an allem schuld.

Die ganze Fahrt über sprach niemand ein Wort und nur Colombes Schluchzen war zu hören. In kürzester Zeit war die ganze Geschichte zu einer griechischen Tragödie ausgeartet.

Dumm, unreif, egoistisch und verabscheuungswürdig

Isabelle fühlte sich, als hätte man ihr mehrere Dutzend Betonziegel an den Kopf geworfen und sie darunter begraben. Ihre lahme Zunge schien wie von feuchtem Sand bedeckt. Die ganze Fahrt über presste sie ihr Gesicht an die Fensterscheibe und konzentrierte sich völlig auf die Lichter der Dörfer, die sich im dunklen See spiegelten.

Während Jan seine Rede gehalten hatte, war sie überzeugt gewesen, dass sich für alle Probleme wie durch ein Wunder eine Lösung gefunden hatte. Einen Moment lang hatte sie sogar geglaubt, dass dies in gewisser Weise ihr zu verdanken war, und hatte deshalb dieses tiefe Glück empfunden.

Nun war alles über ihr zusammengebrochen.

Kaum hatten sie die Schwelle der Villa übertreten, als Valentina mit eiskalter Stimme anordnete: »Kinder, geht in eure Zimmer! Und Sie, sofort in mein Büro!«

Natürlich war damit Isabelle gemeint. Adriana hielt sich am Geländer fest und sagte: »Großmutter, ich bin es, die …«

»Du hältst dich da raus, Adriana«, unterbrach ihr Vater sie schroff.

Adriana zögerte, ihre hellen Augen begegneten dem Blick von Isabelle, und sie wandte sich ab. Mit hängenden Schultern stieg sie gehorsam die Treppe hinauf.

Jan, der Isabelle bis jetzt nicht einmal angesehen hatte, wandte sich an sie: »Ich verstehe das nicht…«

»Jan, sprechen Sie mit Colombe und versuchen Sie, Ihre Unbesonnenheit wiedergutzumachen und zu retten, was zu retten ist«, unterbrach ihn die Großmutter frostig. »Ich kümmere mich um den Rest.«

Er gehorchte. Isabelle fand keine Worte, um ihr Bedauern auszudrücken. Sie folgte Valentina – deren Haarknoten immer noch akkurat saß – zum Büro. Die Großmutter setzte sich in einen mächtigen Sessel, der mit einem Mal winzig wirkte. Isabelle blieb stehen, die Hände auf dem Rücken, wie eine ertappte Pennälerin.

Valentina faltete die Hände auf dem Schreibtisch und rümpfte die Nase, als sei Isabelles Anwesenheit die Ursache für einen unerträglichen Gestank.

»Sehen Sie, Mademoiselle Derarsch, ich hatte eine denkbar schlechte Meinung von Ihnen, als Sie angekommen sind, und es tut mir leid, sie während Ihres Aufenthalts geändert zu haben. Sie sind nichts weiter als eine dumme, unreife und egoistische Person, dazu unehrlich und ausschließlich an Geld interessiert.«

Dumm, unreif und egoistisch, das mochte ja noch angehen, aber unehrlich und nur an Geld interessiert, das war eine himmelschreiende Verleumdung.

»Ich bin nicht der Urheber dieses Videos, und man hat uns ohne mein Wissen gefilmt.«

»Ich glaube Ihnen nicht, und selbst wenn es so wäre, wäre es einerlei. Sie haben meinen Schwiegersohn verführt und geküsst, obwohl er mit einer anderen verlobt ist. Nur zu Ihrem eigenen Vorteil haben Sie die winzige Chance der Familie zerstört, nach vier Jahren endlich ein gewisses Gleichgewicht zu finden.«

»Meinen Sie nicht, dass Ihr Schwiegersohn alt genug ist, um zu wissen, wen er küssen darf und wen nicht?«

»Mein Schwiegersohn hat ein Jahr in einer Entzugsanstalt verbracht, weil er nach dem Selbstmord seiner Frau keinen Tag mehr durchgestanden hat, ohne eine ganze Flasche Whisky zu trinken. Sie haben Ihre Ähnlichkeit mit meiner Tochter ausgespielt, um ihn zu verführen, und haben ihn skrupellos manipuliert.«

Ganz Anklägerin, richtete sich Valentina in ihrem Sessel auf. In ihren Augen spiegelte sich Wut, aber auch Leid wider.

Isabelle schämte sich.

»Es stimmt nicht, ich …«

»Auch ich habe mich von Ihnen täuschen lassen. Eine Zeit lang hatte ich tatsächlich geglaubt, dass Sie sich mit den Kindern angefreundet haben, dass Sie aufrichtig sind, obwohl Sie sich benehmen wie ein schlecht erzogenes Kind.«

»Ich …«

»Halten Sie den Mund! Seien Sie endlich still!«

Valentina schlug mit der Faust so vehement auf die Mahagoniplatte, dass sie knackte.

»Ich will kein Wort mehr von Ihnen hören! Nie mehr!«

Aus einer Schublade zog sie ein Scheckbuch. Mit zitternden Händen füllte sie den Scheck aus und warf ihn Isabelle ins Gesicht.

»Da haben Sie Ihr Geld! Das haben Sie damit verdient, indem Sie uns alle manipuliert haben. Morgen verlassen Sie mit dem ersten Flugzeug das Land, und ich will nie wieder etwas von Ihnen hören. Sollte ich erfahren, dass Sie versuchen sollten, mit irgendeinem Familienmitglied Kontakt aufzunehmen, rufe ich das Norland College an, und ich schwöre Ihnen, dass Sie nie wieder Arbeit finden werden, selbst wenn Ihnen der Herrgott persönlich ein Empfehlungsschreiben ausstellt!«

Isabelle biss die Zähne zusammen. Hätte sie nochmals versucht, sich zu rechtfertigen, wäre sie in Tränen ausgebrochen, und sie wollte sich diese letzte Schmach ersparen.

Valentina ließ sich in ihrem Sessel zurücksinken und rückte ihre Perlenkette zurecht, bevor sie eisig fortfuhr: »Sie sind eine verabscheuungswürdige Person, Mademoiselle Derarsch. Gehen Sie mir aus den Augen! Sie werden hier nicht mehr gebraucht.«

Zufall

Isabelle schleppte sich die Treppe hinauf. Ihr war, als wiege der Scheck in ihrer Hand so schwer, dass er jede Stufe in eine unüberwindbare Hürde verwandelte. Sie erreichte ihr Zimmer in einer Art Nebel, in dem Valentinas Stimme widerhallte.

Unter ihrer Tür, in einem Briefumschlag, auf den »Es tut mir leid« gekritzelt war, steckte ein weiterer Scheck. Der von Adriana.

Isabelle setzte sich aufs Bett und betrachtete die beiden Summen, die zusammen ein kleines Vermögen darstellten.

Ihr Lohn dafür, dass sie die Familie Kozlowski-Valentini endgültig zerstört hatte.

Sie ließ die Fingerspitzen über die Zahlen gleiten. Was sie alles mit diesem Geld hätte anfangen können …! Ihre Schulden bei Quentin begleichen, ein paar Monate lang ruhig leben, vielleicht Amina zu einem gemeinsamen Wochenende einladen …

Unreif, egoistisch, verabscheuungswürdig, manipulativ.

Und wenn es stimmte? Ihr Verhalten Quentin gegenüber war unreif und egoistisch gewesen. Hatte sie nicht von Anfang an geahnt, dass er sich Kinder wünschte? Hatte sie nicht absichtlich dieses Thema immer vermieden, selbst wenn sie damit vielleicht sein Leben zerstörte? Für die Familie Kozlowski war sie verabscheuungswürdig und manipulativ.

Sie hatte einen kleinen siebenjährigen Jungen enttäuscht, den Verlobten von Colombe geküsst. Auch Alexandre gegenüber war ihr Verhalten egoistisch. Hatte er sie nicht vor zwei Tagen angerufen, um mit ihr etwas Wichtiges zu besprechen? Und hatte sie ihn nicht einfach wegen eines eigenen Problems abgewürgt? Alex war immer für sie da gewesen, trotz Exfrau und trotz seines gebrochenen Herzens, trotz der Kinder.

Verabscheuungswürdig.

Am liebsten wäre Isabelle getürmt, aber wohin sollte sie mitten in der Nacht flüchten? Morgen würde sie in aller Frühe abreisen.

Einer plötzlichen Eingebung folgend, stand sie auf, durchwühlte einen Stapel Zeitschriften neben dem Fernseher und fand, was sie suchte. Die DVD, die Jan ihr gestern mitgebracht hatte. Sie schob sie in den Player und begann, sich den Film *Zufall* anzuschauen. Wenn sie schon mal dabei war, mit sich ins Gericht zu gehen, wollte sie es auch gründlich tun.

Anne-Cécile Malaire erschien bereits in der zweiten Minute. Sie war damals siebzehn Jahre alt. Selbst ein Blinder, dem man diesen Film ohne Ton in einer Disco vorgespielt hätte, wäre von der großartigen Leistung der Schauspielerin beeindruckt gewesen.

Isabelle kannte jeden Satz auswendig. Der Frust hatte ihr alle Texte des Films eingehämmert. Des Films, der sie zu einem Star hätte machen sollen. Leise sprach sie die Rolle mit, doch dann schwieg sie, um nicht auch noch den Film zu verderben.

Sie liebte Kino. Sie liebte Geschichten, Gefühle, Helden und die Lebensweisheit, die sich hinter der Fiktion verbarg. Bei der letzten Einstellung des Films weinte sie wie ein Kind, dem man erzählt, dass die Schulbehörde bis auf Weiteres alle Ferien streiche. Sie weinte aus zwei Gründen. Zum einen, weil der Film einfach perfekt war, zum anderen, weil Jan sich mit der Entscheidung, Anne-Cécile Malaire für die Rolle auszuwählen, wirklich nicht geirrt hatte.

Er hatte in allem recht. Das vermeintliche Glück Isabelles, in *Sechzehneinhalb* die Hauptrolle spielen zu dürfen, war eher ein Fluch gewesen, denn sie hatte geglaubt, Talent zu haben und sich an den Traum, Schauspielerin zu sein, geklammert wie ein Schiffbrüchiger an ein morsches Brett. Seit dem Tod ihrer Eltern war dieser Film das einzige glückliche Erlebnis der damals sechzehnjährigen Isabelle gewesen. Wegen ihrer irrigen Überzeugungen hatte sie in der Tat nur eine einzige Rolle zur Perfektion gebracht: die des Vogelstrauß.

Als der Nachspann über den Bildschirm lief, sah Isabelle der Wirklichkeit endlich ins Auge. Seit fünfzehn Jahren war sie auf dem Holzweg. Wider Erwarten erfüllte sie diese Erkenntnis mit einer gewissen inneren Ruhe. Dass sie erfolglos geblieben war, lag nicht daran, dass sie eine Niete, dumm oder eine verkrachte Existenz war, sondern daran, dass sie schlicht den falschen Weg eingeschlagen hatte.

Sie trocknete ihre Tränen und legte die beiden Schecks sorgfältig übereinander. Dann zerriss sie sie in der Mitte, dann nochmals, dann ein drittes und ein viertes Mal … Als sie nur noch einen Haufen winziger Papierschnipsel in der Hand hielt, warf sie sie in die Luft, und lauter kleine Konfetti wirbelten durch den Raum, verteilten sich über den Teppich und die Bettdecke. Sie würde ihre Schulden bei Quentin begleichen, aber nicht mit diesem Geld.

Auf dem Nachttisch vibrierte ihr Handy. Sie blickte kurz auf das Display und las überrascht den Namen »Quentin

Lefèvre«. Sie zögerte, nahm das Gespräch aber dann doch nicht an. Kurz darauf ging ein weiterer Anruf ein. Sie stellte den Ton des Handys ab und ging zu Bett. Isabelle hatte jetzt nicht den Mumm, mit ihm zu sprechen.

Sie würde ganz von vorne anfangen und herausfinden, was sie machen wollte, wenn sie einmal »groß« sein würde.

Ein von einem Komiker erdachter Sketch

»Das ist ungerecht, immer spielst du sie!«, schluchzte Zoé mit Tränen in den Augen.

»Okay, dann machst du jetzt eben Céline Dion«, seufzte Adriana, »und ich bin Goldmann. Aber nur dieses eine Mal.«

Sie war damals dreizehn Jahre alt und hielt den türkisen Mascara in der Hand, mit dem sie der elfjährigen Zoé gerade die Wimpern getuscht hatte. Zoé klatschte begeistert in die Hände.

»Ich gehe mit dir, denn du bist mein Reich. Ich gehe mit dir, wohin du auch gehst. Das Ziel ist mir gleich …«, sang sie voller Inbrunst bei dem Gedanken, endlich mal Céline Dion spielen zu dürfen, im Duo mit Adriana alias Jean-Jacques Goldman.

Währenddessen saß Nicolas auf dem Teppichboden und ließ den Lippenstift in seiner rechten Hand wie ein Flugzeug kreisen, und als er die Motorengeräusche imitierte, kam aus seinem Mund ein kleiner Sprühregen. Er war damals noch ein kleines Kind mit runden weichen Babybäckchen, und seine herausragendste Eigenschaft war, dass er ständig lachte. Man konnte ihn abküssen, bis er fast erstickte, ihn endlos lange wie einen Wäschesack in einer Schubkarre herumkutschieren, ihn als Giraffe schminken oder ihn, wenn nötig, als Grünpflanze verkleiden …

Er lachte immer, als sei sein ganzes Leben ein von einem Komiker erdachter Sketch.

Die Sonne schien durch das Fenster. Adriana schwitzte, und der Mascara wurde in ihren feuchten Händen glitschig.

»Wir könnten im Zénith auftreten«, begeisterte sich Zoé.

Adriana verdrehte die Augen über so viel mangelnden Ehrgeiz.

»Nein, es muss das Stade de France sein. Das ist viel größer!«

»Stimmt, aber im Zénith sah sie so schön aus. Ich könnte Mamas Lederjacke und die Lederhose anziehen.«

»Im Zénith hatte Céline Dion kurze Haare. Wir müssen sie dir hochstecken, sonst bist du unglaubwürdig.«

Enttäuscht begutachtete Adriana das Palmenbüschel aus Zoés Haar, das sie ihrer kleinen Schwester vor ein paar Minuten auf den Kopf gepflanzt hatte.

Zoé sprang auf, und der noch offene Mascara in Adrianas Hand hinterließ auf ihrem Gesicht einen langen türkisen Strich.

»Pass doch auf, sonst muss ich dich ganz neu schminken!«, rief Adriana.

Ohne hinzuhören, stürzte Zoé sich auf den Rucksack am Fußende ihres Betts und kippte ihn um. Heraus purzelten Barbies und Haarspangen. Sie griff nach ihrem Federmäppchen und beförderte eine Schere zutage. Als sie, die Schere in der Hand, den Kopf hob, schien sie ebenso wild entschlossen wie ein Astronaut, der sich bei der NASA freiwillig zu einer Never-come-back-Mission auf den Mars meldet.

»Quatsch! Wir schneiden die Haare einfach ab!«

Bewunderndes Schweigen folgte auf diese Entscheidung.

Sogar Nicolas war einen Augenblick lang still, das Lippenstift-Kampfflugzeug schwebte in der Luft.

»Ich weiß nicht so recht…«, begann Adriana.

»Los! Mach schon!«

Schon hatte Zoé ihr die Schere in die Hand gedrückt, und kerzengerade wartete sie mit dem grenzenlosen Vertrauen der kleinen in die große Schwester auf den Haarschnitt.

Noch schreckte Adriana vor dieser Riesendummheit zurück, so verlockend sie auch war, denn danach würde Zoé für lange Zeit Céline Dion bleiben müssen. Andererseits war es vielleicht eine Möglichkeit, ihre Mutter aus ihrer Lethargie zu wecken. Sofia stand morgens kaum noch auf. Seit Beginn der Ferien trug sie immer denselben Kimono und geisterte nur noch in ihrem Zimmer herum.

Und so fielen Zoés lange Haare der Schere zum Opfer und landeten auf dem Teppichboden. Entsetzt betrachtete Adriana das Ergebnis. Sie hatte so lange hier und da geschnitten und immer wieder begradigt, bis Zoés Haar noch kürzer war als das von Céline Dion 1995 im Zénith. Übrig waren nur noch ein paar dunkelblonde Stoppeln, die auf ihrem Kopf in alle Richtungen standen.

»Du kannst jetzt gucken«, sagte Adriana mit besorgter Stimme.

Zoé, das Gesicht voller Schminke, bewunderte das Ergebnis gebannt im Spiegel.

»Genau wie im Zénith«, murmelte das kleine Mädchen überglücklich und strich mit der Hand über ihre massakrierte Frisur.

Adriana nickte, und als sie die leuchtenden Augen ihrer Schwester sah, war sie plötzlich überzeugt, dass sich das Hotelzimmer in einen Konzertsaal, die Sonnenstrahlen in Scheinwerfer und der Vogelgesang in den Jubel der Fans verwandelt hatten.

Voller Respekt reichte Adriana der heldenhaften Zoé die

Haarbürste, die nun als Mikrofon fungierte. Zoé erhob sich langsam und konzentriert, und plötzlich befiel sie Lampenfieber, nun da die unsichtbare Menge vor der noch leeren Bühne tobte. Die Fans verlangten nach ihr, riefen ihren Namen, klatschten, brüllten und trampelten. Sie fühlte, wie das Blut im Rhythmus des Applauses in ihren Adern und ihren Schläfen pochte.

»Wir müssen jetzt auf die Bühne, Jean-Jacques«, sagte sie.

Der von der Mascarabürste hinterlassene türkise Strich in ihrem Gesicht verlieh Zoé etwas von einer Kriegerin, die in den Kampf zog, und Adriana musste einsehen, dass sie eine solche Größe nie erreicht hatte. Wenigstens würde sie diesmal die Gitarre halten dürfen. Die beiden Schwestern standen sich Aug in Aug gegenüber.

»Ich gehe mit dir«, begann Zoé.

»Denn du bist mein Reich«, flüsterte Adriana.

Sie sanken einander in die Arme. Adriana fiel ein, dass Céline Dion noch etwas Entscheidendes fehlte.

»Nicolas, geh doch mal zu Mama und frag sie, ob sie uns ihre Lederhose leihen kann!«

Nicolas legte den Lippenstift auf den Teppich und stand ein wenig unbeholfen auf, wie es kleine Kinder so tun. Er war begeistert, auf diese Weise an den Vorbereitungen zu einem historischen Konzert beteiligt zu sein.

Adriana fuhr schweißnass und zitternd aus dem Schlaf. Wie viele hundert Male hatte sie die Szene bis ins letzte Detail durchlebt? So oft schon hatte sie sich vorgebetet, dass sie bis an ihr Lebensende alle Psychologen der Welt aufsuchen konnte, sie würde sich niemals verzeihen, dass sie ihren kleinen Bruder zur Mutter geschickt hatte, um die Lederhose aus ihrem Zimmer zu holen.

Als er zurückgekommen war, ohne die Hose, da lachte er nicht mehr. Er sollte nie wieder lachen.

»Mama hat Aua.«

Zoé ließ die Haarbürste fallen, um zu ihrer Mutter zu eilen, doch Adriana hielt sie mit festem Griff zurück.

»Wartet hier auf mich. Ich gehe mal nachschauen.«

Die ältesten Geschwister in einer großen Familie werden leicht zu Diktatoren. Die beiden Kleineren gehorchten.

Adriana hatte die Verbindungstür zum Zimmer ihrer Eltern hinter sich verriegelt. Zoé war noch zu jung, um mit einer derartigen Gefahr konfrontiert zu werden. Normalerweise folgte sie Adriana auf Schritt und Tritt, so anhänglich wie ein unter der Schuhsohle klebender Kaugummi.

Manchmal dachte Adriana, dass sich ihre Beziehung zu Zoé vielleicht ganz anders entwickelt hätte, wenn sie damals nicht die Tür hinter sich abgeschlossen hätte.

Sofia lag auf dem Bett und sah im Halbdunkel sonderbar gestreift aus. Durch die nicht ganz zugezogenen Stores fielen ein paar Sonnenstrahlen auf ihr Gesicht. Sie trug ihren chinesischen Kimono aus roter Seide mit aufgestickten goldenen Drachen.

»Mama?«, flüsterte Adriana.

Ihre Mutter lag mit geschlossenen Augen da, und man hätte glauben können, sie schliefe, wäre nicht ihr Mund so eigenartig verkrampft gewesen. Die Zigarette mit dem vom Lippenstift rot gefärbten Filter qualmte noch im Aschenbecher, wie um Adriana darauf hinzuweisen, dass alles in Minutenschnelle geschehen sein musste.

Adriana konnte sich noch genau an den Teppich erinnern, in den ihre nackten Füße einsanken, und auch an das Zirpen der Grillen und die Hitze, die trotz der Vorhänge durch das offene Fenster drang.

Es war Sommer, und es war der letzte Tag ihrer Kindheit.

Was dann folgte, glich in ihrer Erinnerung einem schwarzen Wirbelsturm. Da war das Hämmern an der Tür, die Klinke, die jemand vergeblich immer wieder herunterdrückte, dann die Schreie, Arme, die sie fortzogen. Schwarz, alles schwarz. Übelkeit und Finsternis, monatelang … Dann die sanfte Stimme von Nanou, ihre Hand, die ihr Haar streichelte oder ihre Hand hielt, wenn der Albtraum erneut begann. Nanou, nur Nanou, und immer wieder Nanou. Wie viel verdankte sie doch Nanou! Für Nanou würde sie alles tun.

Abrechnung

Am nächsten Morgen stand Isabelle mit frischer Energie und der festen Absicht auf, der Familie zu erklären, wie leid ihr die ganze Geschichte tat. Vielleicht würde sie niemand anhören wollen, aber wenigstens hätte sie ihnen dann gesagt, dass sie nie jemandem hatte Schaden zufügen wollen. Entschlossen marschierte sie durch den Salon Richtung Terrasse. Als sie gerade die Fenstertür passieren wollte, hörte sie eine ihr bekannte Stimme aufgeregt sprechen.

»Sie können sich ja denken, dass ich sofort alles habe stehen und liegen lassen, als ich hörte, dass die Kinder in Gefahr sind. Krücken hin oder her.«

Als Isabelle in der Tür erschien, verstummten alle.

»Guten Morgen«, begann Isabelle. »Ich mache mich gleich auf den Weg, aber ich wollte mich vorher noch entschuldigen …«

Sie unterbrach sich und schluckte trocken, als Valentina von ihrem Stuhl aufstand. Ihr mächtiger Schatten tauchte den Frühstückstisch ins Dunkel, und sie wirkte noch eindrucksvoller als sonst.

»Kinder, geht in eure Zimmer!«

»Großmutter, ich möchte mit dir unter vier Augen sprechen«, sagte Adriana mit tonloser Stimme.

»Geh auf dein Zimmer, mein Liebling. Wir reden später darüber.«

Jetzt sah Isabelle zum ersten Mal zu der Frau hinüber, die bei ihrer Ankunft gesprochen hatte. Ihre Stimme war sanft, aber fest. Mit Eleganz nippte sie an ihrer Teetasse und musterte Isabelle neugierig. Sie war eine eher unscheinbare Brünette, weder hübsch noch hässlich, weder dick noch dünn, aber ihr Lächeln strahlte eine solche Wärme aus, dass man auf der Stelle Lust hatte, sich in ihre Arme zu schmiegen und an sie zu kuscheln. Isabelle begriff. Sie kannte diese Stimme und auch das Gesicht, nur hatte sie beides nicht miteinander in Verbindung gebracht. Es war die Frau, mit der Adriana diese lebhafte Unterhaltung in dem Café von Bellagio geführt hatte. Mit dem einzigen Unterschied, dass sie heute eine Beinschiene trug und Krücken an ihrem Stuhl lehnten.

Isabelle hatte sich Nanou als eine nicht mehr ganz junge Frau vorgestellt, doch wie sie jetzt feststellen konnte, war Nathalie Lambert nicht älter als vierzig. Ihr dunkles Haar war zu einem einfachen, aber akkuraten Knoten hochgesteckt, und trotz der Hitze trug sie ein tailliertes blaues Kostüm.

Isabelle hatte die Szene schnell erfasst. Colombe war nicht da und Adriana so leichenblass, dass sie fast grünlich schimmerte. Zoé und Nicolas waren bereits auf ihre Zimmer gegangen. Jan hatte bis jetzt noch nicht ein Wort gesprochen, doch der harte Zug um seinen Mund ließ darauf schließen, dass er ausgesprochen schlechter Laune war.

Mit angespanntem Kiefer und ausdruckslosen Augen musterte er Isabelle.

»Wie konnten Sie nur? Sie wollten sich rächen, nicht wahr? Wegen diesem dummen Vorsprechen vor fünfzehn Jahren?«

»Nein, natürlich nicht. Ich bin gekommen, um mich zu entschuldigen …«

»Ach wirklich«, unterbrach Valentina sarkastisch, »und wofür wollen Sie sich entschuldigen? Dafür, dass Sie Ihre Diplome gefälscht haben? Dafür, dass Sie die Identität einer fremden Person gestohlen haben? Oder weil Sie Jan aus Eigensucht verführt haben? Was hatten Sie überhaupt vor? Vielleicht wollten Sie die Kinder entführen und Lösegeld erpressen? Nanou hat recht, wir holen besser die Polizei, Mademoiselle Derarsch, oder soll ich Sie besser Mademoiselle Bernard nennen?«

Isabelle verschlug es die Sprache. Sie hörte, wie der Kies hinter ihr knirschte.

»Es ist meine Schuld«, mischte sich Adriana ein.

Flehentlich schaute sie Nanou an, die sich jedoch darauf beschränkte, weiterhin zu lächeln.

»Du bist traumatisiert, Adriana. Das ist normal. Geh in dein Zimmer, Liebling!«

Dann legte Nanou beschwichtigend eine Hand auf Jans Arm und blickte Isabelle herausfordernd an.

Isabelle biss sich auf die Lippe.

Ja, natürlich! Jetzt war alles sonnenklar.

Nanou und Jan!

Die Wahrheit sprang ihr förmlich ins Gesicht, als sie die zärtlichen Blicke sah, die Nanou ihrem Chef zuwarf, gepaart mit der besitzergreifenden Hand auf seinem Arm. Sie liebte ihn. Ihr war es nur darum gegangen, die Konkurrenz auszuschalten. Sie hatte Colombe beseitigt, nun war Isabelle an der Reihe.

»Sie steckt dahinter! Von Anfang an …«, murmelte Isabelle.

»Tony, bringen Sie Mademoiselle Bernard in die Bibliothek und schließen Sie die Tür ab!«, befahl Nanou.

»Machen Sie Witze?«, entfuhr es Isabelle mit einem nervösen Kichern.

Valentina und Jan wechselten einen zögerlichen Blick.

»Sie haben unser Vertrauen missbraucht«, sagte Nanou, »und Sie haben sich eine fremde Identität angeeignet. Wir wissen zwar noch nicht, aus welchem Grund, aber Sie sind offensichtlich eine hochgefährliche Person. Wir sind gezwungen, Sie anzuzeigen.«

Isabelle traute ihren Ohren nicht.

»Ich weiß nicht, was Ihnen das Recht gibt, mich einzusperren.«

»Wenn ich Sie wäre, Mademoiselle Bernard«, säuselte Nanou mit samtiger Stimme, »dann würde ich die Sache nicht auf die Spitze treiben. Tony, führen Sie diese Person ab.«

Isabelle hatte nicht übel Lust, Nanou ihre Krücken um die Ohren zu hauen.

Der Butler, wie immer sofort und diskret zur Stelle, wenn man ihn brauchte, räusperte sich mehrmals. In seinem Innern musste es hoch hergehen.

»Worauf warten Sie noch, Tony?«, fragte Nanou unfreundlich.

Valentina schien sich plötzlich an etwas zu erinnern.

»Tony, heute ist Ihr freier Tag. Was machen Sie eigentlich hier?«

»Ich wollte mich nur vergewissern, dass am Frühstückstisch nichts fehlt, *Signora*.«

Valentina machte eine wegwerfende Handbewegung.

»Gehen Sie sich ausruhen, Tony. Jan, bringen Sie Isabelle in die Bibliothek.«

Tony schien erleichtert, diese Aufgabe nicht erledigen zu müssen, verbeugte sich kurz und ging.

»Ist das denn wirklich nötig?«, fragte Jan.

»Mit den Kindern im Haus wollen Sie diese Person doch wohl nicht hier herumspazieren lassen, bis die Polizei kommt?«, beharrte Nanou.

Glaubst du etwa, ich weiß es nicht?

Diesmal war es offiziell. Nicolas würde nie wieder aufhören zu weinen. Isabelle würde ins Gefängnis kommen. Sie hatte gelogen. Sie war nicht die, für die sie sich ausgegeben hatte.

»Mein Katerli«, meinte Sofia und legte eine Hand auf seinen Kopf, »sie kommt bestimmt wieder frei.«

Schon wieder eine Lüge! Wütend stieß er ihre Hand fort.

»Hör auf, so zu tun, als wärst du eine liebe Mama!«

Sofia runzelte so fest die Stirn, dass sich ihre Augenbrauen in zwei kleine Spitzgiebel verwandelten.

»Sprich nicht in diesem Ton mit mir!«, sagte sie und verschränkte die Arme. »Es ist doch alles nicht so schlimm.«

Mit zitternder Hand wischte Nicolas die Tränen ab, die ohne Unterlass über seine Wangen rollten, und er stellte sich in seinem Bett auf.

»Für dich ist nie etwas schlimm! Für dich ist immer alles einfach, weil dir alles egal ist!«

»Reg dich nicht auf. Lass uns lieber Schach spielen!«

»Ich will aber nicht spielen!«, stammelte er. »Deinetwegen hassen sich nun alle. Papa kann uns nicht mehr leiden, und Zoé kann Adriana nicht ausstehen. Das ist alles deine Schuld! Aber dir ist es egal. Dir ist alles schnurzpiepegal!«

Sie wich einen Schritt zurück. Das war wie eine Ohrfeige für sie. Nicolas lief zur Kommode, holte das Schachspiel heraus und schmetterte es mit aller Kraft auf den Boden. Der Kasten sprang auf, und die Figuren rollten über das Parkett. Wütend versetzte er dem hölzernen Schachbrett Fußtritte, bis es krachend in zwei Teile zerbarst.

»Hör auf!«, rief Sofia, »hör auf damit!«

Er hielt inne und sah seiner Mutter zu, wie sie sich hinhockte und mit bebenden Händen die Figuren einsammelte.

»Mein Katerli …«

Er ließ sie ihren Satz nicht beenden. Er war nicht mehr ihr Katerli. Plötzlich schoss ihm ein Gedanke durch den Kopf, der ihn derart überraschte, dass er seine verheerende Wut darüber ganz vergaß, und er sah seiner Mutter in die Augen.

»Wieso hast du eigentlich immer das Gleiche an, Mama? Und warum spricht außer mir niemand mit dir? Warum verschwindest du, sobald jemand anderes ins Zimmer kommt?«

Diese Fragen bestürmten ihn plötzlich wie ein wild gewordener Bienenschwarm. Im Grunde wollte er es doch gar nicht wissen!

Seine Wut verrauchte und machte abgrundtiefer Fassungslosigkeit Platz. Das alles ging nicht mit rechten Dingen zu. Ihr Verschwinden, sobald jemand anderes den Raum betrat, ihre Erscheinung, die sich, seit er sie damals in ihrem Zimmer schlafend gefunden hatte, nie veränderte: das gleiche Gesicht, nicht eine Falte, die dazugekommen wäre, der gleiche Kimono, die gleiche Zigarette! Unmöglich!

Sofias Schweigen war auch eine Antwort. Erinnerungsfetzen flackerten auf in seinem vom Kummer umnebelten Geist.

Schreie, Tränen, die Erklärungen seines Vaters und seiner Großmutter, die er in der Stille ertränkt hatte. Er hatte nichts mehr hören wollen. Hatte alles ganz leise gestellt, so wie man den Ton eines Films im Fernsehen leise stellt. Die Erinnerung ausgelöscht an diese Lippen, die sich bewegten unter den müden, rot geweinten Augen, in denen Verzweiflung glomm. Einfach gelöscht: Er hatte das alles gar nicht wissen wollen.

Der Garten im Sonnenschein. All die Menschen in Schwarz. Ein riesiges Loch im grünen Gras. Das Geräusch der Erde, die auf Holz geworfen wurde. Hunderte weißer Rosen, die in das gigantische Loch flogen. Dornen, die in seine kleine Hand stachen. Das Blut auf der Handfläche und in seinem Herzen.

Er wollte es nicht wissen.

Aber er wusste es.

Und er hatte es immer gewusst.

Seit er das leere Glas mit dem Abdruck ihres Lippenstifts in der schlaffen Hand seiner Mutter gesehen hatte.

Er spürte, wie die Trauer, die er seit Jahren in sich hineingefressen hatte, an die Oberfläche drängte und wie sich in seinem Mund Worte bildeten. Es war an der Zeit, die Mauern des Schweigens niederzureißen. Er sprach die Worte aus und wusste, dass er nur ein unverständliches, von Schluchzern unterbrochenes Murmeln zustande brachte, auch wenn es die Wahrheit beinhaltete.

»Glaubst du etwa, ich weiß es nicht? Denkst du, ich weiß nicht, dass du tot bist?«

Sofia hielt inne und legte den Bauern, den sie gerade aufgelesen hatte, wieder auf den Boden zurück. Langsam und mit leerem Blick erhob sie sich. Er wollte, dass sie es leugnete und über eine derart absurde Anschuldigung einfach lachte. Aber sie stand nur da, von der Morgensonne erleuchtet wie eine gläserne, durchscheinende Madonna in einem Kirchenfenster.

Das konnte sie ihm doch nicht antun. Wie konnte sie ihn verlassen? Er begann zu kreischen und kickte mit aller Kraft die eben von Sofia zusammengetragenen Figuren durch den Raum.

»Ich hasse dich! Ich hasse dich! Ich hasse dich!«

Sie wich zurück, vornübergebeugt, die Hand auf der Brust, als bohre sich bei jedem »ich hasse dich« ein Dolch in ihr Herz. Es tat so weh, dass sie nicht mehr atmen konnte, dass ihr Inneres schwelte. Das Gesicht tränenüberströmt, führte sie die Hand an den Mund.

»Sag so etwas nicht, mein Katerli! Bitte …«

Ihre Stimme überschlug sich. Aber sie leugnete nichts. Sie verteidigte sich nicht einmal.

»Geh weg!«, schluchzte er, »ich will … Ich will dich nie wiedersehen. Nie wieder … Du bist tot. Dich gibt es überhaupt nicht.«

Kaum hatte er diese Worte ausgesprochen, verschwand Sofia. In ihren roten und goldenen Kimono gehüllt, verging sie im Licht wie ein Wassertropfen in der hellen Morgensonne.

Stille, und er war wieder allein in seinem Kokon.

»Mama?«, flüsterte er.

Perplex hockte er vor seinem zerstörten Schachspiel und suchte mit den Augen die Stelle ab, an der Sofia noch vor ein paar Sekunden gestanden hatte.

»Mama?«

Nichts.

Er rief ein wenig lauter. Nichts.

Er rief noch einmal, und dann begann er, so laut wie irgend möglich zu schreien. Blanke Panik überfiel ihn. Sie konnte doch nicht einfach verschwinden! Sie konnte ihn doch nicht schon wieder alleinlassen.

Nicolas bekam fast keine Luft mehr, so sehr kreischte er, und er ertrank schier in seinen eigenen Tränen. Verzweifelt suchte er sie an dem Platz vor dem Fenster. Die Sonne warf ihre Strahlen auf den leeren roten Samtsessel.

Ohne meinen Anwalt sage ich nichts

Isabelle fuhr mit dem Finger nervös über die Buchrücken in der Bibliothek.

Brich jetzt nicht in Panik aus! Ruf Quentin an!

Er hatte bestimmt irgendeinen Rechtsanwalt an der Hand, jemanden bei der Geheimpolizei oder bei der Spionageabwehr. Es gab sicher irgendjemanden, der die Situation sofort klären und mit ein paar Einschreibebriefen alle Probleme lösen konnte. Sie würde der Polizei alles erklären. Alex würde bestimmt für sie aussagen und bezeugen, dass sie weder gewalttätig noch verrückt war. Und Amina auch. Oder auch nicht. Wenn Isabelle darüber nachdachte, kam sie zu dem Schluss, dass man Amina besser nicht in die Sache hineinziehen sollte. Sie würde ihre Zeugenrolle mit Sicherheit etwas zu kreativ auslegen.

Wer schwindelte denn nicht ein bisschen mit seinen Diplomen, wenn es darauf ankam, trotz der Wirtschaftskrise einen Job zu ergattern? Was konnte man ihr denn davon abgesehen sonst noch vorwerfen? Diese winzige Lüge wegen ihres Familiennamens?

Aber sie konnte ja gar nicht telefonieren, auch wenn sie es gewollt hätte. Ihr Handy lag noch auf dem Nachttisch. Sie hatte nicht einmal nachgeschaut, ob Quentin auf ihre ganzen Anrufe der letzten Nacht geantwortet hatte.

Vom Hof ertönte das Geräusch eines Motors, und Stimmen wurden laut. Sie konnte sich nicht mehr auf die Vorbereitung ihrer Verteidigungsrede konzentrieren. Sie ging zum Fenster. Colombe stieg, gefolgt von Jan, der einen großen Koffer schleppte, die Freitreppe hinunter und ging entschlossen auf das im Hof wartende Taxi zu. Der Fahrer öffnete den Wagenschlag. Isabelle konnte nicht verstehen, was sie sagten, aber Colombe wurde laut, und Jan versuchte offenbar verzweifelt, sie zurückzuhalten. Der Fahrer verstaute den Koffer, und Colombe stieg in den Wagen. Das Taxi startete. Jan blieb in der Allee stehen. Allein.

In diesem Augenblick vernahm Isabelle einen eigenartigen Krach direkt hinter ihr, und erschrocken fuhr sie herum.

Der dümmste Plan aller Zeiten

Adriana war fest entschlossen, wieder geradezubiegen, was sie angerichtet hatte. Sie würde Isabelle befreien und ihr zur Flucht verhelfen. Und wenn sich die allgemeine Aufregung dann gelegt hätte, würde sie ihren Vater bitten, keine Anzeige zu erstatten, und damit wäre alles geritzt.

Sie hätte schon früher durchschauen müssen, was für ein faules Spiel hier gespielt wurde. Die schallende Backpfeife, die Nanou ihr an dem Tag verpasst hatte, als die Kinder die Kathedrale von Como besichtigten, war die Antwort auf eine harmlose Bemerkung gewesen: »Bist du sicher, dass Colombe uns auseinanderbringen will? Manchmal frage ich mich, ob nicht deine Fantasie mit dir durchgeht. So fürchterlich scheint mir Colombe gar nicht zu sein.«

Klatsch. Die Ohrfeige saß. Sofort hatte Nanou sie mit Entschuldigungen überschüttet. Adriana müsse verstehen, dass alles, was Nanou tat, ausschließlich zum Schutz der Kinder geschah – und aus Liebe. Ein Detail fehlte in dieser Darstellung: aus Liebe zu wem?

Der Plan war ganz einfach gewesen. Nanou hatte vorgeschlagen, dass sie sich krank stellen und man eine Schauspielerin engagieren würde, die sie während ihres Krankenurlaubs ersetzen sollte. Deren wirkliche Aufgabe sollte darin bestehen, Jan zu verführen, der ja dafür bekannt war, hübschen jungen Mädchen nicht widerstehen zu können.

Sobald Jans Untreue offenbar würde, würde Colombe schon von allein verschwinden.

Als Adriana dann in der Garage des Vaters von Gwen Lemaire zufällig auf Isabelle stieß, wusste sie sofort, dass sie die ideale Kandidatin vor sich hatte. Unter dem Einfluss von Nanou und blind vor Angst, Colombe könnte die Familie entzweien, hatte sie, ohne darüber nachzudenken, an dem Plan mitgewirkt. Ihr einziges Ziel war es, die Verlobte ihres Vaters loszuwerden.

Seit dem Beginn der Ferien wohnte Nanou in einem kleinen Hotel in Bellagio, um das Geschehen im Auge zu behalten. Jedes Mal, wenn Adriana an der Operation zu zweifeln begann, erfand Nanou neue Argumente, um sie von der Notwendigkeit der Aktion zu überzeugen.

Darüber hinaus hatte Nanou von dem jungen Mädchen verlangt, eine Kamera in Isabelles Zimmer zu installieren. Am Abend vor der Preisverleihung brachte Adriana Nanou dann besagtes Video, worauf diese es eigenmächtig und ohne Adrianas Einverständnis in der Villa d'Este hatte abspielen lassen. Nie im Leben hätte Adriana gedacht, dass Nanou dieses Video für eine öffentliche Demütigung von Colombe, Isabelle und Jan verwenden würde. Die Hoffnungslosigkeit auf dem Gesicht ihres Vaters hatte Adriana zutiefst getroffen. Wie hätte sie ahnen können, dass Nanou Isabelle nicht nur anschwärzen würde, obwohl die Geschichte ihren Wünschen gemäß ausging, denn Colombe hatte die Familie verlassen, sondern dass sie Valentina und Jan auch noch unbedingt überzeugen wollte, die Polizei einzuschalten.

Auch Adriana hatte es nun begriffen: Nanou war in ihren Vater verliebt.

Wie dumm sie doch gewesen war!

Colombe hatte zweifellos nie die Absicht gehabt, sich

in die Erziehung der Kinder einzumischen, und schon gar nicht, Nicolas in ein Internat in der Schweiz zu schicken. Nanou hatte das blinde Vertrauen, das ihr das junge Mädchen entgegenbrachte, skrupellos ausgenutzt.

Und wenn es eines gab, was Adriana Kozlowski-Valentini auf den Tod nicht ausstehen konnte, so war es, wenn man sie für dumm verkaufen wollte.

Mit einem Schraubenzieher und einem Küchenmesser bewaffnet, machte sich Adriana auf den Weg durch den Flur, um das Schloss zur Bibliothek aufzubrechen und Isabelle herauszulassen, als plötzlich ein unheimlicher Schrei die Stille des Hauses zerriss. Seine Kindheit mit jemandem zu teilen, hinterlässt Spuren. Und als Adriana ihren kleinen Bruder so entsetzlich kreischen hörte, folgte sie nur noch ihrem Instinkt. In ihrer Angst, jemand könne versuchen, Nicolas umzubringen, rannte sie, das Messer in der Hand, so schnell zu ihm, als sei ein Tyrannosaurus Rex hinter ihr her.

Vor Nicolas' Tür traf sie auf Zoé, die ebenfalls herbeigelaufen war, ihrerseits mit einer Nachttischlampe bewaffnet, deren Kabel über den Boden schleifte. Sie schauten sich unsicher an, dann fiel Zoés Blick auf das Messer.

»Gut gemacht! Ich hab auf die Schnelle nur das hier gefunden«, sagte sie und hielt die Lampe hoch, wobei der Schirm zu Boden fiel.

»Wir zählen bis drei, dann stürmen wir das Zimmer«, flüsterte Adriana und Zoé nickte militärisch knapp.

»Eins«, sagte Adriana.

Statt »zwei« zu sagen, trat sie kräftig in die Tür, die nach innen aufflog und gegen die Zimmerwand knallte, und die beiden stürzten in den Raum, bereit, einen eventuellen Kidnapper zu erdolchen.

Nicolas war allein. Er kniete auf dem Boden vor dem Fenster und schluchzte.

Er rief nach seiner Mutter. Ihrer Mutter.

Die Mädchen ließen Messer und Lampe fallen und hockten sich neben ihren Bruder, nahmen ihn in die Arme und wiegten ihn, bis Nicolas' Schreie einem Wimmern wichen und schließlich in ein besänftigtes Schniefen übergingen.

Sie sind auf dem Holzweg

Mit vor Schreck geweiteten Augen beobachtete Isabelle, wie sich eine ganze Bücherwand polternd öffnete. Und mit einem Mal stand Tony vor ihr, der durch eine geheime Tür hereintrat. Freier Tag hin oder her, seine Butleruniform war wie immer tadellos.

»Was machen Sie denn hier?«, fragte Isabelle.

Es fehlte nur noch, dass Tony mit Nanou unter einer Decke steckte und sie als lästige Zeugin des gigantischen Komplotts aus dem Weg räumen sollte.

»Ich komme, um Sie zu verhören.«

Sein Akzent erschien ihr noch stärker als sonst. Er überragte Isabelle um einiges, und beim Anblick seiner behandschuhten Hände bekam sie weiche Knie.

»Wie, mich verhören?«, stotterte sie.

Er forderte sie auf, sich in einen Sessel zu setzen. Zitternd gehorchte sie. Er zog einen Stuhl heran und setzte sich ihr direkt gegenüber, sodass ihre Knie sich berührten.

Isabelle machte sich in ihrem Sessel ganz klein.

»Weshalb sind Sie wirklich hier? Dass Sie nicht aus dem Norland College kommen, ist klar, und ich vermute, dass Ihre Ähnlichkeit mit unserer Sofia auch nicht zufällig ist.«

Er sprach mit tonloser und eisiger Stimme. Isabelle hätte ihm gern geantwortet, doch ihre Zunge klebte am Gaumen und wollte nicht kooperieren.

Tony legte die Hände auf seine Knie und beugte sich vor. »Sehen Sie, ich hänge sehr an dieser Familie.«

»Ich auch«, winselte Isabelle.

»Dann stelle ich meine Frage noch einmal. Und ich empfehle Ihnen dringend, zu antworten. Weshalb sind Sie wirklich hier?«

Er hatte jetzt etwas lauter gesprochen, laut genug, um ihr verständlich zu machen, dass er die Frage nicht noch einmal wiederholen würde.

Isabelle schloss die Augen. Sie musste wohl oder übel aussagen. Die Wahrheit drängte ans Licht. Sie atmete tief ein, um ihre zitternden Hände unter Kontrolle zu bringen, und dann begann sie, ihm mit ruhiger Stimme die ganze Geschichte zu erzählen: wie sie Adriana bei Alexandre kennengelernt hatte, das Abkommen, das sie ihr vorgeschlagen hatte, ihre finanziellen Probleme … Je länger sie sprach, umso leichter fühlte sie sich. Wenigstens eine Person kannte nun die ganze Wahrheit.

»Jetzt wissen Sie alles, also bitte, helfen Sie mir! Wenn schon nicht meinetwegen, dann tun Sie es für Woody-Allen, denn sie kann ohne mich nicht leben.«

Dieser letzte Satz schien Tony ein wenig zu verwirren, aber eine nähere Erklärung stand für ihn jetzt wirklich nicht im Vordergrund. Er fuhr sich mit der Hand übers Gesicht.

»Ich konnte sie nie ausstehen«, murmelte er vor sich hin.

»Ich habe das alles nicht mit böser Absicht gemacht«, sagte Isabelle zaghaft.

»Sie meine ich nicht. Ich rede von Nathalie Lambert. Und was heißt hier ›nicht mit böser Absicht‹? Schämen Sie sich nicht, für Geld einen rechtschaffenen Witwer und Familienvater zu verführen, der endlich wieder heiraten will?«

Isabelle hätte dagegenhalten können, dass diese Beschreibung Jans wahre Persönlichkeit nicht ganz zu hundert Prozent traf, aber jetzt war nicht der Zeitpunkt für eine solche Debatte.

»Es hat mich plötzlich übermannt.«

Tony beobachtete sie eine Weile, um den Grad ihrer Aufrichtigkeit zu ermessen. Nach ein paar langen und quälenden Sekunden – sie fühlte sich wie nach ihrer siebten Fahrprüfung – erhob er sich.

»Ich erkläre Ihnen jetzt, was Sie tun werden.«

»Alles, was Sie wollen! Versprochen!«

Sie hätte sogar versprochen, die Bibel auf Suaheli zu übersetzen, wenn Tony es von ihr verlangt hätte.

»Sie bringen sie zurück!«

»Wie? Wen?«

»Colombe de la Fontardière! Ich sehe keine andere Möglichkeit.«

»Was hat Colombe damit zu tun?«

»Sie bringt ein gewisses Gleichgewicht in diese Familie. Sie müssen sie dazu überreden, zurückzukommen, und sie davon überzeugen, dass Nathalie Lambert für diese ganze Geschichte verantwortlich ist. Wenn sie Ihnen glaubt, kann sie auch Jan und Signora Valentini überzeugen. Sie sind die einzige Hoffnung für die Kinder. Sie zählen auf Sie.«

»Die Mädchen hassen mich.«

Tony blickte sie überrascht an, und – selten, aber wahr – lächelte!

»Ich dachte, es gehört zu Ihrer Rolle, aber Sie sind auf dem Holzweg. Die Mädchen sind in der Pubertät, in dem Alter hasst man aus Prinzip alles und jeden. Jedenfalls müssen Sie ihnen helfen, allein wegen Nicolas. Sie haben ja keine Ahnung, was es bedeutet, ohne Eltern aufzuwachsen.«

Isabelle antwortete nicht. Natürlich wusste sie, was das

bedeutete. Und wenn sie an Nicolas dachte, der mit seinen sieben Jahren diesen Schmerz erfahren musste, den sie selbst so gut kannte, so war ihr dieser Gedanke einfach unerträglich.

»Okay«, sagte sie.

»Versprechen Sie es?«

»Ja. Aber Sie müssen mich hier rausholen.«

»Unmöglich! Es gibt nur einen Schlüssel, und außer Signora Valentini und mir kennt niemand den Geheimgang. Aber wenn alles so läuft, wie ich es mir vorstelle, werden Sie in Kürze befreit. Sie können Colombe noch vor ihrem Abflug um elf Uhr vierzig erwischen.«

Isabelle folgte seinem Blick zum Fenster und hoffte inständig, dort den blitzenden Helm eines Feuerwehrmannes auftauchen zu sehen, der zu ihrer Rettung angerückt war.

»Und wer holt mich hier raus?«

Tony antwortete nicht. Und als sie sich wieder umdrehte, war er bereits genauso verschwunden, wie er gekommen war.

Isabelle befreien

Nicolas, Zoé und Adriana saßen zwischen den überall verstreuten Schachfiguren auf dem Teppich. Schweigend sammelten die Mädchen sie ein. Ein paar Schritte entfernt lag das zerbrochene Schachbrett.

»Wir kaufen dir ein neues«, murmelte Zoé.

Adriana hob Nicolas' Brille auf. Die Gläser waren noch in Ordnung, aber ein Bügel war abgebrochen. Während sie das Gestell hielt, klebte Zoé den Bügel mit Klebeband fest. Dann setzten sie die Brille auf Nicolas' tränennasse Nase. Er weinte nicht mehr, aber sein erloschener Blick war immer noch auf den Sessel am Fenster gerichtet.

»Sag du es ihm«, flüsterte Zoé Adriana zu, ohne den Kopf zu ihr zu drehen, »ich bringe es nicht fertig.«

Adriana näherte sich Nicolas und nahm seine Hand.

»Nicolas, Mama ist vor vier Jahren von uns gegangen. Sie kommt nicht wieder, aber sie ist jetzt glücklich. Sie wird immer über uns wachen.« So etwas zu sagen fiel Adriana extrem schwer, immerhin hatte sie nach dem Tod ihrer Mutter in einem offiziellen Einschreibebrief an das Bistum die Annullierung ihrer Taufe gefordert.

»Und auch wir wachen immer über dich«, fuhr sie fort. »Wir werden immer für dich da sein.«

»Was noch zu beweisen wäre«, brummte Zoé.

Adriana hob den Kopf.

»Was soll das denn jetzt heißen?«

»Nichts.«

»Also wirklich, du posaunst was raus und dann willst du nichts gesagt haben. Sprich gefälligst aus, was du denkst!«

Zoé zuckte die Achseln.

»Es stimmt nicht, dass du immer da sein wirst … Du hast uns ja schon hängen lassen.«

Adriana kicherte ungläubig.

»Willst du mich verscheißern? Ich habe euch hängen lassen?«

»Du bist doch nie da, du bist extra in die Wohnung über uns gezogen. Seit Mama … (sie brachte das Wort nicht heraus, sie musste erst einmal tief durchatmen) … seit Mama tot ist, sprichst du überhaupt nicht mehr mit uns. Alles, was dich noch interessiert, ist, fremden Mädchen beizubringen, wie man sich die Wangen pudert.«

Adriana ließ Nicolas' Hand los und sprang auf.

»Ich glaube es nicht! Das sagst ausgerechnet du? Wer hat denn wen zuerst hängen lassen? Brauchtest du mich vielleicht, als du in der Schule weggeguckt hast, um mir nicht Hallo sagen zu müssen? Als du dich in der Kantine versteckt hast, bloß um nicht mit mir Mittag essen zu müssen? Als du dich für mich so geschämt hast, dass du allen erzählt hast, ich wäre die Tochter einer Pennerin, dic an Tuberkulose gestorben ist, und dass deine Familie mich aus Mitleid aufgenommen hat?!«

Mit einer derart heftigen Reaktion hatte Zoé nicht gerechnet.

»Das ist doch keine Entschuldigung! Wie konntest du diesen Kinderkram denn ernst nehmen? Ich war halt total neben der Spur in der Zeit. Falls du es vergessen hast, ich hatte gerade meine Mutter verloren.«

»Stell dir vor, ich auch! Jetzt komm mir nicht damit, dass ich euch alleingelassen hätte. Das ist gemein!«

Nicolas sah seine Schwestern hoffnungslos an. Er stand auf, ging zum Sessel am Fenster und rollte sich darin zusammen, entfernte sich so vom Krisenherd, da sich die beiden, wie immer bei solchen Streitereien,ja doch nur Schimpfwörter an den Kopf werfen würden.

Wutentbrannt standen sich Zoé und Adriana gegenüber.

»Ich habe dich nicht hängen lassen. Wenn ich zu Hause mit dir sprechen wollte, hast du mich sofort weggejagt.«

Adriana verschränkte die Arme.

»Ach ja? Natürlich, zu Hause, wenn das brave Kind allein mit mir sprechen konnte, ohne seinen Ruf zu riskieren!«

»Verdammt, Adriana, was redest du da? Das Ganze hat vielleicht gerade mal zwei Monate gedauert. Dann warst du auf einmal der große Star und wärst lieber tot umgefallen, als mit mir gesehen zu werden! In Wirklichkeit hast du mich so sehr verachtet, dass du jetzt wahrscheinlich ganz froh bist, eine so blöde Ausrede gefunden zu haben, nur um nie mehr mit mir sprechen zu müssen.«

Die Explosion stand kurz bevor. Nicolas kauerte sich noch tiefer in den Sessel, hielt sich die Ohren zu und schloss die Augen.

»Das stimmt doch gar nicht. Du redest nur Stuss!«, schrie Adriana. »Ich habe mich nie für dich geschämt! Ich war einfach nur sauer auf dich!«

»Machst du Witze? Seit vier Jahren ziehst du eine Fresse, nur weil du sauer warst?!«

»Ganz genau! Und weil du dich nie entschuldigt hast!«

»ALSO GUT, ENTSCHULDIGE!«, brüllte Zoé.

Adriana machte den Mund auf, um noch etwas nachzulegen, und Zoé kam einen Schritt auf sie zu, bereit, sich mit ihrer Schwester zu prügeln. Doch dann entspannte sich Adriana plötzlich.

»Okay«, sagte sie.

»Okay was?«, fragte Zoé verblüfft.

»Ich verzeihe dir.«

Damit drehte Adriana sich um, hob das ramponierte Schachbrett auf und begann, die Figuren in den Kasten zu räumen. Zoé kniff misstrauisch die Augen zusammen.

»Soll das heißen, dass wir wieder miteinander reden?«

Vorsichtig nahm Nicolas erst die eine, dann die andere Hand von den Ohren und blinzelte zu den Mädchen hinüber.

Zoé stand immer noch wie festgewachsen mitten im Raum, während Adriana vergeblich versuchte, das Brett zusammenzuklappen, aber ein Scharnier war kaputt. Sie seufzte und wandte sich an ihre kleine Schwester: »Offenbar streiten wir, weil es vor vier Jahren zwischen uns ein Missverständnis gegeben hat. Deshalb denke ich mal, dass wir jetzt genauso gut damit aufhören können. Außerdem hast du dich ja entschuldigt.«

Zoé runzelte die Stirn, als fürchte sie einen Trick.

Nicolas richtete sich im Sessel auf, überrascht, aber zufrieden über die offenbar gütliche Einigung.

»Wir müssen Isabelle befreien«, murmelte er so leise, dass ihn niemand hörte.

»Aber du hast dich nicht entschuldigt!«, rief Zoé.

Adriana legte das Schachspiel auf Nicolas' Knie. Mit verschränkten Armen drehte sie sich zu ihrer Schwester um.

»Na gut. Entschuldige! Aber eins sage ich dir gleich: Ich habe alle Passwörter auf meinem Computer geändert. Jetzt kannst du nichts mehr hacken.«

Zoé nickte, warf ihr nochmals einen unsicheren Blick zu und reichte ihr dann die Hand. Adriana schlug ein.

»Wir müssen Isabelle befreien«, sagte Nicolas noch einmal etwas lauter.

Erschrocken drehten die beiden Mädchen sich mit großen Augen zu ihm um.

»Du sprichst?!«

Kommst du jetzt endlich oder sollen wir hier festwachsen?

Isabelle ging in der Bibliothek auf und ab. Durch das Fenster sah sie einen Polizisten auf seinem Motorrad vorfahren.

Mist, Mist, Mist …

Der beleibte Mann in Uniform stieg ab.

Auf der Freitreppe erschien Valentina Valentini und ließ ihn eintreten.

Kaum waren die beiden verschwunden, tauchte in der Fensteröffnung Adriana auf, direkt vor Isabelles Gesicht. Vor Schreck machte Isabelle einen Satz rückwärts.

»Aaaaah!«

Das junge Mädchen machte ihr ein Zeichen, dass sie das Fenster öffnen solle.

»Das darf doch wohl nicht wahr sein! Ich kriege noch einen Herzinfarkt«, rief Isabelle.

»Pst! Ich hole dich hier raus.«

»Aha! Und was macht Zoé da?«, fragte Isabelle und deutete auf Adrianas Schwester, die mit einem Messer in der Hand über den Kies schlich.

»Sie lässt die Luft aus den Reifen.«

»Warum das denn?«

»Warum wohl, Frau Einstein? Damit du türmen kannst!«

Fassungslos beobachtete Isabelle das Schauspiel. Hier Adriana mit ihren hochhackigen Sandaletten auf der Leiter, dort Zoé, die sich am Motorrad des Polizisten zu schaffen machte.

»Wo ist Nicolas?«

»Der klaut gerade den Schlüssel vom Porsche aus Papas Zimmer.«

»Den Schlüssel vom P…«

»Kommst du jetzt endlich oder sollen wir hier festwachsen? Das hier ist eine Rettungsaktion, keine politische Debatte.«

Fragen über Fragen purzelten Isabelle durch den Kopf. Doch jetzt war nicht der richtige Augenblick, dies und jenes zu erwägen. Sie kletterte durch das Fenster, folgte Adriana die Leiter hinunter und landete in einem Geranienbusch.

»Ich habe deine Handtasche, dein Handy und deinen Pass geholt«, sagte Adriana und zog aus einem Blumenbeet Isabelles Tasche hervor.

»Schön«, sagte Isabelle. »Aber wo ist mein Koffer?«

»Dafür haben wir keine Zeit. Dein Flug geht um elf Uhr vierzig.«

Der Flug um elf Uhr vierzig! Adriana schickte sie mit demselben Flugzeug nach Frankreich, das auch Colombe nahm. Wie praktisch!

Zoé rannte ihnen bis zur Garage hinterher.

»Unmöglich, die Reifen zu zerstechen. Aber der Dussel hat den Schlüssel stecken lassen. Den habe ich in den Brunnen geworfen.«

»Perfekt«, kommentierte Adriana und rannte weiter. »Hauptsache, er kann uns nicht verfolgen.«

»Ich habe auch sein Walkie-Talkie zerdeppert.«

Adriana warf ihrer Schwester einen bewundernden Blick zu, deren Brust vor Stolz schwellte.

»Es ist neun Uhr fünfundzwanzig. Wir sollten vielleicht ein Taxi rufen«, schlug Isabelle vor.

»Ein Taxi? Wir haben nicht genügend Zeit.«

Adriana gab den Code an der Garageneinfahrt ein, und das automatische Tor fuhr langsam hoch.

Nur Jans Porsche Panamera stand noch dort.

In diesem Augenblick tauchte Nicolas auf und schwenkte mit Siegermiene den Autoschlüssel.

»Wer soll denn fahren?«, fragte Isabelle und lachte nervös, »mit mir braucht ihr nicht zu rechnen, ich habe keinen Führerschein …«

Adriana riss Nicolas den Schlüssel aus der Hand und drehte sich zu Isabelle um.

»Du verarschst mich!«

Damit warf sie Isabelle den Schlüssel zu, die ihn automatisch auffing.

Plötzlich ging die Tür zur Garage auf, und Valentina, Nanou, Jan und der Polizist drängten sich mit der gleichen Disziplin herein wie kleine Kinder in einen Bällepool.

»Da ist sie!«, schrie Valentina.

Was keine besonders brillante Feststellung war, da wirklich jeder es mit eigenen Augen sehen konnte.

Die drei Valentini-Enkel sprangen gleichzeitig ins Auto. Isabelle blieb wie zur Salzsäule erstarrt stehen und starrte wie hypnotisiert auf den Revolver, den der Polizist auf sie gerichtet hatte.

»Keine Bewegung!«

»Steig ein!«, rief Adriana und öffnete von innen die Tür auf der Fahrerseite.

Nanou schlug entsetzt die Hände vor den Mund.

»Oh mein Gott, sie nimmt die Kinder als Geisel!«

Jan machte einen Schritt auf Isabelle zu.

»Bitte, Isabelle«, sagte er ruhig, »geben Sie mir den Schlüssel!«

»Verdammt! Nun steig endlich ein!«, schrie Adriana. »Worauf wartest du? Auf ein Comeback von Minitel?«

»Keine Bewegung!«, wiederholte der Polizist auf Italienisch.

»Sie machen einen großen Fehler«, warnte Jan. »Auf Kindesentführung steht Gefängnis.«

»Seien Sie vernünftig, und wir ziehen die Anzeige zurück«, flehte Valentina mit bebender Stimme.

»Ja, das mit der Anzeige war voreilig«, versuchte Jan einzulenken. »Wenn Sie mir den Schlüssel geben, vergessen wir das Ganze.«

Isabelle sah auf die Uhr, die anzeigte, dass die Zeit gefährlich verrann, dann auf den Revolver, den der Polizist immer noch auf sie gerichtet hielt, und schließlich auf Jan, in dessen hellen Augen echte Angst zu lesen war. Ob es Angst um seine Kinder oder um seinen Porsche war, ließ sich nicht mit Sicherheit feststellen.

Isabelle entspannte sich. Sie konnte diesen Porsche ohnehin nicht fahren, und sie hatte wenig Lust auf eine Kugel im Kopf, vor allem, wenn die Anzeige zurückgezogen wurde. Sie tat einen Schritt auf die anderen zu, bereit zu kapitulieren.

»So ist es richtig. Benehmen Sie sich wie eine Erwachsene! Geben Sie uns den Schlüssel«, säuselte Nanou mit ihrer honigsüßen Stimme.

Alle schienen sich zu beruhigen, und der Polizist senkte seine Waffe.

Jeder Mensch kommt in seinem Leben irgendwann an den Punkt, an dem er realisiert, dass er erwachsen geworden ist. Der Augenblick, in dem er plötzlich begreift, dass sich die Kindheit heimlich davongestohlen hat, ohne dass er sagen könnte, wie und wann genau es geschehen ist. Er sieht ein, dass er sich von nun an »wie ein Erwachsener benehmen« muss, wie Nanou es ausdrückte. Was bedeutet, dass endgültig Schluss damit ist, in schmutzige Pfützen zu springen, bei einem Pixarfilm zu heulen und eine Arschbombe in den Pool zu machen, ohne sich vorher den Nacken mit Wasser besprengt zu haben. Es ist ein schmerzhafter Moment, wenn sich die Erkenntnis einstellt, dass man künftig mehr Brokkoli und weniger Erdbeer-Bananenpuddings essen wird, so tut, als würde man sich für die Nachrichten oder für den Zinssatz bei Geldanlagen interessieren. Es ist der Moment, in dem es plötzlich absurd erscheint, für ein dummes Versprechen sein Leben zu riskieren.

Aber dieser Moment war für Isabelle noch nicht gekommen.

»Mich wie eine Erwachsene benehmen? Halt, stopp, meine Gute, ich komme doch gerade erst in die Pubertät.«

Und mit diesen Worten schwang Isabelle sich auf den Fahrersitz und verriegelte alle Türen. Die anderen stürzten sich auf den Wagen und klopften an die Fenster.

»Achtung, ich schieße!«, schrie der Polizist auf Italienisch.

Valentina gab ihm eine kräftige Kopfnuss.

»Sind Sie noch zu retten? Stecken Sie das Ding weg! Sie verletzen noch meine Enkel!«

Beschämt gehorchte der Polizist.

»Macht auf!«, brüllte die Großmutter.

Mit sicherer Geste ließ Isabelle den Motor an. Es hatte auch sein Gutes, sieben Mal durch die Fahrprüfung gefallen zu sein, denn damit konnte sie auf die Erfahrung von etwa hundert Fahrschulstunden zurückblicken.

»Seid ihr alle angeschnallt?«

»Ja!«, riefen Adriana, Zoé und Nicolas im Chor.

»Machen Sie das Garagentor zu!«, brüllte Jan, und Nanou hastete zum Schalter.

Das Tor senkte sich langsam.

»Lassen Sie die Kinder aussteigen!«, flehte Jan.

Valentina bekreuzigte sich, der Polizist steckte seine Waffe weg und schlug mit den anderen auf das Auto ein.

Etwas durcheinander von der Wendung, die die Dinge nahmen, versuchte Nanou, Adrianas Aufmerksamkeit zu gewinnen, indem sie an ihr Fenster klopfte.

»Adriana, mein Liebling, mach auf, lass dir das nicht gefallen!«

»Nun fahr schon, hauen wir ab«, sagte diese und wandte nicht einmal den Kopf.

Der Motor heulte auf, aber der Wagen bewegte sich keinen Zentimeter. Der Motor drehte im Leerlauf.

»Mist, Mist, Mist!«

Das Garagentor hatte sich schon zur Hälfte gesenkt, es war kaum noch möglich, drunter durchzufahren.

Isabelle atmete tief durch. Jetzt oder nie!

»Los, leg den ersten Gang ein!«, rief Adriana.

»Vergiss die Kupplung nicht!«, rief Zoé.

»Fahr das Tor einfach um!«, rief Nicolas.

»Mein Porsche!«, rief Jan.

Der Porsche zerschmetterte das elegante Holztor.

Mit quietschenden Reifen und in einem Tempo, dass selbst James Bond vor Neid erblasst wäre, raste der Wagen zum Gittertor.

Machen Sie sich doch nicht lächerlich!

Valentina legte eine Hand auf ihre Brust. Der Polizist rannte zu seinem Motorrad. Plötzlich stand Tony vor ihnen.

»Kann ich irgendetwas tun? Ich habe diesen Krach gehört…«

»Wo waren Sie, Tony?«, fragte Nanou am Rande eines Nervenzusammenbruchs.

»Eigentlich ist heute mein freier Tag«, antwortete der Butler, dem der Ernst der Lage abzugehen schien.

Valentina sackte in seine Arme.

»Oh Tony! Diese Verrückte hat die Kinder entführt!«

Er klopfte ihr beruhigend auf die Schulter.

»Vertrauen Sie meiner Erfahrung, was Straffälligkeit angeht, Signora Valentini. Die Signorina Issabella mag eine etwas seltsame Person sein, aber eine Kriminelle ist sie bestimmt nicht.«

»Keine Kriminelle?«, ereiferte sich Nanou. »Sie hat vor unseren Augen die Kinder entführt.«

»Ach ja? Hat sie die Kinder gefesselt und in den Wagen geschleift?«, fragte Tony.

Valentina hob den Kopf und wirkte schon ein wenig gelöster.

»Sie haben recht. Die Kinder schienen sich gar nicht zu wehren. Aber wir dürfen nicht vergessen, dass sie im Norland College auch schnelles Autofahren und das Evakuieren in Notfällen gelernt hat.«

Nanou verdrehte die Augen.

»Das ist doch alles gelogen. Isabelle Bernard ist sieben Mal durch die Fahrprüfung gefallen.«

»Aha? Und woher wissen Sie das?«, erkundigte sich Tony.

Jan, der die ganze Zeit nervös im Kreis lief, blieb auf einmal stehen. Er warf Nanou einen misstrauischen Blick zu. Sie biss sich auf die Lippen.

»Och, wissen Sie, übers Internet …«

»Es ist auch Ihre Schuld«, zischte Jan. »Warum mussten Sie auch unbedingt darauf bestehen, dass wir Isabelle anzeigen? Hätten wir sie nach Hause fahren lassen, wäre das alles nicht passiert.«

Nanou senkte wortlos den Kopf.

In diesem Augenblick kam mit verlegener Miene der Polizist zurück und teilte den anderen mit, dass er das Motorrad nicht starten könne, weil der Schlüssel verschwunden sei, und seine Kollegen könne er auch nicht anrufen, weil jemand sein Walkie-Talkie außer Gefecht gesetzt habe. Er bat darum, ein Telefon benutzen zu dürfen.

»Aha! Ich habe es Ihnen ja gesagt: Wir haben es mit einer professionellen Kriminellen zu tun!«, triumphierte Nanou.

Valentina, die seit geschlagenen fünf Minuten in Tonys Armen jammerte, machte sich los.

»Immer muss ich mich selbst um alles kümmern! Jan, wo sind Ihre lächerlichen und geradezu unanständig lauten Wagen abgeblieben?«

»Alle anderen Autos sind zur Überholung in der Werkstatt, Signora Valentini«, antwortete Tony.

»Also wirklich! Erklär mir doch mal einer, wozu man

ständig Autos kauft, wenn sie an dem einzigen Tag, an dem man sie mal wirklich braucht, in der Werkstatt stehen?«

»Deshalb habe ich ja den Porsche behalten. Ich konnte doch nicht ahnen, dass er gestohlen wird.«

»Hat jemand ein Telefon?«, fragte der Polizist nochmals schüchtern an.

Niemand beachtete ihn.

»Und was ist mit dem da? Funktioniert das noch?«, fragte die Großmutter und wies mit dem Finger auf ein Gefährt ganz hinten in der Garage.

Alle drehten sich zu dem orangen Motorroller um und betrachteten ihn ungläubig. Ohne eine Antwort abzuwarten, hob Valentina ihren Rock und bestieg den kleinen Roller, der unter ihren breiten Hüften winzig und zerbrechlich wirkte.

»Tony, geben Sie mir bitte einen Helm!«

Er reichte ihn ihr, und Valentina stülpte ihn über ihren Haarknoten.

»Warten Sie, ich komme mit! Lassen Sie mich fahren«, rief Jan.

»Kommt nicht infrage! Das ist mein Motorroller. Seit meiner Hochzeit habe ich ihn nicht mehr angerührt.«

»Das ist doch viel zu gefährlich!«

»Wirklich, Jan, wenn man Sie so hört, könnte man meinen, ich war mein ganzes Leben lang vierundachtzig. Entweder Sie setzen sich jetzt hinter mich oder Sie bleiben hier!«

Jan zögerte, stieg dann jedoch widerwillig auf.

»Ich komme mit!«, rief Nanou.

»Machen Sie sich doch nicht lächerlich!«, rief Valentina. »Sie haben einen Gipsfuß. Jan! Festhalten!«

Die Großmutter legte einen Kavaliersstart hin, und der

kleine orange Motorroller schoss auf das Tor zu, durch das wenige Minuten zuvor der Porsche verschwunden war. Hatte Jan sich das nur eingebildet? Oder hatte seine Schwiegermutter tatsächlich gerade »Juhu!« gerufen?

Ich glaube, da ist jemand gestorben

Isabelle hielt den Blick starr auf die Straße gerichtet und klammerte sich ans Lenkrad. Wie Vin Diesel in *The Fast and the Furious* nahm sie die Kurven präzise und mit Geschick. Die vielen Fahrstunden für die sieben versiebten Fahrprüfungen trugen nun doch ihre Früchte, und mit ein bisschen Adrenalin fuhr Isabelle ebenso gut wie Alain Prost.

»Vielleicht solltest du endlich mal in den zweiten Gang schalten«, schlug Zoé vor.

Isabelle schaute auf den Tachometer, und der zeigte vierzig Stundenkilometer an. Der Vergleich mit Alain Prost war vielleicht etwas voreilig gewesen.

»Es ist neun Uhr zweiundvierzig, und das Navi gibt anderthalb Stunden Fahrzeit bis zum Flughafen Mailand an«, las Adriana von ihrem Smartphone ab. »Das wird verdammt eng! Ich buche deinen Flug übers Internet, dann hast du deine Bordkarte direkt auf dem Handy, und ohne Koffer kannst du den Flug vielleicht noch erwischen.«

»Nun fahr doch endlich schneller!«, nörgelte Zoé.

»So oder so, ich fahre nicht zum Flughafen, um nach Hause zu fliegen, sondern um Colombe zurückzuholen«, sagte Isabelle.

Daraufhin führte sie lang und breit aus, wie wichtig es sei, Colombe zu überzeugen. Sie müsse Jan unbedingt verzeihen und zurückkommen, allein schon um Nanou zu enttarnen. Zoé und Nicolas konnten sich nicht vorstellen, dass Nanou die Schuld an dieser Geschichte trug. Also zeigte Adriana ihnen das komplette Video, das außer ihr nur Nanou kannte und von dem diese lediglich die Kussszene abgespielt hatte. Als der Ausschnitt kam, in dem Isabelle die Kinder vor Jan verteidigte und ihm klarmachte, was für außergewöhnliche Sprösslinge er doch habe, baten Zoé und Nicolas um Ruhe und wollten die Aufzeichnung noch einmal von Anfang an sehen.

»Es tut mir wirklich leid, dass ich die Kamera in deinem Zimmer versteckt habe«, sagte Adriana. »Vor allem für mich, denn ich musste die ganze Zeit mit ansehen, wie du drei Viertel der Zeit nackt in deinem Zimmer rumgelaufen bist.«

»Statt Blödsinn zu erzählen, schau mal lieber auf meinem Handy nach, ob ich SMS oder Anrufe erhalten habe!«, forderte Isabelle Adriana auf. Bei der Erwähnung des gestrigen Abends war ihr plötzlich Quentins Anruf eingefallen, auf den sie nicht reagiert hatte.

Adriana kramte Isabelles Handy aus deren Handtasche.

»Du hast nur noch ein Prozent Batterie. Hallo, siebenunddreißig verpasste Anrufe von Quentin Lefèvre! Wer ist der Spinner?«

»Zeig her!«

»Amina Benzekri und Alexandre Lemaire haben auch mehrmals versucht, dich zu erreichen. Ich glaube, da ist jemand gestorben.«

Isabelle streckte den Arm aus, um sich das Handy zu schnappen. Zoé war plötzlich rot geworden.

»Wo wir gerade bei Entschuldigungen sind … Gestern Abend habe ich, weil ich so sauer war, wahrscheinlich etwas Blödes gemacht, Isabelle«, sagte Zoé und trommelte nervös auf der Lehne herum. »Ich habe deine Mailbox gehackt und…«

Als Isabelle versuchte, ihre Mailbox abzurufen, geriet der Wagen ins Schleudern, und alle vier schrien gleichzeitig auf. Kreidebleich bekam Isabelle den Wagen wieder unter Kontrolle. Sie atmete tief durch.

»Okay, die Nachrichten, Entschuldigungen und Geständnisse heben wir uns für später auf. Ich muss mich konzentrieren«, meinte sie und fühlte sich ungefähr so in ihrem Element wie ein Entenconfit auf einem veganen Büfett.

»Die Batterie ist sowieso leer«, stellte Adriana mit philosophischer Gelassenheit fest und hob das auf den Boden gefallene Handy wieder auf. »Dein zwanghafter Verehrer muss eben warten.«

Isabelle war gerade dabei, die verrücktesten Hypothesen aufzustellen, weshalb Quentin sie siebenunddreißig Mal angerufen haben könnte, als sie im Rückspiegel den orangen Motorroller entdeckte.

»Du lieber Himmel! Sie verfolgen uns!«

Adriana schaute aus dem Heckfenster, um das Ausmaß der Gefahr zu ermessen.

»Verdammt, ist dir klar, dass du so langsam fährst, dass wir glatt von einem Mofa eingeholt werden können?«

Woher weißt du das?

Mit quietschenden Bremsen kam der Porsche um elf Uhr achtzehn auf dem Kurzhalteplatz des Flughafens zum Stehen. Isabelle, Adriana, Zoé und Nicolas sprangen fast gleichzeitig aus dem Wagen und rannten los, so schnell sie konnten.

»Sie dürfen hier nicht parken«, sagte ein Sicherheitsbeamter.

»Wir sind gleich wieder zurück!«, rief Isabelle und lief mit den anderen zur Flugtafel. Hektisch suchten sie die Zeile, die den Flug nach Paris und den Terminal anzeigte.

»Das können wir vergessen«, sagte Adriana. »Das schaffst du nie im Leben, die Maschine startet in zwölf Minuten …«

»Nein! Seht mal!«, sagte Zoé und zeigte auf eine andere Tafel.

»Was?«, fragte Adriana. »Das sind die Ankünfte, wir suchen nach den Abflügen.«

»Der Air-France-Flug aus Paris ist noch gar nicht gelandet. Er hat eine halbe Stunde Verspätung.«

»Und?«

»Mit Sicherheit ist es der gleiche Flieger: Paris–Mailand, Mailand–Paris. Das bedeutet, dass der Flug um elf Uhr vierzig auch Verspätung hat.«

Voller Hoffnung starrten alle vier gebannt auf die Abflugtafel, und siehe da, das Wort »verspätet« erschien in roter Schrift neben der Anzeige für den Flug nach Paris Charles-de-Gaulle.

»*Yes*!«, rief Nicolas und sprang vor Freude in die Luft.

»Woher weißt du das alles?«, fragte Adriana Zoé erstaunt.

»Ich mache bei Flyertalk mit. Das ist ein Forum für Flugzeugfans«, antwortete Zoé bescheiden.

Adriana musterte sie fast entsetzt.

»Ich dachte, du bist nur zum Angeben ein Geek… Aber kommt, wir kaufen Tickets!«, fügte sie hinzu und ging zum nächsten Schalter.

Auf der Jagd nach Al Capone

Der Motorroller bremste hinter dem Porsche scharf, und Jan flog fast über seine Schwiegermutter.

»Sie sind ein regelrechter Verkehrsrowdy«, schimpfte er und sprang von der Vespa.

Stolz über das Kompliment stieg Valentina vom Motorroller und strich ihren Rock glatt.

»Mein Porsche«, rief Jan, stürzte zu seinem Wagen und untersuchte ihn auf eventuelle Schäden.

»Ehrlich, Jan. Es wird langsam albern, was für einen Tanz Sie wegen Ihres Autos machen«, sagte Valentina und nahm den Helm ab.

Der Sicherheitsbeamte kam auf sie zu, fest entschlossen zu verhindern, dass sich dieser Kurzhalteplatz in einen Langzeitparkplatz verwandelte.

»Sie können hier nicht stehen bleiben!«

»Halten Sie das doch mal bitte eine Sekunde!«, entgegnete Valentina und drückte ihm den Helm in die Hand, »wir sind gleich wieder da.«

Hoch erhobenen Hauptes lief sie in die Flughafenhalle und direkt zu einem Schalter, gefolgt von Jan, der dem verblüfften Sicherheitsbeamten ebenfalls seinen Helm angedreht hatte.

»Zwei Tickets nach Paris bitte. Für den Flug um elf Uhr vierzig!«, sagte Valentina zu der Flughafenangestellten, nachdem sie sich unter dem Vorwand, sie sei behindert, in der Warteschlange ganz nach vorn gedrängelt hatte.

Jan blickte zweifelnd drein.

»Sind Sie sicher, dass Sie nach Paris wollen?«

»Wohin sollen sie denn sonst ohne Reisepass hin? Nach Mexiko? Meines Wissens verfolgen wir schließlich nicht Al Capone!«

Laotse, Yoda, Alexander Pope & Co.

Die Fotos aus dem Magazin mit dem Titel *Yoga-Geist* verschwammen und tanzten vor Colombes Augen. Die Farben begannen ineinanderzufließen, und sie tupfte sich die Augen mit einem nicht biologisch abbaubaren Wegwerftaschentuch ab. Großes Übel verlangt nach entsprechender Abhilfe, egal wie es dem Planeten dabei geht. Sie wusste nicht einmal, was sie trauriger stimmte. Dass Jan sie betrogen hatte oder dass jemand so weit gegangen war, eine derart intime Szene zu filmen. Wahrscheinlich war es eines seiner Kinder gewesen und nur um sie loszuwerden. Das hatte sie nun davon. Mochte sie auch Glück, Freude und ihren albernen Optimismus stets gepflegt haben, sie war trotzdem voll gegen eine Mauer gelaufen.

»Colombe!«

Sie tauchte aus ihren Gedanken auf und hob den Kopf. Isabelle, Adriana, Zoé und Nicolas rannten auf sie zu. Zunächst sprachen sie alle gleichzeitig, irgendeine Geschichte von der Polizei und einer machiavellistischen Kinderfrau.

»Nun seid mal alle still!«, befahl Isabelle.

Dann erklärte sie Colombe die ganze Geschichte in allen Einzelheiten. Allerdings musste sie doch ihre gesamte Überzeugungskraft aufbieten, um Colombe dazu zu bringen, sich den ganzen Film anzuschauen. Isabelle entschuldigte sich schamrot wegen der Kussszene.

»Ich weiß nicht, was in mich gefahren ist … Aber ich schwöre Ihnen, dass außer diesem Kuss nie etwas zwischen uns gewesen ist. Und ich war die Anstifterin.«

Als Jan im Film sagte, er liebe Colombe und dass er sie noch nie betrogen habe – dieser Teil des Films war dem Publikum selbstverständlich vorenthalten worden –, zitterte Colombe und hielt sich ihr bereits zerfetztes Papiertaschentuch vor die Nase.

»Es tut mir ja so leid«, fügte Adriana hinzu, nachdem sie den Film abgespielt hatten, »ich war scheußlich zu dir, aber Nanou hatte mir eingeredet, dass du unsere Familie auseinanderbringen willst, und ich habe ihr geglaubt. Aber es ist bestimmt nicht Papas Schuld. Du bist das Beste, was ihm seit Mama widerfahren ist. Und … wenn du jetzt abreist und ich dafür verantwortlich bin, werde ich mir das nie verzeihen.«

Colombe musterte die drei Kinder, die kleinlaut vor ihr standen. Auf einmal fühlte sie sich unendlich müde.

»Ich weiß nicht so recht …«, sagte sie.

»Das war doch bloß ein Kuss, nichts weiter«, versuchte Zoé sie zu überzeugen. »Laotse hat gesagt, dass es verwerflich ist, sich zu rächen, wenn einen jemand geärgert hat. Das hast du uns selbst beigebracht.«

»Das hat Laotse nie gesagt, und den Zusammenhang verstehe ich auch nicht«, entgegnete Colombe.

»Nach Gandhi ist Irren menschlich, Vergeben göttlich«, zitierte Adriana.

Colombe runzelte die Stirn.

»Ich glaube, das ist ein Zitat von Alexander Pope.«

»Ist ja auch ganz egal, was die alten Säcke gesagt haben. Wenn du Papa liebst, dann vergibt du ihm!«, sagte Adriana.

Colombe seufzte und zögerte immer noch. Zoé verschränkte die Arme und versetzte ihr den letzten Gnadenstoß ihrer Weisheit: »Yoda hätte Papa auf jeden Fall verziehen.«

»Kinder!«, schrie Valentina.

»Colombe!«, schrie Jan.

Valentina und Jan rannten herbei. Die Großmutter schloss ihre Enkelkinder in die Arme.

»Ich hatte ja solche Angst um euch, meine Lieblinge!«

Doch dann richtete sie sich plötzlich wutentbrannt auf und wies mit dem Zeigefinger auf Isabelle.

»Sie!«

»Ganz ruhig!«, ging Adriana diplomatisch dazwischen, »hier liegt ein Missverständnis vor.«

Und noch einmal wurde die ganze Geschichte aufgerollt.

Valentina hatte immer noch Mühe zu glauben, dass Nanou eine Lügnerin war, und so zeigte Adriana ihr das mit Photoshop gefälschte ärztliche Attest und ein paar E-Mails, die das Täuschungsmanöver entlarvten. Währenddessen entfernten sich Jan und Colombe diskret.

Jetzt wurde die Ankunft des Fluges Paris–Mailand angekündigt. Der Flug nach Paris sollte in zwanzig Minuten starten.

Hinter der Glaswand, die Anreisende und Abreisende voneinander trennte, erschienen die ersten Fluggäste aus Paris.

»Nun gut, Sie haben zwar die Kinder nicht entführt, aber Sie haben trotzdem die Identität einer respektablen Person missbraucht«, bemerkte Valentina immer noch wütend.

»Isabelle Derarsch existiert überhaupt nicht«, unterbrach sie Adriana.

»Wie bitte? Ich dachte, du hast mir diesen albernen Namen gegeben, weil es tatsächlich eine Isabelle Derarsch im Norland College gegeben hat.«

»Okay, ich habe geschwindelt. Ich fand es lustig, dich Derarsch zu nennen.«

»Mademoiselle Duarsch war auch nicht übel«, kicherte Zoé.

Alle lachten, als Isabelle ein betretenes Gesicht machte.

»Trotzdem! Sie haben uns belogen«, sagte die Großmutter. »Wir haben Ihnen die Kinder anvertraut, und Sie haben …«

Mitten im Satz hielt sie inne. Nicolas war auf einen Sitz geklettert und hatte seiner Großmutter etwas ins Ohr geflüstert.

»Er spricht!« Sie war perplex.

»Au, verdammt!«, sagte Isabelle.

»Was ist das für eine Ausdrucksweise!«, tadelte Valentina.

Doch Isabelle hatte die Hand vor den Mund geschlagen und starrte ungläubig auf die Fluggäste aus Paris jenseits der Glaswand. Unter den Leuten, die auf den Ausgang zustrebten, erkannte sie Quentin, gefolgt von Amina mit ihrer wallenden Haarpracht und Woody-Allen auf dem Arm, und hinter ihr schließlich Alexandre, der am Telefon gestikulierte.

»Da ist Quentin«, brachte Isabelle mühsam hervor. Sie war von der ganzen Situation sichtlich überfordert.

Siedend heiß fiel ihr der Satz ein, den Alexandre am Telefon nicht hatte zu Ende bringen können, als er sie vor ein paar Tagen angerufen hatte. *Es sollte eine Überraschung werden: Amina und ich haben Tickets …*

Offenbar hatte Amina Alex überzeugen können, ein paar Tage Urlaub in Italien zu machen. Aber wie zum Teufel kam es, dass sie Quentin im Schlepptau hatten?

»Das wollte ich dir ja im Auto erklären«, sagte Zoé, die rot angelaufen war, »es ist möglich, dass ich gestern …«

»Was hast du gestern?«, fragte Adriana ungemein interessiert an dieser neuen Wendung in der Geschichte.

»Weißt du, Isabelle«, sagte Zoé und wurde immer verlegener, »du hattest ein paar E-Mails als Entwurf abgespeichert. Darin hast du deinem Typen mitgeteilt, dass du schwanger bist ...«

Valentina verdrehte die Augen.

»Was? Eine ledige Mutter sind Sie auch noch?«

»Du bist schwanger?«, fragte Adriana. »In deinem Alter müsstest du doch in den Wechseljahren sein!«

»Ich bin nicht schwanger. Es war ein falscher Alarm. Und mit zweiunddreißig ist man nicht in den Wechseljahren«, erwiderte Isabelle und wandte sich an Zoé: »Was hast du gemacht? Und was hat das mit Quentin zu tun?«

»Es kann sein, dass ich ihm eine E-Mail geschickt habe«, sagte Zoé schnell.

»Das darf doch nicht wahr sein!«

»Tut mir leid, aber ich dachte, du wärst schuld an der ganzen Geschichte, und dass du Papa verführt und den Film gezeigt hast, um uns auf die Palme zu bringen. Und da habe ich deinen Typen wissen lassen, dass du schwanger bist.«

»Aber Zoé, warum denn?«

»Um dich zu ärgern«, sagte das junge Mädchen kleinlaut. Sie weinte fast.

Jetzt wurden die Reisenden für den Flug nach Paris aufgerufen. Isabelle starrte schweigend auf ihr Ticket und versuchte, die Neuigkeiten zu verdauen. Quentin war hier, weil er dachte, sie sei schwanger, und das war der Grund für seine siebenunddreißig Anrufe. Siebenunddreißig!

»Lasst uns nach Hause fahren!«, schlug Valentina vor, »wir müssen schließlich noch das Problem Nanou regeln. Wo ist eigentlich Jan?«

Jan und Colombe hatten sich ein Stück von den anderen entfernt und küssten sich leidenschaftlich.

»Jan!«, rief Valentina, »ein bisschen mehr Haltung, wenn ich bitten darf!«

»Ich bleibe!«, rief Colombe zurück.

»Wirklich?«, fragte Adriana.

»Dann verklagen Sie mich nicht?«, fragte Isabelle.

»Nein«, erwiderte Jan, »Schwamm drüber, zumal Sie sich trotz allem gut um die Kinder gekümmert haben. Allerdings wird Adriana bestraft.«

Adriana strahlte ihren Vater an, denn in vier Jahren war es das erste Mal, dass er überhaupt Interesse an ihr zeigte.

»Oh danke, Papa!«, rief sie und schlang die Arme um ihn.

Verdutzt stand Jan zunächst stocksteif da, dann tätschelte er ihr ungeschickt den Kopf.

»Ja, du bekommst deine gerechte Strafe«, wiederholte er nun wieder selbstsicher, »denn du hast diesen dummen Plan ausgetüftelt. Deine Geschwister werden ebenfalls bestraft, wegen dieser unsinnigen Verfolgungsjagd, die das Leben eurer Großmutter aufs Spiel gesetzt hat.«

»Unsinn! Da gehört schon ein bisschen mehr dazu, um mich umzubringen, mein Lieber«, entgegnete Valentina, und an Isabelle gerichtet fügte sie hinzu: »Und Sie, entscheiden Sie sich! Nehmen Sie dieses Flugzeug oder holen Sie den Vater Ihres unehelichen Kindes ab?«

Isabelle wusste nicht mehr ein noch aus.

In der Wartehalle hatte sich vor dem Abflugschalter eine lange Schlange gebildet.

»Ich muss mit Quentin sprechen«, meinte sie dann.

»Gut, dann fahren wir jetzt alle zurück.«

Wenige Minuten später verließen sie das Flughafengebäude.

»Diesmal fahre aber ich meinen Porsche«, sagte Jan.

»Noch ein Wort über Ihr dummes Auto, und ich stopfe Ihnen den Autoschlüssel in den Rachen!«, drohte Valentina.

»Mein Porsche!«, schrie Jan statt einer Antwort, als er sah, dass sein wertvolles Gefährt gerade abgeschleppt wurde.

»Ich habe Sie ja gewarnt! Hier darf man nicht parken«, sagte der Sicherheitsbeamte zufrieden. »Der Motorroller wird auch gleich abgeholt.«

»Colombe, mein Schatz«, sagte Jan, »ich bin gleich wieder da, aber ich muss erst meinen Porsche zurückholen.«

Er schwang sich auf den Motorroller und raste dem Abschleppwagen hinterher.

»Wir sind hier an einem Flughafen, und wenn ich Sie wäre, würde ich die Beine in die Hand nehmen und flüchten, solange es noch möglich ist«, riet Valentina Colombe.

Aber Colombe hörte gar nicht hin. Sie war zu sehr damit beschäftigt, Jan nachzuschauen, wie er im Zickzack durch den Verkehr brauste, und sie lächelte versonnen wie eine Teenagerin, die zum ersten Mal die Bauchmuskeln von Ryan Gosling bestaunt.

Valentina hielt ein Taxi an, und alle quetschten sich hinein.

»Los! Fahren Sie schnell dem Motorroller hinterher!«, forderte sie den Fahrer auf.

Mit einem zufriedenen Seufzer klärte sie dann ihre erstaunten Enkelkinder auf: »Davon habe ich immer schon geträumt.«

Äh … Ich … Er … Ich meine … Aber eigentlich …

Jan wurde von der Polizei angehalten, denn der Motorroller war gesehen worden, wie er auf dem Weg zum Flughafen verbotenerweise auf der Autobahn gefahren war. Den Polizisten gegenüber behauptete Jan, der Fahrer gewesen zu sein, um seine Schwiegermutter zu schützen, was Valentina – stolz auf ihre Tat und eine mögliche Inhaftierung – schwer beleidigte. Angesichts ihres Alters verwarnten die Polizisten sie nur, obwohl sie heroisch die Hände ausstreckte, um sich Handschellen anlegen und abführen zu lassen. Empört über diese Diskriminierung von Senioren, drohte sie mit einem Prozess, der sich gewaschen hatte.

Unterdessen mussten Quentin, Amina und Alexandre eine gute Stunde auf ihren Mietwagen warten und waren in eine Pizzeria eingekehrt, um auszudiskutieren, wie sie Isabelle überraschen konnten, ohne dass sie einen Herzanfall oder – schlimmer noch – eine Fehlgeburt bekäme.

Als die Familie Kozlowski-Valentini und Isabelle die Villa Principessa erreichten, stellten sie fest, dass sie in der Aufregung die Hausschlüssel vergessen hatten. Sie entschieden, lieber durch die Hintertür ins Haus zu schleichen und Nathalie Lambert alias Nanou zu überraschen, bevor diese die Beine unter den Arm nehmen konnte.

Also liefen sie um das Haus herum und fanden Tony vor

der Küchentür, wo er und der Polizist gemütlich bei einem Spritz in der Sonne saßen. Der Polizist schien den Verlust seiner Motorradschlüssel, die Zerstörung seines Walkie-Talkies und die vermeintliche Entführung, deren Zeuge er geworden war, durchaus gut zu verkraften. Die beiden Männer plauderten so angeregt, dass sie die Ankömmlinge, die sie verwundert anstarrten, gar nicht bemerkten. Die Verblüffung hatte sicher auch mit der Tatsache zu tun, dass Tony weder Jackett noch Krawatte trug und die Ärmel seines gestärkten Hemds über seinen muskulösen Armen hochgekrempelt hatte. Das war ein höchst ungewohnter Anblick und zeugte von einem ungewöhnlichen Schlendrian! Selbst an einem freien Tag! Was sie jedoch am meisten überraschte, war Tonys Hand, mit der er zerstreut das Knie des Polizisten tätschelte.

»Tony, es tut mir sehr leid, Sie an Ihrem freien Tag beim Flirten zu stören, aber wir haben bei dem überstürzten Aufbruch die Schlüssel vergessen«, sagte Valentina.

Darauf antwortete Tony mit einem nicht sehr überzeugten »Äh … Ich … Er … Ich meine … Aber eigentlich …«

Valentina hob eine Augenbraue.

»Die Schlüssel bitte!«

Er reichte sie ihr und begann, sein Hemd wieder ordentlich zuzuknöpfen. Der Polizist, auch nicht gerade von großer Professionalität beleckt, hatte dennoch begriffen, wer hier der Chef war, und stand stramm. Er wies auf Isabelle und fragte Valentina auf Italienisch: »Soll ich diese Person jetzt verhaften?«

»Sehr freundlich von Ihnen, aber das ist nun nicht mehr nötig«, entgegnete Valentina, bevor sie sich wieder an Tony wandte: »Wie geht es eigentlich Enzo?«

Tony wurde zunächst karminrot und wechselte dann in

ein elegantes Hermèsrot. Plötzlich wirkte er wie ein kleiner Junge, den man mit den Fingern in einer Tüte Primavera-Erdbeeren ertappt, und nicht wie ein konvertierter Mafioso.

»Enzo und ich haben uns vor ein paar Tagen getrennt«, stammelte er.

Isabelle erinnerte sich noch sehr gut an Enzo und seine Verbrechervisage. Also war der Mann, den sie in der Küche zusammen mit Tony gesehen hatte, kein Krimineller, der gerade einen Mord plante, sondern ein verlassener Liebhaber …

»Oh, der Arme!«, sagte die Großmutter und schien ernsthaft berührt. »Aber genug davon. Wo ist Nanou?«

Tony, der nun wieder akkurat zugeknöpft war und auch sein Jackett angezogen hatte, nahm wieder seine normale Hautfarbe an und fand zu seiner majestätischen Butlerhaltung zurück.

»Im Haus, nehme ich an.« Und zu Isabelle gewandt: »Sie sind zurückgekommen, Signorina Issabella!«

»Ja, sie rennt ihrem Ex hinterher«, erklärte Adriana.

»Er denkt, dass sie schwanger ist«, ergänzte Zoé Adrianas Erklärung.

Was man aus Liebe fertigbringt

Tränen liefen über Adrianas Wangen und zogen in ihrem Strom die restliche Schminke und gleichzeitig den letzten Rest ihrer Kindheit mit sich. Isabelle und Valentina dachten, der Anlass ihrer Tränen sei Nanous Verrat, aber das war es nicht. Adriana weinte, weil Nanou dageblieben war, obwohl sie ihr vom Flughafen aus eine SMS geschickt hatte, mit dem Rat, sich schnell aus dem Staub zu machen.

Nathalie Lambert wartete auf dem kleinen Sofa in der Bibliothek, wohin Valentina sie bestellt hatte. Im Beisein von Adriana und Isabelle wollte die Großmutter sie zur Rede stellen. Da saß sie nun kerzengerade und adrett in ihrem blauen Kostüm, die gefalteten Hände im Schoß.

»Weine doch nicht, mein Liebling«, sagte sie zu Adriana. »Es ist alles nicht so schlimm.«

Valentina schien leicht aus der Fassung gebracht von der Würde dieser Frau, die ihre Enkel praktisch allein großgezogen hatte. Sie bat Isabelle, die Geschichte noch einmal kurz zusammenzufassen, so wie sie es am Flughafen getan hatte. Isabelle tat es ungern, denn inzwischen flößte die Frau auf dem Sofa ihr nur noch Mitleid ein.

»Stimmt das, Nathalie?«, fragte Valentina ruhig, als Isabelle mit ihrer Ausführung fertig war, und verschränkte die Arme unter ihrem mächtigen Busen, um das Zittern ihrer beringten Finger zu verbergen.

»Ja«, sagte Nathalie sanft, »es stimmt.«

Es wurde still im Raum, und Isabelle schlug die Augen nieder, verlegen ob dieses schlichten Geständnisses. Valentina seufzte kaum hörbar.

»Aber warum?«

Ein schüchternes Lächeln erschien auf Nanous Lippen, und in ihre braunen Augen traten Tränen.

»Weil ich ihn liebe. Seit siebzehn Jahren liebe ich ihn. Ich habe seine Kinder großgezogen und geliebt, als seien sie meine eigenen, und ich habe dieser Familie mein Leben geopfert. Mein Platz war bei ihm, und er ... hat mir eine Fremde vorgezogen, die er in einer Bar aufgegabelt hat.«

Die ursprüngliche Sanftmut in ihrer Stimme war einem aggressiven und grollenden Ton gewichen. Sie ließ den Kopf hängen, zog ein eher unzeitgemäßes Stofftaschentuch aus ihrer Handtasche und putzte sich diskret die Nase. In der Stille hörte man Adriana schniefen, und Nathalie holte mechanisch ein Paket Papiertaschentücher aus der Tasche, um sie ihr zu reichen, erinnerte sich dann plötzlich daran, dass es nicht mehr an ihr war, die Kinder zu trösten, und hielt inne.

»Haben Sie denn nicht bemerkt, dass diese Liebe nicht auf Gegenseitigkeit beruht?«, fragte die Großmutter scharf.

Nathalie sah sie mit einem Ausdruck an, in dem sich Verzweiflung, aber auch Überzeugung widerspiegelten.

»Das stimmt nicht! Er liebt mich, oder zumindest hat er mich geliebt.«

Valentina schüttelte den Kopf und sah Nathalie mitleidig an.

»Sie sind verrückt! Er will Sie weder sehen noch mit Ihnen sprechen, und er hat mich ausdrücklich gebeten, Sie auf der Stelle zu entlassen. Glauben Sie wirklich, dass sich so ein verliebter Mannes verhält?«

Während Valentina sprach, begannen die Tränen in Strömen über Nathalie Lamberts Gesicht zu laufen.

Isabelle fragte sich, ob es wirklich nötig war, die arme Frau derartig zu demütigen. Sie hatte ihr Spiel ohnehin schon verloren. Wäre es da nicht menschlicher, ihr die Illusionen zu lassen?

»Er liebt mich. Er hat mich geküsst, hier in diesem Raum, vor vier Jahren …«

Sie unterbrach sich, weil Adriana zu weinen aufgehört hatte und sie jetzt entsetzt anstarrte.

»Vor vier Jahren?«, stieß sie hervor. »Als Mama …«

»Deiner Mutter ging es nicht gut, und Jan …«

»Adriana, geh jetzt bitte raus«, forderte Valentina sie auf.

Sehr langsam erhob sich die Großmutter und legte ihre beiden Fäuste auf den Schreibtisch. Das junge Mädchen versuchte zu verhandeln: »Nein, ich habe ein Recht, es zu erfahren, ich …«

»Raus hier! Nicht Sie, Mademoiselle Bernard!«, fügte sie hinzu, denn Isabelle wollte die Gelegenheit nutzen, um sich zu verdrücken.

Seit sie den Flughafen verlassen hatte, hoffte sie, endlich ein paar Minuten allein sein zu können, um Quentin anzurufen und ihn zu fragen, wo er steckte.

Adriana schlich schwerfällig zur Tür und warf Nanou einen angewiderten Blick zu.

»Mein Liebling …«, begann diese.

»Ich bin nicht dein Liebling«, murmelte Adriana leise. »Du warst der Mensch, dem ich am meisten vertraut habe. Ich will dich nie wiedersehen.«

Bei diesen eisigen Worten wurde Nathalie blass. Doch

sobald Adriana den Raum verlassen und die Tür hinter sich geschlossen hatte, wandte sie sich in einem ziemlich aggressiven Ton an Valentina: »Ich habe mich mehr um die Kinder gekümmert, als es Sofia je getan hat. Das wissen auch Sie.«

»Ich verbiete Ihnen, von meiner Tochter zu sprechen«, sagte Valentina kühl, »und ich verbiete Ihnen, von dem Abenteuer zu sprechen, das Sie vielleicht mit ihrem Ehemann hatten. Sie haben in dieser Familie schon genug Schaden angerichtet. Tony hat bereits ein Taxi gerufen. Es wird gleich hier sein. Da Sie siebzehn Jahre bei uns waren – auch wenn das Ihr Vergehen nicht schmälert –, bekommen Sie Ihr Gehalt bis zum Jahresende. Damit haben Sie Zeit, sich einen anderen Posten zu suchen. Sie werden verstehen, dass ich Ihnen unter diesen Umständen kein Empfehlungsschreiben ausstellen kann.«

»Er hat mich geküsst«, wiederholte Nathalie in Tränen aufgelöst.

Valentina verdrehte die Augen, und ihr Mund war nur noch ein Strich, was verriet, dass sie gegen ihren aufsteigenden Ärger kämpfte, doch Isabelle entdeckte in den tränenlosen Augen der Großmutter eine Spur alten Leids. Valentina zögerte, aber bei dem Gedanken, dass diese Frau ihre Tochter verraten hatte, bröckelte ihre höfliche Haltung.

»Das alles wegen eines Kusses? Jan hat mit fast allen Frauen geschlafen, die ihm über den Weg gelaufen sind, nachdem uns Sofia verlassen hatte. Die einzigen Frauen, die Jan in diesem Haus nicht geküsst hat, sind seine Familienmitglieder. Dass Sie so naiv sind zu glauben, dass der Kuss eines solchen Schwerenöters eine Bedeutung hat, ist eine Sache, aber dass Sie meine Enkel und ihr Wohlergehen wegen Ihrer grotesken und krankhaften Fantasie in Gefahr gebracht haben, das ist etwas ganz anderes. Ich bitte Sie jetzt, mein Haus zu verlassen, bevor ich ordinär werde.«

»Aber ich …«

»VERSCHWINDEN SIE!«, brüllte Valentina und schlug mit der Faust auf die glänzende Schreibtischplatte.

Nanou stürzte aus dem Raum. Isabelle wagte ein paar Schritte rückwärts, um sich unauffällig aus dem Staub zu machen. Sie dachte, es sei besser, Valentina allein zu lassen, die, schnaubend vor Wut wie ein Stier kurz vor dem Stierkampf, zwischen Schreibtisch und Sofa hin- und herlief.

»Sie sind doch hoffentlich nicht auch in Jan verliebt, Mademoiselle Bernard?«, fragte Valentina brüsk und hielt Isabelle damit von ihrer Fahnenflucht ab.

Sie lachte laut auf.

»Nie im Leben! Ich fälle kein Urteil über Ihren Schwiegersohn, wirklich nicht! Es ist schwer, sich in einem Trauerfall richtig zu verhalten, wissen Sie, und …«

»Das weiß ich auch, glauben Sie mir!«, unterbrach Valentina.

Und zum ersten Mal sah Isabelle in Valentina das, was sie wirklich war: eine Mutter, die ihr Kind verloren hatte. Hinter ihrem kühlen Äußeren verbarg sie die Wunden, die diese fürchterliche Tragödie hinterlassen hatte. Isabelle erkannte Jan als Witwer, Nicolas und seine Geschwister als Halbwaisen an, aber Valentina? Sie hatte ihr einziges Kind verloren. Es gab kein Wort, um eine derartige Amputation zu beschreiben. Sie war es, die ihre Enkelkinder trotz allem und so gut sie konnte, versorgte. Selbst wenn sie sich hinter einer Schutzmauer aus Strenge und Hochmut verbarg, so hatte sie den Kampf dennoch nie aufgegeben. Jan hatte seine Kinder vernachlässigt, und Nanou hatte versucht, die Situation auszunutzen, doch Valentina hielt sich tapfer, von niemandem in der Familie unterstützt, von niemandem dafür anerkannt. Alleingelassen mit der Erinnerung an ihre Tochter.

Isabelle bemerkte, wie Valentina die Schultern hängen ließ, wie plötzlich Müdigkeit und eine unendliche Niedergeschlagenheit auf ihr zu lasten schienen, und sie verstand, dass die alte Dame jeden Augenblick zusammenklappen konnte.

Isabelle hatte das Gefühl, dass sie sie trösten musste. Spontan tat sie das Einzige, was in ihrer Macht stand, und wagte eine Geste, an die wahrscheinlich niemand je gedacht und die sicher auch niemand je gewagt hatte. Sie überwand die Distanz und die drei Schritte, die sie von der stolzen Großmutter trennten, und nahm Valentina Valentini in die Arme und drückte sie, so fest sie konnte.

»Es tut mir so leid, dass Sie so viel durchmachen mussten. Es tut mir so leid, dass Sie zusätzlich zu Ihrer eigenen Trauer auch die der anderen mittragen müssen. Ihre Enkel werden ihre Mutter nie vergessen, aber bald wird es ihnen besser gehen, das verspreche ich Ihnen.«

Das Taxi, das Nanou davontrug, fuhr durch die Allee und verließ das Anwesen, während ein anderes Auto vorfuhr.

Valentina rührte sich in Isabelles Armen nicht. Ihr Körper war wie erstarrt. Isabelle trat einen Schritt zurück und nahm Valentinas steifes Schweigen für eine Einladung, fortzufahren.

»Wissen Sie, Jan wird sich sicher bald mehr um seine Kinder kümmern. Unter der Schale des Verführers steckt ein guter Kern. Gut, wir haben uns geküsst, weil ich Sofia ein wenig ähnlich sehe. Das ist alles. Um Ihre Frage von vorhin zu beantworten: Nein, ich hatte nie irgendwelche Gefühle für Jan und werde sie auch nie haben. Ich brauche jemanden, der zuverlässig ist, dem ich blind vertrauen kann, der meine Fehler und Neurosen erträgt, der mich versteht. Ich brauche …«

Sie unterbrach sich, weil Amina, Quentin und Alexandre aus dem soeben vor der Freitreppe geparkten Auto stiegen.

»Ich brauche Quentin«, beendete Isabelle ihren Satz und seufzte. Valentina richtete sich auf und richtete ihre Perlenkette.

»Da wird offenbar, was man aus Liebe fertigbringt: das Schlimmste, aber auch das Schönste«, sagte sie und schaute Quentin, Amina und Alexandre dabei zu, wie sie die Freitreppe hinaufhasteten.

In der Eingangshalle läutete die Klingel, und Isabelle wollte sofort zur Tür stürzen, doch Valentina hob autoritär eine Hand.

»Bitte, Mademoiselle Bernard, noch eine Minute!«

Isabelle trat vor Ungeduld auf der Stelle, die Hand schon auf der Türklinke.

»Mademoiselle Bernard. Ich weiß zwar nicht, wer Sie sind oder woher Sie kommen, aber Sie haben ein Wunder bewirkt. Wie, das kann ich mir nicht erklären, aber Sie haben Nicolas zum Sprechen gebracht. Und Ihnen ist es auch zu verdanken, dass endlich dieser schwelende Abszess geplatzt ist, der die ganze Familie seit vier Jahren vergiftet hat. Deshalb möchte ich Sie fragen, ob Sie eventuell bereit wären, sich auch weiterhin um Nicolas zu kümmern? Natürlich biete ich Ihnen einen unbefristeten Vertrag und ein sehr gutes Gehalt. Und …«

Isabelle lachte gekünstelt.

»Sie haben mich missverstanden. Ich mag keine Kinder.«

Valentinas Augen ruhten auf Isabelle, und ihr war, als

sehe sie in diesen Augen zum ersten Mal einen sanften Schimmer.

»Ja, das sagten Sie bereits. Das ist sicher auch der Grund dafür, dass Sie Ihre Zeit damit verbringen, meine Enkel mit Eis zu füttern, Geschichten vorzulesen und Schach zu spielen. Ist Ihnen überhaupt klar, dass Sie entgegen Ihres eigentlichen Auftrags sehr viel mehr Zeit für Nicolas aufgewendet haben, als darauf, Jan zu verführen?«

Isabelle überlegte und musste sich eingestehen, dass es der Wahrheit entsprach.

»Das war ja auch viel einfacher.«

Valentina zog eine Braue hoch.

»Einfacher, ein stummes Kind zum Sprechen zu bringen, das vier Jahre lang kein Wort herausgebracht hat, als einen Schürzenjäger zu verführen, der kaum je einer Frau widerstanden hat? Tatsächlich!«

Isabelle zuckte die Achseln.

»Ich glaube nicht, dass ich für Nicolas die richtige Kinderfrau bin. Er braucht jemanden, der reif und vernünftig ist.«

»Die Ereignisse belegen aber, dass er gerade Sie braucht! Können Sie denn dann wenigstens noch eine Woche länger bleiben, bis ich Ersatz für Nanou gefunden habe?«

»Ach, ich weiß nicht …«

»Eine Woche, Mademoiselle Bernard. Ich bin auch bereit, Ihnen ein höheres Gehalt zu zahlen. Wie mir scheint, sind Sie außerdem noch lange nicht mit *Harry Potter* fertig.«

Isabelles Blick fiel auf ein altes Foto von Adriana, Zoé und Nicolas auf einem Regal des Bücherschranks. Auf dem Bild saßen die drei Kinder der Größe nach sortiert wie die Orgelpfeifen auf einem Strandlaken und lächelten mit einer vergnügten Unbekümmertheit, die sie nie mehr wiederfinden sollten. Isabelle seufzte.

»Na gut. Eine Woche. Aber keinen Tag länger. Unter einer Bedingung: Ich möchte mich anziehen dürfen, wie ich will, die Unterrichtstunden um elf beginnen und Woody-Allen hierbehalten.«

Verständnislos blickte Valentina Isabelle an.

»Das ist mein Chihuahua.«

»Aha … Dann ist ja alles in Ordnung. Ich wende mich sofort an das Norland College, um einen Ersatz für Nanou zu finden.«

»Abgemacht!«, rief Isabelle und hielt ihr die Hand hin, fast zufrieden darüber, das Angebot angenommen zu haben.

Valentina atmete tief durch und verdrehte die Augen. Dann setzte sie sich wieder an ihren Schreibtisch, ohne auf Isabelles ausgestreckte Hand einzugehen.

»Übertreiben Sie es nicht, Mademoiselle Bernard, übertreiben Sie nicht.«

Gott und Männer, der gleiche Zwiespalt

Als Valentina und Isabelle in die Halle kamen, hatte sich dort bereits eine fröhlich durcheinanderschwatzende Gruppe formiert. Woody-Allen, dessen Palmenbüschel diesmal rosa eingefärbt war, sprang aus Aminas Armen, um in die von Isabelle zu hopsen.

»Überraschung!«, rief Amina strahlend.

»Züchten Sie etwa Fledermäuse?«, fragte Valentina und musterte das sonderbare Tier.

»Das ist ein Hund«, erklärte Alexandre freundlich, während Amina die Großmutter schier mit den Blicken erdolchte.

Letztere beäugte Alexandre von Kopf bis Fuß.

»Dann sind Sie der Erzeuger des unehelichen Kindes von Isabelle Bernard, nehme ich an!«, sagte Valentina vorwurfsvoll.

»Ich wusste nicht, dass mich Isabelle als solchen vorgestellt hat. Gefällt mir gut! *El Genitor!*«, sagte er und wiederholte das Wort vergnügt.

Amina verdrehte die Augen.

»Auf Englisch bedeutet das Wort ›Hausmeister‹. Du hast recht. Das passt zu dir! Nein, der Vater ist dort«, sagte sie dann und wies auf Quentin.

Jetzt redeten alle gleichzeitig und keiner hörte dem anderen zu.

Alle, außer Isabelle. Trotz der Hitze war sie wie zu einer Eisstatue erstarrt. Woody-Allen kuschelte sich an sie. Quentin war da! Er war da und mit ihm sämtliche Erinnerungen an die letzten fünfeinhalb Jahre: wie sie eng umschlungen morgens aufwachten, ihre lächerlichen Streitereien, die dummen Witze, die Filme, die sie gemeinsam unter der Bettdecke anschauten, die romantischen Restaurantbesuche zu zweit.

Quentin stellte sich vor und schüttelte Hände. Wie sehr liebte sie doch seinen Dreitagebart, seine dunklen Augen, die aufleuchteten, wenn er lächelte, die Grübchen in seinen Wangen, wenn er lachte, wie er sich nervös durchs Haar strich, wenn er verlegen war … Wie sehr hatte er ihr gefehlt! Quentin hatte stets ihre Projekte unterstützt, ganz egal wie dumm sie waren. Er hatte sie trotz all ihrer Fehler geliebt. Seit fünfeinhalb Jahren schraubte Quentin an ihrer Stelle jeden Morgen und jeden Abend die Zahnpastatube zu. Er hatte ihre E-Mail erhalten, auch wenn technisch gesehen Zoé dafür verantwortlich war, und war ins nächste Flugzeug gestiegen, um zu ihr zu kommen. Da stand er nun – ihretwegen. Ihre Blicke begegneten sich, und alles um sie herum löste sich in einem bunten, verschwommenen Nebel auf.

Jetzt, da das höfliche Begrüßungsritual erledigt war, stürzten sich Amina und Alexandre auf Isabelle und umarmten sie. Adriana nahm ihre Sonnenbrille ab und begutachtete Quentin wie eine Puffmutter, die ihre Ware abschätzt.

»Was Typen angeht, hast du einen besseren Geschmack als bei Klamotten, Derarsch«, stellte sie anerkennend fest.

»Adriana, ich soll dich von meiner Tochter grüßen«, brachte Alexandre ziemlich kühl hervor.

»Liebes, wie konntest du mir verheimlichen, dass du schwanger bist!«, sagte Amina vorwurfsvoll.

Isabelle konnte nicht sprechen. Hätte sie es versucht, wäre sie in Tränen ausgebrochen.

Doch nur wenig später übertönte ihre Stimme das allgemeine Stimmengewirr: »Ich bin nicht schwanger!«

Es war ihr einfach so herausgerutscht. Sie wollte Quentin nicht länger in dem Glauben lassen. Sie würde ihn wieder einmal enttäuschen und ihm wehtun, aber sie ertrug es nicht, ihn zu belügen.

Verdutztes Schweigen breitete sich aus. Alle blickten von Isabelle zu Quentin, die sich aus einiger Entfernung anstarrten wie zwei verliebte Jugendliche auf der ersten Fete.

Mit einer Handbewegung lud Jan alle ein: »Wollen wir nicht lieber auf die Terrasse gehen? Bleiben Sie doch zum Mittagessen!«, schlug er Amina und Alexandre vor.

»Wir sind unterwegs in einer Pizzeria eingekehrt und haben dort gegessen …«, erwiderte Alexandre.

»Doch, herzlich gern!«, fiel Amina ihm ins Wort. »Allerdings esse ich kein Schweinefleisch.«

Isabelle setzte Woody-Allen in Nicolas' Arme.

»Passt du für mich auf sie auf? Sie ist schon ziemlich alt, man muss vorsichtig mit ihr umgehen.«

Er nickte und hielt die kleine Hündin mit aller gebotenen Umsicht fest, während die anderen auf die Terrasse gingen.

»Sind Sie Vegetarierin?«, fragte Colombe Amina.

»In gewisser Weise, aber vor allem bin ich Muslimin. Aber eigentlich weiß ich noch nicht so genau, wo ich eigentlich hingehöre. Gott und Männer – es ist der gleiche Zwiespalt. Um den richtigen zu finden, muss man mehrere ausprobieren.«

»Was Sie da von sich geben, ist einfach skandalös«, mischte sich Valentina ein.

»Wir haben eine ausgezeichnete Trüffelmortadella im Kühlschrank …«, warf Jan ein.

Amina überlegte.

»Also, wenn es Mortadella gibt, dann bin ich heute eine katholische Fleischfresserin.«

Alexandre lachte: »Das elfte Gebot lautet: Du sollst Mortadella essen!«

Jetzt wandte sich Isabelle an ihn.

»Es tut mir so leid, dass ich dich nicht zurückgerufen habe. Ich …«

Alexandre nahm sie in die Arme und drückte ihr einen Kuss auf die Wange.

»Mach dir nichts draus. Darüber können wir später reden. Quentin dürfte jetzt Vorrang haben.«

Auf dem Weg zur Terrasse kam Amina noch einmal zurück.

»Nein, wir haben Vorrang. Wir kannten Isabelle schon lange vor ihm. Das muss mal gesagt werden.«

Dann küssten sich Amina und Alexandre so, dass Isabelle sich fast in einen Porno versetzt fühlte, und ihr fiel fast der Unterkiefer herunter.

»Es hat an einem feuchtfröhlichen Abend angefangen, der etwas aus dem Ruder gelaufen ist«, erklärte Alex.

»Und da dachten wir uns, wir könnten es ja mal miteinander versuchen«, fuhr Amina fort. »Und das wollten wir dir an diesem Wochenende persönlich erzählen.«

Isabelle wusste nicht, was sie davon halten sollte. Quentin verbot sich zu grinsen.

»Wir wollten dich überraschen«, sagte Amina.

»Ich hätte es eigentlich besser gefunden, dich vorzuwarnen«, fügte Alex hinzu, »aber du hast mir ja keine Gelegenheit dazu gegeben.«

»Und was wird aus Albert Enzian? Was sagt der dazu?«, fragte Isabelle und konnte eine gewisse Freude über die mögliche Enttäuschung von Aminas Lover nicht unterdrücken.

»Albert Enzian? Wer ist Albert Enzian?«, kicherte Amina. »Gehen wir? Die Mortadella ruft.«

Hand in Hand und laut lachend gingen die beiden auf die Terrasse.

Du brauchst dich nicht zu bedanken

Endlich waren Isabelle und Quentin allein. Sie machten einen kleinen Spaziergang durch den Garten und setzten sich dann auf eine von der Sonne erwärmte Steinbank. Ein wenig enger beieinander als gute Freunde, aber etwas weiter voneinander entfernt als ein Liebespaar.

»Du bist also nicht schwanger«, begann Quentin, nahm seine Sonnenbrille ab und steckte sie in seine Brusttasche. Isabelle hätte gern an seinem Gesicht abgelesen, was in ihm vorging, aber er war der alte Quentin, wie immer unergründlich.

»Ich habe dir diese E-Mail nicht geschickt. Ich dachte zunächst, ich erwarte ein Kind, aber das ist nicht der Fall.«

Sie erzählte ihm, dass Zoé ihm einen ihrer Entwürfe geschickt hatte, die sie in einem Anfall von Panik geschrieben hatte.

»Bist du enttäuscht?«, fragte sie ihn.

»Ich weiß nicht. Auf jeden Fall waren die letzten vierundzwanzig Stunden eine Gefühlsachterbahn, wie ich sie in meinem ganzen Leben noch nicht erlebt habe.«

Er nahm ihre Hand und suchte nach den richtigen Worten: »Natürlich wäre ich verrückt vor Freude, mit dir ein Kind zu bekommen. Das ist klar. Aber ich glaube nicht … Ich bin mir wirklich nicht sicher, ob das so gut gewesen wäre, wenn du dir kein Kind wünschst. Ich weiß auch nicht.«

Er unterbrach sich, offensichtlich auf der Suche nach den passenden Worten.

»Aber eines weiß ich ganz sicher«, begann er erneut. »Ich bin fast verrückt geworden vor Angst, als ich diese E-Mail bekommen habe und du nicht ans Telefon gegangen bist. Und Amina und Alex wussten offenbar auch von nichts. Dich ganz allein im Ausland zu wissen, schwanger und wahrscheinlich völlig verloren und unglücklich … Das war einfach unerträglich.«

Er atmete tief durch.

»Isabelle, wenn heute Morgen nicht noch ein Platz im Flugzeug frei gewesen wäre, wäre ich notfalls auch zu Fuß gekommen. Mir hat noch nie jemand so sehr gefehlt wie du, seit du mich verlassen hast. Jeden Tag habe ich darauf gewartet, dass du mich endlich anrufst. Jeden Morgen bin ich aufgewacht und dachte, du lägst an meiner Seite. Jeden Abend bin ich eingeschlafen und habe gehofft, dass du am nächsten Morgen wieder zurückkommen würdest. Alles an dir hat mir gefehlt. Sogar Woody-Allen!«

Am liebsten hätte sie ihr Gesicht an seinem Hals vergraben, den leichten Duft seines Kragens nach Kernseife eingeatmet, mit den Fingerspitzen den Bart gestreichelt, der auf seinen Wangen spross. Aber das konnte sie nicht. Zu viele Dinge hatten sich in den letzten zwei Wochen verändert, wenn auch das eine, das Wichtigste, unverändert war.

»Ich kann auch nicht ohne dich leben«, murmelte sie, »aber ich möchte keine Kinder. Ich will sie dir aber auch nicht vorenthalten. Das wäre egoistisch.«

Er lächelte, und einen Moment lang schwiegen sie beide. Quentin war die einzige Person, bei der sie keine Angst vor langen Gesprächspausen hatte. Sie brauchten nicht zu sprechen, um sich wohlzufühlen.

Ohne Isabelle aus den Augen zu lassen, beugte er sich langsam zu ihr hinüber. Sie sah, wie er immer näher kam, regte sich jedoch nicht. Er küsste sie.

Damit hatte sie nicht gerechnet. Sie schloss die Augen. Eigentlich sollte das ein Abschiedskuss werden, aber ein unglaubliches Glücksgefühl durchströmte sie. Nicht oft in ihrem Leben hatte sie einen derart perfekten Augenblick erlebt. Ebenso perfekt wie das Spiel von Anne-Cécile Malaire in *Zufall*, ebenso perfekt wie der Tag, an dem sie, mit siebeneinhalb, auf den Knien ihres Vaters saß, sich die steife Brise auf See um die Nase wehen ließ und »Takelage über Bord! Ankerwinde hissen!« in den Wind brüllte.

Und hier, in der Sonne vor der Villa Principessa sitzend, bei Grillengezirpe und Brunnengeplätscher, verstand Isabelle auf einmal alles. Sie hatte ja eine Familie. Eine winzig kleine Familie, bestehend aus einer einzigen Person. Eine Familie, die ihr an einem regnerischen Dienstag in einem Fahrstuhl im zehnten Pariser Arrondissement beschert worden war.

Ihre Familie, das war Quentin.

Mit seinem selbstsicheren Blick, der so viel Ruhe ausstrahlte, sah er sie liebevoll an.

»Für dich will ich das Risiko eingehen. Gib uns eine Chance, Isabelle. Ein Leben ohne dich ist kein Leben. Es ist, als würde ich vor dem Zaun eines Vergnügungsparks stehen. Du ahnst, dass es einfach Spitze sein muss, aber du darfst nicht hinein.«

Sie schüttelte den Kopf. Bei dem Gedanken, dass ihre Beziehung unmöglich war, schnürte ihr die Angst die Kehle zu.

»Du wirst es bereuen und mir böse sein.«

»Ich bin erwachsen, Isabelle. Es ist meine Entscheidung,

nicht deine. Du hast recht, wir waren glücklich, und vielleicht reicht es, zu zweit glücklich zu sein.«

Isabelle legte den Kopf schief, dachte nach und sagte nach kurzem Zögern: »Eines musst du mir versprechen.«

»Ich schwöre dir, dass ich nie mehr um deine Hand anhalten werde.«

»Das meine ich nicht. Ich möchte, dass du mir versprichst, dass du mich in zwei, zehn oder zwanzig Jahren verlässt, wenn du deine Entscheidung bereust, und dass du dir eine junge Frau suchst, mit der du die drei Kinder in die Welt setzt, die du mit mir nicht haben konntest.«

Quentin deutete ein Lächeln an, und seine braunen Augen funkelten. Er erhob sich, stellte sich kerzengerade vor sie hin, legte die Hand aufs Herz und rezitierte: »Ich schwöre, dass ich dich in guten wie in schlechten Tagen, in Gesundheit und Krankheit, in Armut und Reichtum lieben, ehren und achten werde, bis zu dem Tag, an dem ich dich verlassen und mir eine jüngere Frau suchen werde.«

Er konnte kaum sein Bekenntnis beenden, da war Isabelle schon aufgesprungen und küsste ihn. Es war der fiebrige Kuss eines Teenagers, mit feuchten Händen und zitterndem Körper. Ein Kuss zweier Verliebter.

Der Oleander neben der Bank bebte von dem Gelächter der drei Kinder, die aus dem Gebüsch traten.

»Nehmt euch doch ein Zimmer!«, schlug Adriana vor.

»Du brauchst dich für die E-Mail nicht zu bedanken«, fügte Zoé hinzu.

Isabelle verdrehte theatralisch die Augen und lachte.

»Jetzt wisst ihr, warum ich Kinder hasse.«

»Lügnerin!«, rief Nicolas.

Sie verwuschelte sein Haar.

»Dich meine ich natürlich nicht …«

»Wir haben ein kleines Hotel in Tremezzina reserviert«, sagte Quentin«, »aber du bist hier sicher besser untergebracht …«

»Ab heute gehe ich mit dir, wohin auch du gehst«, unterbrach ihn Isabelle.

Er zog sie an sich. Ihr Gesicht an seinen Hals geschmiegt, schloss sie die Augen und wusste, dass das ihr Platz war.

»Ich auch«, flüsterte ihr Quentin ins Ohr. »Mit dir gehe ich sogar an allen Feiertagen in den Tierschutzverein.«

Isabelle stieß ihn lachend zurück.

»Komm, wir nehmen den Motorroller, und ich fahre!«

Hand in Hand liefen sie zu der kleinen orangen Vespa, wie zwei Teenies, die eine Ferienliebelei beginnen.

»Vergiss diesmal die Pille nicht!«, rief ihr Adriana hinterher.

Wie steht es mit der Liebe?

Adriana, Zoé und Nicolas, der immer noch Woody-Allen fest in seinen Armen hielt, gingen zum Haus zurück. Das Mittagessen wartete.

»Wenn du willst, helfe ich dir, für deine Onlinespiele Videos zu drehen«, schlug Adriana Zoé vor. »Dann kannst du sie Anfängern erklären und ihnen zeigen, wie man Fortschritte macht und wie man neue Spiele testen kann.«

»Hab ich schon versucht.«

Adriana biss sich auf die Lippen, um nicht zu lachen.

»Ich weiß, Legendary_ZOZO … Ich kenne deine YouTube-Seite.«

»Aber ich habe nur zwei Followers.«

»Richtig. Ich bin der zweite: BeautyGeek93.«

»Oh«, machte Zoé und wurde rot.

Tatsächlich war BeautyGeek93 der aktivste Follower, abgesehen von FAtAl_ThEo (logisch, es gab ja nur zwei). Beide hatten das einzige Video, das Zoé ins Netz gestellt hatte, enthusiastisch kommentiert, auch wenn der Ton katastrophal war, weil Zoé sich anonym gefilmt hatte, mit der Plastikmaske von Darth Vader, unter der sie schier zu ersticken drohte.

»Und sonst? Wie weit bist du mit FAtAl_ThEo gekommen, der dir so viele aufmunternde Kommentare geschickt hat?«

Zoé kicherte verlegen.

»Äh … Nach Schweden.«

»Nach Schweden??«

Nicolas und Adriana sahen Zoé überrascht an.

Zoé wurde dunkelrot.

»Ist er nach Schweden gezogen? Lernst du deshalb Schwedisch?«, fragte Nicolas und streichelte den zotteligen Kopf von Woody-Allen, die vor Vergnügen grunzte.

»Nein, ich bin es, die nach Schweden gezogen ist«, seufzte Zoé, während ihre Geschwister sie etwas befremdet ansahen und sich fragten, was für eine Droge sie wohl beim Frühstück konsumiert haben mochte.

The End

Colombe und Jan haben ein paar Monate später geheiratet. Jan verbringt immer mehr Zeit mit seinen Kindern. Nach ein paar Jahren Arbeit hat er den Film, den er ursprünglich mit Sofia schreiben und realisieren wollte, abgedreht. Er handelt von der Begegnung zwischen einem polnischen Elektriker und einer italienischen Prinzessin auf einem Filmset. Der Prinzessin kommt die Freude am Leben abhanden, doch die Liebe des Elektrikers siegt über das Leiden seiner Schönen. Sie bekommen sieben Kinder und werden in einer Villa am Comer See zusammen alt. Die Kritik ist sich einig: »Ein Drehbuch, das einer Werbekampagne für Waschmittel alle Ehre machen würde.« Oder: »Für sein Comeback hat Jan Kozlowski beim Schreiben und Drehen dieses Films offenbar seinen Geist ausgeschaltet!« Und: »Das letzte Werk von Kozlowski gleicht eher einer langen Facebookgeschichte als einem Spielfilm.«

Vier Millionen Kinobesucher!

Valentina wartet weiterhin jeden Sommer auf den Besuch ihrer Enkel. Und weiterhin wacht Tony, der sich mit Enzo ausgesöhnt hat, über seine Chefin. Sie ist ein wenig gealtert, aber ihr unerschütterlicher Charakter ist derselbe geblieben. Jan hat sie eingeladen, zur Familie nach Paris zu ziehen, worauf sie geantwortet hat, dass sie lieber sterben würde, als ihr Haus zu verlassen.

Zoé hat schließlich eingewilligt, FAtAl_ThEo zu treffen, und Adriana durfte sie für dieses Ereignis schminken. Allerdings wollte sich Zoé auf keinen Fall von ihrem Meister-Yoda-T-Shirt trennen. Die große Entfernung zwischen FAtAl_ThEo und seiner japanischen Freundin hatte schließlich die Trennung der beiden herbeigeführt. Dementsprechend hat er kürzlich gewagt, ein Herz-Smiley auf Zoés Facebook Messenger zu hinterlassen, ein Signal, das jede Menge angeregte Interpretationsversuche der beiden Schwestern auslöste.

Woody-Allen trägt nun jeden Monat eine neue Farbe auf dem zauseligen Kopf. Der Chihuahua-Mischung geht es trotz fortgeschrittenen Alters immer noch prächtig, und sie ist auf Instagram zur Hündin »most fashionable« Frankreichs gekürt worden, nachdem Adriana beschlossen hat, sie neu zu stylen.

Adriana hat übrigens eine feministische Kleidungskollektion herausgebracht. Ihr Hemdchen »Lass my boobs in Ruhe« und die Shorts mit dem Aufdruck »Fuck off fuckers – Private Property« mit zwei Stinkefingern auf den Pobacken wurden in China und Japan millionenfach verkauft. Sie hat ihr Abitur immer noch nicht und wird von den Medien als oberflächlich beschrieben. Das ist ihr piepegal. Den größten Teil ihres Gewinns spendet sie anonym einem Verein, der kleinen Mädchen in Entwicklungsländern eine Schulausbildung ermöglicht.

Sie ist weiterhin mit Gwen Lemaire befreundet, und Alexandre kann sie immer noch nicht ausstehen.

Alexandre und Amina leben zusammen. Seit die beiden offiziell verkündet haben, dass sie ein Paar sind, erwartet Amina Zwillinge. Sie streiten sich regelmäßig über die Frage, ob die Hormone Schuld sind, die Amina in rauen

Mengen geschluckt hatte, um Albert Enzian ein Kind unterzuschieben, oder Alexandres unglaubliche Fruchtbarkeit. Die Lemaire-Kinder freuen sich jedenfalls auf den künftigen Nachwuchsrekruten für ihre auf massive Zerstörung spezialisierte Chaostruppe.

Nicolas spricht immer noch mit seiner Mama, wenn er traurig ist, aber sehen kann er sie nicht mehr. Beim Schachspielen benutzt er jetzt außer den Läufern auch die Türme und Springer und macht täglich Fortschritte. Zwar ist er nicht gerade eine Quasselstrippe geworden, aber er spricht immer öfter und liest viel.

Da man vor September keinen Ersatz für Nanou finden konnte, hat Isabelle einen zeitlich begrenzten Arbeitsvertrag bei der Familie Kozlowski akzeptiert. Mit Nicolas hat sie die Lektüre von *Harry Potter* beendet. Nach Band sieben ging es mit der Trilogie *Der Herr der Ringe* weiter. Bis heute ist der befristete Vertrag achtundvierzig Mal verlängert worden.

Quentin und Isabelle sind in eine neue Wohnung nicht weit von der Place de la République gezogen. Isabelle zahlt die Hälfte der Miete. Die beiden leben weiterhin in den Tag hinein und sind glücklich.

Anlässlich ihres achtunddreißigsten Geburtstags hat Isabelle die löbliche Entscheidung getroffen, ab sofort die Zahnpastatube nach Gebrauch zu verschließen.

Um diesen Geburtstag zu feiern, hat sie sich von Quentin karamellisiertes Schweinefleisch gewünscht, und die beiden sind in das Chinarestaurant unten im Haus gegangen. Die dortige Küche hat einen denkbar schlechten Ruf (knapp drei Sterne bei TripAdvisor), aber wegen der Nähe zu ihrer Wohnung ist dieses Restaurant eines ihrer Hauptquartiere geworden. Isabelle, etwas zerstreut, hat beinahe ihre Schlüssel im Schloss stecken lassen, als sie sich an besagtem Abend zu jenem Hauptquartier begab.

Quentin hat nichts kommen sehen. Bereits ein Nem zwischen den Stäbchen in der einen Hand, nahm er mit der anderen seine Papierserviette hoch und hielt mitten in der Schilderung seines Tagesablaufs inne, als er eine winzige dunkelblaue Samtschachtel auf seinem Teller entdeckte. Darin lag ein gediegener Platinring, in den Isabelle folgenden kleinen Satz hat eingravieren lassen:

Nur Dummköpfe ändern nie ihre Meinung.

Danksagung

Ein riesiges Dankeschön für das Lesen, die Zeit, die Geduld und die stets ehrlichen und berechtigten Kommentare richte ich an meinen Vincent, meine Eltern, Olivier, Camille, Clément und Paul.

Besonderen Dank schulde ich meiner Mama, die immer die Wahrheit sagt und die erste Version dieses Romans (mit Recht) auseinandergenommen hat, und meinem Papa, der Interpunktion und Rechtschreibfehler sorgfältig korrigiert hat, und nicht zuletzt meiner großen Liebe Vincent, der meine emotionalen Achterbahnfahrten mit der Geduld eines Dalai Lama erträgt.

Ebenfalls danke ich Alexandrine Duhin bei Fayard für ihr Vertrauen, ihren Enthusiasmus und ihre gewissenhafte Verlagsarbeit an diesem Text.

Ich danke auch meiner Cousine Lise, die ich an einem Montagabend – fünf Tage vor der endgültigen Abgabe des Manuskripts! – verzweifelt angerufen habe mit der dringenden Bitte, den Roman noch einmal auf die Schnelle zu lesen. Auch Noélie danke ich für ihren Blitzeinsatz.

Meinen Cousins danke ich für ihren Werbefeldzug der etwas anderen Art: Wenn eines meiner Bücher erscheint, sortieren sie in Buchhandlungen in ganz Frankreich diskret die Regale um.

Wie immer danke ich meiner großartigen Schriftstellerfreundin Sophie Henrionnet, deren Talent höchstens mit ihrem unglaublichen Humor vergleichbar ist, für ihre tägliche Unterstützung und unsere Lachsalven in den Momenten voller Zweifel, die sich zu zweit leichter ertragen lassen.

Dank auch meinen Freundinnen vom Team RomCom für ihre Unterstützung. Insbesondere danke ich Marianne Levy und Tonie Behar für ihre wertvollen Ratschläge bezüglich der Geschichte dieses Romans.

Natürlich gilt mein Dank ebenfalls den Bloggerinnen, die meine Romane von Anfang an empfohlen und mit Energie und Enthusiasmus verteidigt haben. Besonders erwähnen möchte ich Carène Ponte, Claire Saim, Sandrine Dureuil, Coralie Khong-Pascaud und Coralie Chevillon.

Herzlichen Dank an alle, die mich im Hintergrund diskret unterstützen. Meine Familie, enge Freunde oder entfernte Bekannte, manchmal auch Unbekannte, die mich »liken« und in den sozialen Netzwerken über meine Bücher sprechen oder sie empfehlen. Nicht zu vergessen meine ehemaligen Schulkameraden, die sich nach Jahren bei mir melden, weil sie eines meiner Bücher gelesen und manchmal sogar gleich einer Freundin geschenkt haben. Und natürlich möchte ich auch den Leserinnen und Lesern danken, die mich mit eisbrechendem Lächeln um eine Widmung bitten, und all jenen, die sich die Zeit nehmen, mir eine Nachricht zu schreiben, weil sie das Buch mit Freuden gelesen haben. Auch wenn ich euch nicht immer umgehend antworten kann, so gehen mir eure Worte doch direkt ins Herz.

Ich danke meinen Leserinnen und Lesern, die weiterhin lesen und träumen und die dieses Buch vielleicht sogar bis zum Ende dieser Danksagung gelesen haben. Ohne sie hätte ich meinen etwas verrückten Traum, Schriftstellerin zu werden, nie verwirklichen können.

Zwei Freundinnen, ein kleines Dorf in Frankreich und ein halbes Jahr, das alles verändert.

Die Freundinnen Chloé und Constance sind so unterschiedlich, wie sie nur sein könnten. Doch in einem sind sie sich einig: Es muss sich endlich etwas ändern in ihrem Leben. Für die nächsten sechs Monate schließen sie einen Pakt – während die schüchterne Constance in Paris versucht, die Liebe zu finden, will Chloé in einem kleinen Dorf im Bordeaux einen Roman schreiben und sich um ihre kranke Großmutter kümmern. Und endlich ihren Exfreund vergessen! Aber die idyllischen Weinberge halten so manche Überraschung für Chloé bereit. Denn manchmal muss man nur aufhören zu suchen, um endlich das Glück zu finden …

PENGUIN VERLAG

Stechpalme
1 Lex